ハヤカワ文庫JA
〈JA1183〉

ディアスと月の誓約

乾石智子

早川書房
7502

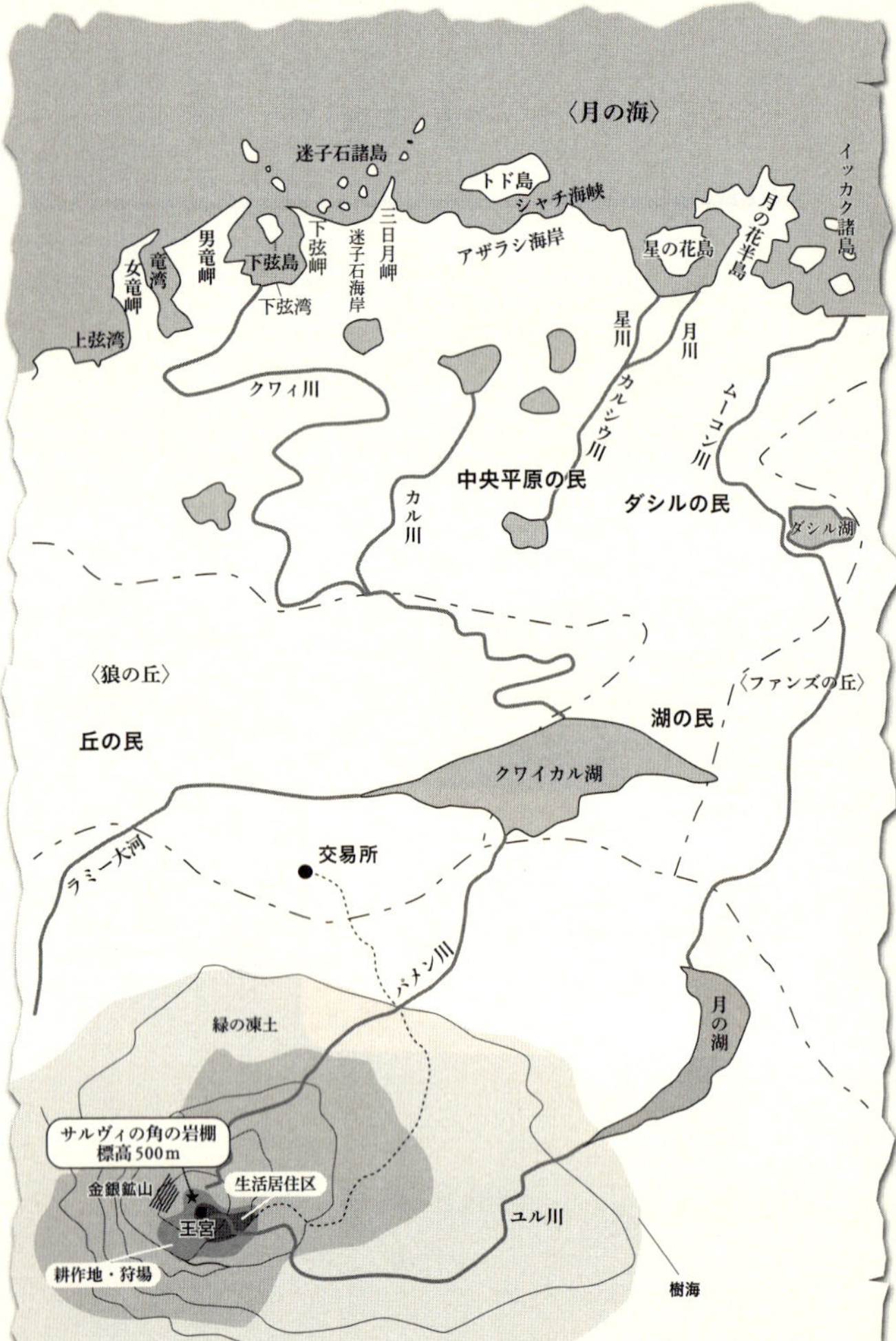
〈月の海〉
迷子石諸島
トド島
シャチ海峡
イッカク諸島
月の花半島
星の花島
アザラシ海岸
三日月岬
迷子石海岸
下弦岬
下弦島
下弦湾
男竜岬
竜湾
女竜岬
上弦湾
星川
月川
カルシウ川
ムーコン川
クワィ川
中央平原の民
カル川
ダシルの民
ダシル湖
〈狼の丘〉
〈ファンズの丘〉
湖の民
丘の民
クワイカル湖
交易所
ラミー大河
パメン川
緑の凍土
月の湖
サルヴィの角の岩棚
標高500m
金銀鉱山
生活居住区
王宮
ユル川
耕作地・狩場
樹海

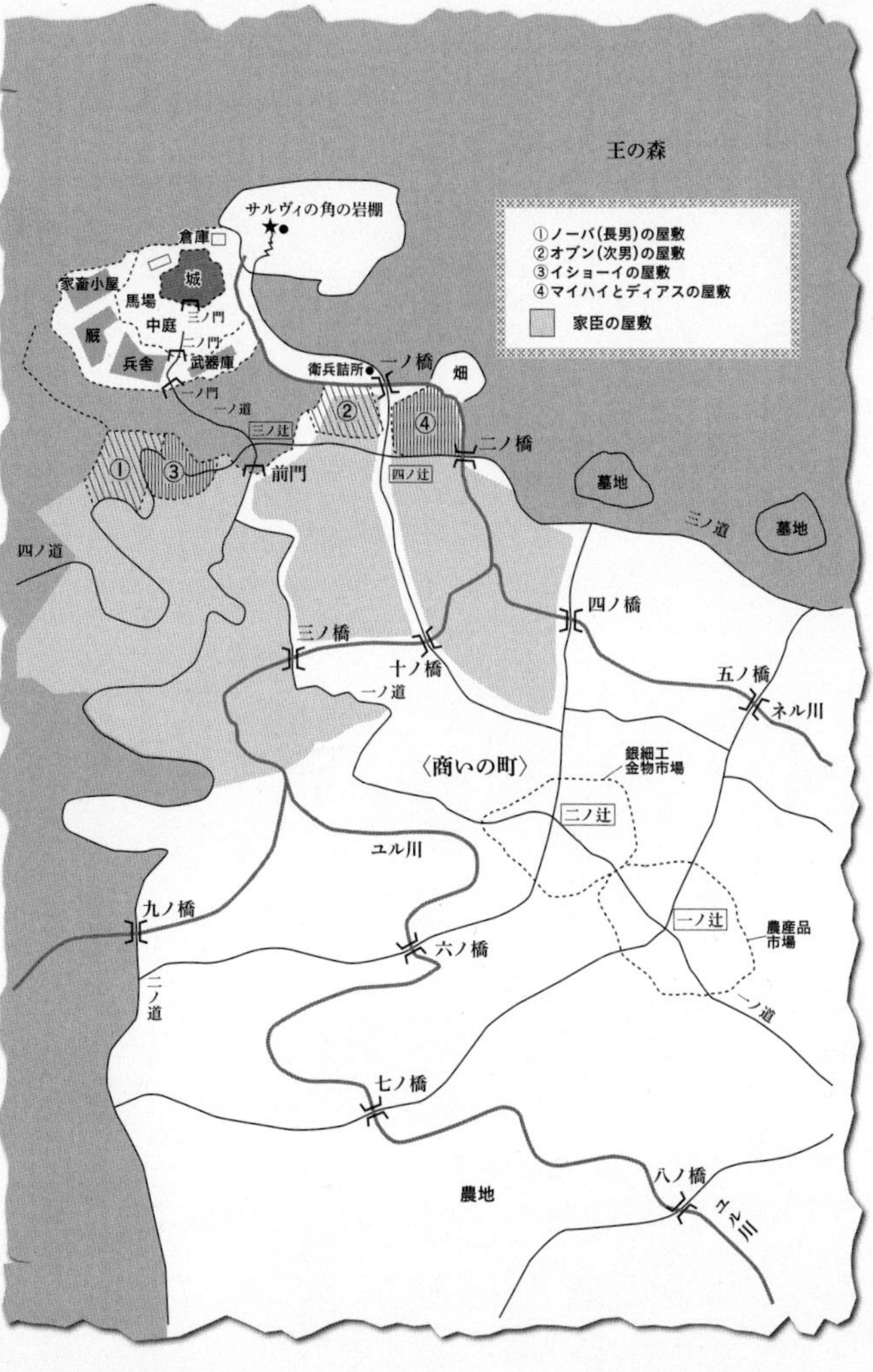
王の森
サルヴィの角の岩棚
①ノーバ(長男)の屋敷
②オブン(次男)の屋敷
③イショーイの屋敷
④マイハイとディアスの屋敷
家臣の屋敷
倉庫
城
家畜小屋
馬場
三ノ門
中庭
二ノ門
厩
兵舎
武器庫
一ノ門
一ノ道
衛兵詰所
一ノ橋
畑
三ノ辻
前門
二ノ橋
四ノ辻
墓地
三ノ道
墓地
四ノ道
四ノ橋
三ノ橋
十ノ橋
一ノ道
五ノ橋
ネル川
〈商いの町〉
銀細工
金物市場
二ノ辻
ユル川
九ノ橋
一ノ辻
農産品
市場
六ノ橋
二ノ道
一ノ道
七ノ橋
八ノ橋
農地
ユル川

ディアスと月の誓約

登場人物

ディアス……………ガンナー王の三男。マイハイに育てられる
イェイル……………ディアスの乳兄弟。マイハイの息子
アンローサ…………オブンの一人娘

ガンナー王…………〈緑の凍土〉の国王
ノーバ………………王の長男
オブン………………王の次男
イショーイ…………王の第一の側近

マイハイ……………ディアスの養父。王の重臣
ムッカ………………マイハイの妻
ニムレー……………マイハイ家の家令
シアナ………………マイハイ家の厨房係
ナナニ………………アンローサの侍女

ネワール……………〈狼の丘〉の民

1

いまだ大地が震えている。大地のきしみがつづいている。三つあった月は今や、一つを残すのみとなっていた。

周囲では、さっきまで小さな芽にすぎなかった緑が、見る間に枝となり幹となり、葉を広げ梢《こずえ》をなして頭上に天蓋を作っていく。

彼は鼻を持ちあげて匂いをかいだ。生まれ落ちたときに大気に満ちていた火の臭い、硫《い》黄《おう》の臭い、太古の竜の臭いは、芳《かぐわ》しい緑の木々の匂いに変わっていた。

銀の角のサルヴィは木々のあいだを歩きだす。大きな枝角《えだづの》の先々には月光の名残が光っている。彼自身の中にも月の力が宿っている。これはあの人間のせいだ。彼が生まれる間際に、あの人間が二つめの月をひきずりおろしたせいだ。

あの人間、南方から来た赤い魔法使い、竜の息吹《いぶき》を浴びた竜の一部ともいうべき男。

竜。大地が溶けていまだ定まらない大昔に生きていた生き物だ。今は骨となり果てて、遠い南の水の底に横たわっている。死ととなりあっているが、死んではいない。見果てぬ夢にしがみつき、あの人間に息を吹きかけ、魔法使いとなした。しかし、力を得たあの男は、竜のくびきをふりほどいて、ここ、北の大地へやってきて、その力をふるったのだ。

その男は最初の月をひきおろし、月の力を使って、平らであった雪原の一部を台地となした。次に二つめの月をひきおろして植物を繁茂させた。すると雪原の凍土がどこまでも広がるこの大地の一角に、豊かな緑をはらんだ別世界があらわれた。

それでも、風は冷たく雲は厚く、陽射しはごく弱く、このままであれば木々も草もすぐにまた凍りつき、枯れてしまうだろう。

サルヴィは樹海から出て、斜面を駆け登っていった。はるか頂上に、あの魔法使いが見える。魔法使いは残った最後の月をひきおろして、南風を呼びこみ、雲を払い、陽射しをもたらそうとしている。月の力で地面を暖めようとしている。それはさせてはならない。せめて残った月だけは救わなければ。竜の吐息を浴びた男には竜の欲望が移っている。それは年月を経るに従ってふくらんできた。その欲望のままに、残った月をひきずりおろさせたら、北の大地の夜は全くの闇となる。それだけは、させてはならない。世の理《ことわり》が大きく狂っていってしまう。星々は流れ落ち、昼は夜に変わるだろう。してはならないことがある。いかに竜の力を持つ男であろうとも。

サルヴィはほんの数跳びで岩山の頂上に立った。魔法使いは疲労困憊して、両手を地面についていた。さもあろう、月二つをひきずりおろすなど、いかに力ある魔法使い、竜の生命力を持つ男といえど、気力体力ともに消耗する仕業《しわざ》であろう。

彼は大きな蹄で足元の岩を叩いた。岩屑が飛びちり、台地の根元でかすかなこだまが響いた。

魔法使いはぎょっとして顔をあげた。このあたりに生き物がいるとは思ってもいなかったのだろう。赤金色の前髪が一筋、額にへばりついている。太い眉の下には知恵と力をたたえた赤金色の瞳があった。しかし今、突然あらわれた大きな角を持つ白銀色の獣に、驚きの目をむけ、腰を落とした。

サルヴィはその前にたたずみ、静かに声をかけた。

――そなた、赤き竜の力を分けられた者よ、残った月もおろすつもりか。

魔法使いはさらに目を大きく見ひらき、息をのんだ。

――してはならないことをしたとは思わぬか。

おまえはなんだ、と男は声をふるわせた。獣のくせに、人の言葉をしゃべるとは。

――我はこのあたりを駆けまわる普通の獣として生まれるはずだった。我をこのようにしたのはそなたが月をひきおろしたせいだ。我の中にも月が宿った。そなたの中に竜が宿っているように。

わたしを知っているのか。不思議な獣よ。月の力を持っているのか。ならば手伝え。この地を人間が住めるようにする。わたしは南から来た。竜の力を得たと言ったがために、故郷の町から追いだされた。家族や家臣、わたしについてきた者たちが荒野の際で待っている。彼らが住める場所を創らねばならぬ。手伝え、不思議な獣よ。

――そのようなことをしなくても、この地には人が住める。どこまでも平らかな凍れる大地。我の仲間が群れをなして疾駆する。人々は我の仲間を飼いならし、大地の理《ことわり》の枠の中で生活している。そなたがしていることはしてはならぬこと。大地の理の枠から外れていること。

馬鹿を言うな、と魔法使いは立ちあがった。大柄な男だ。頭の高さがちょうど彼と同じになった。怒りが赤金色の瞳の中でひらめく。怒ったがために新たな力が生まれ、疲労をどこかへ押しやったようだった。彼はいきどおって言った。雪と氷にまみれ、寒さに震え、貧しくわびしい暮らしをしたいと思ってここまでやってきたわけではない。何不自由のない暮らしを望んでやってきたのだ。

――〈北の民〉の暮らしは貧しくもない、わびしくもない。風と月と星々と雪と氷と光と闇と銀と青と。夏には目も覚めるような緑と花々と。これだけあれば十分ではないのか？

馬鹿を言うな、と魔法使いは再び吐き捨てた。吐息をつき、両手で額を覆い、その手でそのまま髪をかきあげた。われらは文明人だ。そのような荒々しい生活など、することはできない。

今度はサルヴィが溜息をつき、角を左右に揺らした。春の気配のある夕刻、太陽の姿はすでにないが、いまだ頭上には薄青の空が広がって、ぽっかりと上弦の月がただ一つ浮かんでいる。

――愚かなる人間よ。我生きてあるかぎり、凍土は凍土のままである。緑は茂るが、やがて枯れる。〈緑《みどり》の凍土《とうど》〉に人は住めぬ。鳥も獣もやっては来ぬ。

なぜだ、と人間はうなった。あの月をいま一度ひきおろせばそれはかなう。手伝え、獣よ。

――言ったであろう。世の理に反することをしてはならぬ。我にはできぬ。それに、そなたが残った力を使えばそなたの生命は失われる。月は我、我は月、愚かなる人間よ、我生きてあるかぎり、凍土は凍土のままである。これは古き理に根ざした掟、そなたが二つの月をひきおろしたゆえに新しく生まれた掟である。

わけのわからぬことを、と魔法使いはうなりつつ近づいてきた。そして素早くその太い腕をがっしりと彼の首にまきつけた。竜の光を宿した目と、月の光を宿した目が出会った。わけのわからぬ中で、ただ一つ確かなことがわかったぞ。おまえが生きてあるかぎり凍土は凍土のままである、と言ったな。ならばおまえの生命をもらおうではないか。おまえの中にある月の力がこの地に生命をもたらすのだろう。

サルヴィは逃れようともがいた。魔法使いの手から赤い網がほとばしった。月をからめとった捕縛《ほばく》の魔法、月をひきずりおろした力がサルヴィの自由を奪った。

魔法使いはもう一方の手にナイフを取りだした。

サルヴィの目は、天上に残った上弦の月をうつしていた。

赤金色の髪の魔法使いはナイフを持ち直した。

サルヴィは命乞いはしなかった。命乞いをしても、竜の息を浴びた男には通じることはないだろう。これもまた大いなるさだめの輪の一つかもしれない。

魔法使いは躊躇することなく、ナイフを横にひいた。

痛みは一瞬だった。噴きあがる自分の鮮血で、傾いていく月が赤く染まった。ゆっくりと大地に倒れながら、血とともに身体の中からほとばしってくるものを感じた。彼はそれにつき動かされるようにして歌を歌った。

——我はまた生まれる。我らは生まれる。生きる。生きつづける。それが月の意思、星の意思ゆえ。月も沈まぬ月となる。

それは約束の歌だった。切れ切れに、また生まれる、生きる、生きつづける、と彼はくりかえした。

——哀れなる人間よ、その傲慢さゆえに我はそなたを哀れもう。力を得て欲望を知り、欲望に知恵をゆずりわたした哀れなる赤き竜よ。我は再び生まれる。月も沈まぬ月となり、そなたの手には二度とかかるまい。ああ、だが、我はそなたを哀れむ。哀れむがゆえに教えよう。我が死を無駄にするな。我が角をこの岩棚に掲げよ。さすればひきずりおろされた二つの月の力も無駄にはなるまい。我が角があるかぎり〈緑の凍土〉には哀れみの北風が吹く。吹きつづける。しかし、角が崩れさる頃合に、哀れみの風は南からの悪い風におしやられるだろう。そのときに、また我は生まれよう。

そうして再び、そなたの血を引く赤金色のたてがみの人間が我が前に立ちふさがる日が来よう。我がその手にかかれば、またことは最初からくりかえされる。だが、月が満ちるように知恵が満ちて、海が満ちるようにときが満ちれば、このくりかえしの悲劇は終わりを告げるだろう。赤き海と白銀の月が出会い、月光と血がまじりあえば……。

歌が終わるとサルヴィの生命も終わる。白い虚空に投げだされ、赤い風にかこまれて、循環への旅をはじめるために一歩を踏みだしていく……。

ディアスはぱっと目をひらく。枕が涙で濡れている。窓の外で小鳥たちが騒いでいる。春を迎えて孵《かえ》った雛たちが、黄色や茶色や白や赤の喉を見せて親に餌をねだっているのだ。

ディアスは寝床の上に横たわったまま、しばらくぼんやりとしている。またあの夢が戻ってきた。このところ、しばらく見なかったというのに。辛い記憶である。その一方で、いまだ知らぬ世界の広さに酩酊させてくれる夢である。

彼はまた、いつのまにか目をつぶり、うとうとした。まぶたの裏によみがえり、頭の中を駆けぬけていくのは、無数のファンズの群れだ。ファンズは鹿の一種だが、よく人になれる。蹄が広く、冬の凍れる大地でも平気で遠くまで走る。草や、雪のあいだの苔《こけ》をさがして食べ、枝分かれした大きな角をもち、〈北の民〉の食料となる。放牧されているものも野生のものも、ときとしてごたまぜになって群れを作る。

それは野生のファンズたちだった。角をふりたてながら、大地をどよもして走っていく。その蹄に、苔や枯れ草や溶けはじめた氷が蹂躙《じゅうりん》される。彼らは流れる河、あるいは大きくうねる大蛇。春の呼び声に誘われて、北へ北へと移っていく。丘また丘を乗り越え、広い平原を縦断し、いくつかの川を泳ぎきり、あるいは浅瀬を蹴散らし、湿地や湖沼地帯をものともせず、休むことなく駆けつづける。風はわずかに暖かみをもたらす南の微風、蒼穹は掩蓋《えんがい》となって大地のすべてをおおうのだ。

すばらしく広大な北の大地、その凍土を俊足のファンズたちに端から端まで駆けさせたら直線で十日、人の足でならば――昼も夜も休みなく同じ歩調で歩けたらの話だが――二月《ふたつき》はかかるだろう。その大地の隅々にまで届く北の春の声が、ファンズをはるかな海辺へと導くがゆえの大移動だ。

ディアスもその呼びかけを心で聞く。ファンズの一頭となって。

海へ！　海へ！　荒波くだける深い青色の海へ！　うちよせられた海藻はおいしい。浜辺の崖っぷちには、甘い蜜をたたえた薄桃色の愛らしいハマノノバラが蔓《つる》を這わせて咲いているぞ。春のごちそう。辛く厳しい冬を、氷と吹雪と沈まぬ月の支配する夜また夜をたえしのんだ我らに、天が恵んでくれるご褒美！

なにやら叫びたくなる。鼻を天にむけて吼《ほ》えたくなる。躍動する身体はそのまま空にも昇っていけそうだ。

あらゆる場所からファンズたちはやってくる。西の〈狼の丘〉、南の〈月の湖〉、〈クワイカル湖〉、東の〈ファンズの丘〉から。河川のほとりから。中央平原から。数えきれない小さな湖をはらむ湿地から。招きよせられて、風すさぶ海岸に続々とあらわれる。やや遅れて、放牧されていたファンズたちも、土着の〈北の民〉の巧みな誘導で追いついてくる。入り組んだ海岸線は、鷹の視点から見たら、ファンズの背中で白と茶色のまだらに染まっているだろう。

そしてすべてのファンズが春の恩恵にあずかったある夜、満月がくっきりとした輪郭をもつ。昼のあいだ地平線に縁《ふち》を接していた月は、はじめはファンズの背中と同じ色をして遠慮がちだ。しかし夜が深まっていくにつれて次第に輝きを増し、青銀の宝石もかくやと思われるような光を放って歌いだす。海の歌、極光の歌、風の歌を。ファンズたちは目を細めてうっとりと聴きほれる。すると、崖の上に一頭の大きなファンズが姿をあらわす。

どのファンズよりも大きな枝角は、人の背丈ほどもあり、月と同じ銀の光を放っている。月を宿した彼の姿は、すべてのファンズの王サルヴィであることを示している。大地の理をその身に宿し、北の大地を統《す》べるもの、夜と風と月を友とし、王者として君臨するものだ。

サルヴィを見あげていたはずのディアスは、その光に吸いよせられて彼と同化する。輝く大きな漆黒の目で世界を見わたし、生命の循環を蹄の下に感じている。

ディアスは酩酊《めいてい》の溜息をつきながら、目をあけた。

自分がサルヴィとなって魔法使いに殺されるという怖ろしい夢のあとに、その代償のように見えてくるファンズたちの幻は、いつもその時季その時季に符合した現実のようだった。月とともに崖の上に君臨するサルヴィも、現実であろう。疑ってはいない。ディアスには、ファンズの居所がわかる力がある。今、とじた目の中に見えたものは、その力がなしたものだと信じている。

彼は立ちあがった。窓際によって窓を押しあけ、空気を入れ喚えた。

忍冬華《シィラル》の甘い香りが若葉の森の匂いとともに微風に吹きよせられてきた。時刻はまだ早いが、陽は高く昇り、やっと訪れた春を精いっぱい身体にとりこもうとして、植物は一所懸命背伸びをしている。

目の前の森から目をあげると、王国の頂上が見えた。サルヴィの角が、てっぺんの岩棚で銀の光をまきちらしている。岩棚から南西に少し下がったところに広がっているのは、城郭だ。たくさんの塔をいだいた王城は陽に輝いている。三重の城壁が王冠のようにとりまくその外側に、王の狩場ともなっている森が鮮やかな緑を誇っている。王国全体を分厚い毛布のように守る樹海の一部だ。それは、岩棚をへめぐって、目の前の森にもつづいている。また、一筋の流れが頂上からわきだし、ユル川となって城の東側を通っている。隣のオブン王子の屋敷とディアスの家を巻くようにして南斜面の町中へと流れ下るのだ。豊かな水とふり注ぐ陽光と広大な緑を持つ台地。ここは北の広大な大地の南端に位置した〈緑《みどり》の凍土《とうど》〉、豊饒の地。

他の土地ではファンズたちが蹄で雪をほりおこし、苔をむさぼる時季にあっても、ここだけは芽吹きと花の季節を迎える。ファンズの大地がすでに凍《い》てついて初雪に見舞われている頃でも、ここでは針葉樹と広葉樹がきそいあって秋のタペストリーを広げてみせる。

ディアスは忍冬華《シイラル》の香りのする大気を胸いっぱいに吸いこんだ。

服を着る。生成《きな》りの亜麻のシャツに深緑の長胴着、ズボンといういでたち。

鏡をのぞきながら手櫛《てぐし》で髪を整える。映っているのは、夢の中でサルヴィを殺した魔法使いを十六歳まで若くした顔だった。金色に赤のまじった髪、赤金色の力強い瞳、色白だが顎《あご》のしっかりした輪郭。

ディアスの実父はこの国の王にして、サルヴィを殺した魔法使いの子孫である。かの魔法使いの傲慢《ごうまん》さや性急さ、強引で欲望を抑えることを知らない、いやむしろ良しとする、そういった気性は、普段はあらわれてこないにしても、確かに彼の血の中にも流れている。

いまわの際のサルヴィの約束通り、角のおかげで〈緑の凍土〉は人間と動物が住めるようになった。土着の〈北の民〉が吹雪の中でファンズを飼い、ファンズに頼って生きているのと対照的に、〈緑の凍土〉では畑を耕し、樹海に獣を追い、西斜面の一角では金銀を採掘し、嗜好品さえあふれる暮らしをしている。暖炉をもち、葡萄《ぶどう》酒を作り、池にはアヒルやガチョウが泳ぎ、庭には薔薇の花の咲く暮らし。金の腕輪、銀の首飾り、エメラルドや紅玉碧玉青玉の簪《かんざし》、胸当て、留め金、ボタンに彩られた暮らし。

時がすぎてゆくとともに、風雨にさらされたサルヴィの角も次第に劣化していった。ある日、南からの嫌な突風が吹いて、サルヴィの角がとうとう崩れ、砕けた。すると〈緑の凍土〉に病が流行りはじめ、高熱を出して寝こんだ人々が次々と死んでいった。子どもや年寄り、身体の弱い者がまず犠牲になった。人々は角がなくなったせいだと噂し、その粉が風に吹かれまき散らされたから病が引き起こされたのだとささやきあった。

サルヴィを殺した魔法使いはそのときすでにこの世にいなかった。代わって息子の王が遠征隊を率いて北へと赴き、再び生まれたというサルヴィを見事仕留めてその角を持ち帰った。岩棚に銀の角が輝くと、病は潮が引くように引いていき、〈緑の凍土〉は再び安寧《あんねい》の土地となったのだった。

以来、何年かごとにこれはくりかえされてきた。角が壊れる、王がサルヴィを仕留める。角を岩棚にさし、人々は病から解放される。

ディアスもその病の風に二回さらされている。一度めは十六年前、生まれてすぐのことだ。その時に実母を失った。もちろん覚えていないけれども。二度めは七年前、養母と乳兄弟のイェイルを失った。あの時の病は〈緑の凍土〉を席巻《せっけん》した。人口の三分の一が倒れ、その半分以上が亡くなった。

いまだ悲嘆にくれていたある日のこと、養父マイハイが彼を自室に呼んで人払いし、身体をくっつけるほどに隣にすわった。あの日は冬至《とうじ》で、十日間は陽の昇らない厳寒期に入っていた。腿《もも》に父のぬくもりがあって、彼は今までにないくらいに養父を父として近しく思った。

暖炉の火はおしげなく薪《たきぎ》をくべて燃えさかり、寒さをも部屋の隅に押しやって、壁にかかった貴婦人と純白のファンズのタペストリーにまで朱色の火影が射しこんでいた。

「……イェイルが前にわたしにもらしたことがある。そなたたち二人のことでだ」

父は頰骨の高い横顔を見せ、前かがみになっていた。

「二人ともサルヴィの夢を見るという……イェイルには口止めしたが……そなた、今でも見るのか？」

「うん……ときどき……」

　大きく息をついた父の広い肩が急にしぼんだ。そのまましばらく黙っていた。煙突の上で風がごうごうと鳴る。薪が火の粉をふきあげ、部屋中が一時《いっとき》明るくなり、また闇に半分沈んだ。ようやくぽつりとつぶやいた。

「ムッカも時折うなされていたよ」

　思わずその顔を見あげると、父はこちらをむいて、薄くて細い眉の片方をかすかにもちあげた。

「他言するなとイェイルにきつく禁じたのは、サルヴィの夢を見ることが恥ずかしいからではない。わたしがしてしまったあやまちを隠すためだった」

「父さんが？　まちがいを？　父さんが、まちがうはずないよ」

　父の手が肩にかかり、ぬくもりを伝える。

「人はまちがうのだ、ディアス。ときとしてひどく大きなまちがいを犯す。どれほど賢くても、どれほど知識を持ち知略に長《た》けていても。この父も、母も、ガンナー王も、あの大賢者、初代の王さえもあやまちをするのだよ」

「だって――」

「いいから聞きなさい。聞くのだ。……わたしたちがどのようなあやまちをしたのか。その結果、何がおきたのか。

　良かれと思ってしたこと、運命にすがって情けを得ることができたと思ったことが、後々大きな災厄の種になる。われらは愚かだ、ディアス。運命に情けをかけられたと思ってその裾《すそ》を離すと、たちまち奈落に転落する。それでもわれらは裾に飛びつく。ただの切れ端かも知れぬというのに……」

父は耐えきれなくなったように突然両手で顔を覆ったが、それはほんの一瞬のことだった。すぐに決然とした表情にもどって、再びディアスを気遣わしげにのぞきこみ、大きく息を吸った。

「だが、ムッカとそなたたちについてのみ考えれば、幾度考えても、あれしか方法がなかったのだと思っている。後悔はしない。ただ、責めを負う覚悟はしている。この秘密が明らかになったときには、国の土台がくつがえるような騒ぎになるだろうがね。

しかし、真実をそなたが知れば、少しは楽になるやもしれない。なぜサルヴィの夢を見るようになったのか。真実を知って夢を受けいれるんだ、ディアス。イェイルとムッカは逝ってしまった。二人の分も生きるためには、夢を受けいれ、サルヴィが語ることに耳を傾け、知恵としなければ。人間の知恵ではない、大いなるサルヴィの知恵……」

語尾を震わせて、また音をたてて息を吸ってから、父は事のおこりをとつとつと話しはじめた。長くはない話であった。九歳の子どもにとっては到底理解しえないことがらでもあった。それは法を破るというまちがい、大地の理にさからうというあやまち、愛するがゆえの切ない真実だった。

「おまえたちが生まれた直後に、ムッカは一度病《やまい》にかかったことがある。知略にたけた側近として重用されていたわたしは、なんとかこの状況を自分の知恵で乗りきれないか、なんとか家族を助ける道はないかと思いめぐらせたのだ。若く傲慢な男の、浅知恵、小賢《こざか》しい目先の対応だった。そうしてやがて、人々が噂していることとまったく逆のことを考えついたのだ。

サルヴィの角が崩れるに従って病が流行るということは、サルヴィの角そのものに、病を退ける力がある、ということになりはしないか、と」

そしてマイハイは隙を窺《うかが》ったという。角の岩棚に通じる門番の橋は我が家のすぐ裏だ。畑にも近い。闇に紛れて畑から番小屋の裏手にまわり、それから道を登った。その夜は雲が多く、月光も届かなかった。岩棚につくと角の下にはすでに崩れた残骸が粉となって、吹きつける風に飛びちっていた。彼は岩の隙間にわずかに残っている粉をなんとかかき集め、持ち帰った。ほんのひとつかみのサルヴィの角の粉。

「すでに崩れたものの、塵芥《ちりあくた》同然のものだ、とわたしは自分に言い訳した。角そのものを削ったわけではない、法を犯したわけでもなく、民人の運命を何ら変えたわけではない、と。ディアス、知略に富んだ者とはこのようなものだ。卑劣な行動をも正義と言いくるめる。わたしは粉をムッカに飲ませた。ムッカも二人の息子のために、と決心して飲んでくれた」

「……それで……母さんは助かったの？」

「そうだ。一命をとりとめた。その直後、ガンナー王はサルヴィの角を新しくされ、病はおさまった。それゆえムッカが命拾いしたのは新しい角のおかげだと皆思ったが……」

「うん……」

「三年ほどたったころから、ムッカは悪夢にうなされるようになった。毎晩ではない。月に一度か二度、あるいは半年に一度、気まぐれに悪夢はやってきた。そしてそれは、ムッカの乳を飲んで育った二人の息子にも訪れるようになった……そうであろう？」

「……うん、五つか六つのときから……」

「サルヴィが大賢者に殺される夢。何度も何度も。おまえたちはいつも喉を掻き切られるサルヴィなのであろう？　どういうことか、わたしにもよくわかるよ。何度も自分が死ぬ夢。そのような夢を見ていいはずがないのに」

ディアスは身をふるわせてささやいた。

「……粉を母さんが飲んだから……？」

マイハイはつと顔を火のほうにむけた。眩《まぶ》しいものにあえて自分の素顔をさらすかのように。

「夢の話を聞いて、何年も経っているにもかかわらず、わたしには原因はそれしかないように思えた。あとでイェイルから打ち明けられ、ディアスもそうだと知ったとき、確信に変わった。ムッカの乳を飲んで育ったがゆえの夢。……わたしはしてはならないことをした。触れてはならないものに手を触れた」

「でも……そのときは母さんは生きのびたんだよ？　おれたちのために……」

「……あの時間が無駄だったとは断じるまい。夢に苦しみながらも、定められた寿命を越して何年も生き延びた、そのことは恩恵だったともいえよう。だが結局、再び病が流行り、今度は二人がさらわれていってしまった。ムッカも二度めの病には耐えることができなかった……これは誰にも話してはならん。これを幸運と勘違いして、同じあやまちを犯すものがあとをたたなくなるだろう。そしてその代償に、おのれが殺される夢を何度も見るようになる。そなたのように耐えることのできる者が、いったいどれだけいることか」

「みんな、耐えられないの？」

「そなたが耐えていられるのはなぜかわかるか？　確証はないが……おそらく、そなたが大賢者の血を引くがゆえだ。王家の方々には、大賢者の生命力が宿っている。平原を丘につくりかえ、凍土に樹海を茂らせたほどの力が。魔法の術は失われて久しいが、赤い血の流れは脈々と受け継がれてきた」

　竜の息を浴びた者の血だ、とディアスは即座に悟った。

「この病の嵐の中、そなただけは生きのびた。だから息子よ、わたしたちは二人で力を合わせて生きていかねばならん。亡くなった人々の分まで、ちゃんと生きていかねばならん……」

後のち、父の言う通りだったと知った。父と母の秘密、イェイルと自分にも関わる秘密を知ったあとでは、なぜサルヴィの夢を見るのか得心がいった。心が納得すれば、辛い死の記憶にも耐えることができそうな気がした。

ファンズの革で作った靴に足を入れ、紐《ひも》を結びながら、決意を新たにする。イェイルの遺言が心の中で響いた。

——生きて、ディアス、生きつづけて。ぼくの分も。何があっても。

秘密は守る。そして、心の中のイェイルとともに生きつづけていくんだ。

しかしそれでも、時折思うことがある。お気楽な子ども時代に戻れたら、どんなにいいだろう、と。何の屈託もない毎日をすごすことができたら。

生きて、とイェイルの声がさっきより朗《ほが》らかにささやく。彼は自分で自分の両頰を挟むようにひっぱたく。さあ、まずは腹ごしらえ。それから勉強だ。

2

厨房におりていくと、もうアンローサが陣取っていた。ひんやりとした北むきの、薄暗い隅にある椅子に座って、ちらりとこちらを一瞥《いちべつ》してから豆のスープをすすった。

シアナがディアスを認めて、窯《かま》から出したばかりの熱々のパンとスープ、ファンズのミルクを持ってきてくれた。

彼はアンローサのむかいに座って、バターをこってりと塗ったパンにかぶりつき、ついでスープをやっつけにかかった。

「もう少し静かに食べられないの、ディアス」

とアンローサが溜息をつく。ディアスはとりあわない。口を動かしながら、

「おまえこそ、相変わらずまずそうに食べてるよな」

「朝っぱらからよくそんなに食べる気になれるわよね」

「起きたとき、腹が減ったって思わないのか？」

「信じられない。寝ているあいだにどうしてお腹がすくわけ？」

二人の会話は、ときにじゃれあう子猫のように他愛のないものになる。シアナがくすくすと笑いながらファンズの腸詰を持ってきてくれる。

「育ちざかりの男の子はね、違うんですよ、姫様。これでも足りないくらい、そうでしょ？」

ファンズの腸詰はほどよく焦げ目がついていて、ぱりっとした皮の部分を噛《か》みやぶると、セージとローズマリーと塩で味つけされた肉汁が口の中に熱く広がる。

「さすがシアナ、わかってる！」

ディアスは三本めにフォークをつきたてて口に運んだ。きゃっ、とアンローサが叫んで手のひらで頬をふいたのは、肉汁が飛び散ったからだ。

「姫様も、おかわりはいかがですか？」

顔つきが細いのでそうは見えないが、実際は腰回りがディアスの二倍もあるシアナが、前掛けにはさんでいた布巾を手わたしながら尋ねた。

「いらないわよ。そんなに食べたら太っちゃうし」

「変な心配するんだな。朝飯ぐらいで太るのか？」

「ディアスみたいに町の端っこから端っこまで走りまわらないからね。それにね、女の子は心配が多いの！」

「食べないともちませんよ、姫様」

とシアナが笑った。

「今日はお勉強はなし、そのかわり畑に出てパン芋の花摘みだそうです。ディアス様は土寄せを手伝うようにと」

「おっと」

ディアスは立ちあがる。口元を手の甲でぬぐって、

「どれどれ、そんじゃ、土まみれの汗まみれになりながら畑仕事だな」

「ディアス、待って」

「姫様、それを食べないうちはここから出しませんからね」

とシアナ。

「ディアス、待ってったら！」

「鍬《くわ》をとってくるよ」

待ってないと承知しないから、と高飛車なアンローサの声を背中に、ディアスは勝手口から裏庭をつっきっていく。

裏庭のむこうの木立にはシイの木の花が咲いている。花というより、誰かがいきなりわっと叫んだために、驚いて一斉に飛びだしてきた毛虫の集団のように見える。

昔、シイの花には手が届かなかった。もう少し早く咲くハシバミは、花期がおわるとぼたぼたと地面に落ちる。イェイルと二人で拾い集めてアンローサの目の前にぶら下げたり、

母さんの膝に落としたりした。アンローサは悲鳴をあげて泣きだしたが、母さんは滅多にびっくりしなかったな。

納屋から鍬を持って出てくると、そのアンローサが駆けてきた。

「待ってって言ったのに！」

「帽子、かぶらなくていいのか？　日焼けはお肌の大敵なんだろう？」

きゃっと叫んでとびあがり、そこを動かないでね、と指をさして命令し、シアナに帽子を借りに戻っていく。その背中からすぐ左にある池に目を移す。小さいころはイェイルと一緒に池でよくいたずらをしたっけ。

あれは七歳くらいだったろうか。ディアスはズボンを脱いで池に入り、腕まくりをして水底をかきまわしていた。

「ザリガニはさあ、ディアスくん」

と、イェイルの、かすれてもったいぶった声が頭の上から聞こえてくる。

「そんな所にはいないんだよう。もっと端っこの、もっと狭い所に隠れてるんだよ」

もっと端っこのもっと狭い所には、泥やら苔やらがこびりついていて、素手をつっこむのはさすがにためらわれる。なおもイェイルがザリガニの生態について講釈を垂れるので、むかっ腹をたてて ざぶざぶと水をかきわけて岸にあがり、藻やら草やら腐った木のくずやらのくっついた汚い両手をさしのべてイェイルに接近した。

「ぐちゃぐちゃだぞう、そらそら、汚いぞう」

イェイルは、やめろよ、ディアス、と尻ごみする。半円を描くようにイェイルを追いつめたと思った直後、池を覗いていた小さなヒルムの背中にその脚が当たった。どぼん、と水音がした。

「あああ」

「また落ちた、ヒルムゥ」

住みこみ大工の息子で、生まれたときから二人のあとを追ってくるヒルムは、弟のようなものだった。彼は泣きもせずに立ちあがり、腰まである水につかったまま、だらだらあ、と節をつけて報告する。ディアスが抱きかかえるようにしてなんとか上にあげ、イェイルが、また母さんに怒られる、と泣きべそをかいて母屋のほうにつれて行く……。

アンローサが帽子をかかえて駆け戻ってきた。息をはずませながら、

「ディアス、何ににやにやしているの？」

と尋ねる。

「いやあ、ヒルムはよく池に落ちたなあと思ってさ」

「あの子、頭が大きいから、前のめりになるとすぐにどぼん、だったわね」

アンローサの顔もほころぶ。

「弟のヘルムもおんなじだったな」

二つ年下のヘルムはヒルムの小型版だ。やはり魚やアメンボウを観察しているうちに、何度か水音を立ててた。

あるときイェイルが、池の反対側から兄弟二人の名を呼んで、そこにおもしろいものがあるよ、と叫んだ。兄弟は身を乗りだして、どこ、と尋ねる。イェイルはそら、その先、もっと先の葉っぱの陰にあるだろう、とそそのかし、よく見ようとさらに首をのばした二人は次の瞬間、同時に落ちた。ディアスとアンローサは、大笑いするイェイルをそばで感心してながめていたものだった。

「……イェイルは頭がよかったわ」

「うん。父さんそっくりだった」

シアナの気をそらしているうちに、パンの塊《かたまり》を盗むという作戦を考えだしたのもイェイルだった。獲得した戦利品を、何度子どもたちでわけあったことか。あの頃は、ディアス、イェイル、アンローサ、ヒルムとヘルムとその友だち数人という顔ぶれで、年中群れて走りまわっていた。盗むのはパンの塊と決まっていて、育ちざかり食べ盛りの少年たちにとって、それは楽しみの一つでもあった。

しかしシアナも負けていなかった。何度かだまされたあとのある日、シアナは一計を案じた。その日も同じようにディアスが気を引き、その隙にヒルムがまんまと盗みだした。納屋の隅に集結してパンをわけあい、何度か咀嚼《そしやく》したあと、みな顔を真っ赤にして咳きこみ、吐きだした。

「唐辛子が練りこんであったのには参ったな」

「ヒルムが泣きだして大変だったわ」

おとなにしてみれば大した唐辛子の量ではなかったのかもしれないが、子どもの舌にはからすぎた。井戸までの距離の何と遠かったことか。

「……七年になるのね」

とアンローサはしんみりと言った。いたずらのことではない。イェイルと母さんが亡くなって七年、ということだ。アンローサにとっても、イェイルはもう一人の兄であったし、母さんは本当の母さんだったのだ。ディアスは胸の肉がこそげ落とされるような喪失感に、一瞬目をつぶった。それからようやく声をしぼりだした。

「さあ、行くぞ」

鍬をかついだディアスは、ユル川の流れる岸辺へと土手をおりていった。マイハイ家の畑は川のむこう岸にある。目をすがめて見あげると、斜めに朝陽を浴びたむこう斜面に、人影がいくつか認められる。

彼らの背後、少し離れた土手の上に、いつのまに来たのか、侍女のナナニの姿が見えた。小柄で黒っぽい木の幹のようなこの女は、イェイルが死んでしまったころからずっとアンローサのそばにいる。つかず離れず、うちとけることなく、影のようにどこにでもついてくる。親しすぎる叔父と姪《めい》に目を光らせている、といったところだろうか。

生まれてすぐに実母が亡くなったとき、実父であるガンナー王は、ムッカ母さんにディアスを預けた。ムッカ母さんも、一月ほど前にイェイルを産んだ。病が流行りだし、サルヴィの角が崩れかけているおりのことで、王はそのまま角を得るための遠征に出発しなければならなかった。そのあとで母さんは病に倒れ、マイハイ父さんが角の粉を飲ませて命を救ったのだった。

やがて王は角を持ち帰り、〈緑の凍土〉は蘇生の息をつくことができた。そしてディアスはそれっきり、マイハイの息子となった。ガンナー王はディアスを返せとも命じなかったし、母さんも父さんもイェイルの兄弟として彼を慈しんでくれた。

イェイルが亡くなってしばらくしてから、マイハイはガンナー王にディアスを自分の子として継続して育てていく許可を申しでた。それに対して、王は自分に代わってディアスを育てるように、と命じはしたものの、養子にすることは許可しなかった。その理由は、

――余の後継者の一人としての地位を保証するものである。

ということだった。

つまりは、

――次代の王の候補者の一人として考えている。

ことであり、

――余の跡継ぎとなるために兄たちと互いに競え。

とそそのかしている、ともとれた。

ディアスの考えは幼いころから変わらない。尊敬するマイハイのあとを継いで、〈緑の凍土〉のための仕事をしたい。それは家臣として王に仕えることでもあるが、それでいいと思っている。玉座などいらない。王と王位への反抗心がくすぶっていることもある。ガンナー王に、狡猾《こうかつ》な臭いがする、と感じたからかもしれない。必要なときだけとりあげて利用する、その、物に対するような扱いに、冷酷さの片鱗が垣間見えたからかもしれない。それに、王位をもたらすのはサルヴィの死である。大きな疑問をおぼえずにはいられない。サルヴィを殺すことで得る玉座など、ディアスは決して欲しない。

玉座をめぐるしのぎあいなどに興味はなかったが、マイハイは忠告した。

「そなたの思惑とは別に、人々は考え、動くものだ。オブン様もイショーイ殿も、そなたを注視していよう。それゆえ、言動には十分に気をつけなければならぬぞ。それに、そなたももう少し大きくなれば、考えが変わってくるかもしれぬ」

マイハイの言う通り、最近になって、二番めの兄のオブンはディアスを競争相手として見なすようになってきているようだった。

……土手から降りたところに小さな船着場がある。両岸に打ちこんだ杭に張った綱をたぐって、舟が行き来できるようになっている。こちら岸に一艘《そう》だけ残っている舟に乗ると、アンローサがさっさと頭上の綱をたぐりはじめる。今ようやく岸辺に立ったナナニを待つことがない。前に一度、いいのか、と聞くと、アンローサは形のいい鼻をふん、とつきだして、

「年中見張られるなんてごめんだわ。でもね、ディアス、そんな心配しないでね。あの人、わたしよりあなたのほうを見張っているんだから」

と言ったので、それ以来、ディアスも彼女を気づかうのはやめにした。ナナニの役目は叔父と姪の間柄を監視する役目ばかりではない、オブンが遣わした間諜らしい、と遅まきながら気がついたのだった。

雪どけ水はさすがに少なくなって、水かさの減ったユル川は、あちこちに丸い岩肌を見せて流れていた。その川上に渡されている綱は、旱魃《かんばつ》時にも一番水深のあるところを選んで張られており、アンローサは慣れた手つきで五馬身ほどの幅をわたっていく。ディアスは水の中に動く魚の影をのぞきこむ。岸が近づいてきた。ディアスは先におりて、とも綱を杭に結びつけた。それからは、二人並んでゆっくりとなだらかな斜面を登っていく。

原生林を切りひらき、一度焼いた土地はいい畑になっている。父は毎日政務に忙しく、畑を管理するのは家令のニムレーである。今日は彼の号令一下《いっか》、女たちはパン芋の花摘み、男たちは土寄せをする。

パン芋は比較的短いあいだ——春夏の三月《みつき》——で一個が十個に増える。赤子の頭大の芋

一つから一家族八人分のパンが二個焼ける。花を摘まないと芋の個数が減り、土寄せをしないと日焼けして食べられなくなるので、この季節に何回か作業にかり出されるのだ。

体力のある男でも、三馬身の長さの一畝を一列寄せると息が切れ、汗がふきだしてくる。休まず二列もつづければ、さすがに頭がくらくらしてくる。特に、この晩春の陽射しの下ではきつい作業だ。ディアスが近づいていくと、ヒルムがすかさず場所をあけて、

「遅いよ、ディアス、なに寝坊してんだよ」

と唇をとがらせた。

「寝坊したわけじゃないぞ、今朝、いきなり言われたんだよ」

と言い返しながら鍬を入れはじめる。

「あとよろしくぅ」

「まかせとけって——え、ヒルム、もう終わりか！」

「おれ、もうふらふら。あっちで一休み。今日の葡萄酒は王様御用達のサンジュ園の葡萄酒だよ」

ヒルムは、ふらふらのわりに、鼻歌など歌いながら遠ざかっていく。

ディアスは鍬を入れ、土を掘りかえし、芋の根元に盛りあげる。後頭部と背中がすぐに熱くなってくる。

イェイルが生きていたら、こんな仕事をしただろうかと思いめぐらす。たぶん、二、三

回鍬を振るったあとで、ヒルムのようにあとはよろしくと上手に人におしつけて、畑のきわであれこれ指図するほうにまわっているにちがいない。

今日やたらとイェイルのことを思いだすのは、目覚める寸前に見たあの夢のせいだろうか。生きて、と時折耳元に響く彼の声はまるで実際にそばにいるようだ。七年、とアンローサがつぶやいた、七年しかたっていない。七年もたった。どちらも本当だ。

そう、思いおこすたびに胸がしぼられるような感じになる。七年前の冬。

町中の窓という窓、戸口という戸口に風を防ぐ布や板を張り、人々は家に閉じこもって口と鼻を何重にもおおっていた。しかしそんなことをしても、病はどこからともなく侵入してきて次々と家族を奪っていくのだった。夜のあいだに、川べりや森のはずれに、死体が捨てられていることもあった。右をむいても左をむいても、死が黒い口をあけている、そんな日々。町中が身をすくませていた。

ディアスの家でも母さんとイェイルが相次いで倒れた。ディアスは養父の胸を両拳で叩いて何とかしてと訴えた。養父マイハイは彼を抱きしめたままずるずると腰をおろした。心臓が激しく脈うっているのに気がつき、父にもどうすることもできないことなのだと悟らざるをえなかったのを覚えている。その夜遅く、母さんが息を引きとった。意識をなくして目覚めることなく、そのまま逝ってしまったのだ。呆然と立ち尽くして、それを現実と受け入れる間もない払暁《ふつぎょう》、イェイルが寝台からディアスを呼んだ。

倒れたのがつい二、三日前なのに、さしのべたイェイルの腕は骨ばかりになっていた。皮膚は黒ずみ、唇はひび割れ、知恵に溢れんばかりに輝いていた瞳は熱に潤んでいた。ディアスは彼の手をそっと両手で包んだ。イェイル、と呼ぶと、汗のにじむ顔をかすかにほころばせ、

「サルヴィの夢を見ていた」

とかすれた声でささやいた。

「また生まれる、って……」

「うん、生きつづけるって言うんだ。だからイェイル、イェイルもがんばれ」

イェイルは大きく息を吸った。それが重労働であるかのように、両肩が持ちあがり胸が風の音をたてた。

「楽しかったなぁ、ディアス。ディアスがいてくれて良かったよ。……いろんなことしたよね」

ディアスはイェイルの手を握りしめた。

「お前が悪知恵を働かせてくれなけりゃ、なんにもできやしない」

イェイルは微笑んだが、手からは力が抜けていく。目もうつろになった。

「イェイル、しっかりしろ。逝っちゃだめだ。おれを置いていくな」

イェイルは一度目を閉じ、またうっすらとあけた。

「……サルヴィの角がなくなっても……ディアス、誰も死ななくなるといいね……。泣くなよディアス……ぼくはサルヴィになるんだ……ぼくはまた生まれるよ……サルヴィになって……。だからディアス、ディアスも……生きるんだよ……生きつづけて……」

イェイルは微笑みを残したまま目を閉じ、大きな吐息を一つついた。それっきり、その目は二度とひらかず、その胸は上下することなく、微笑んだままの口元が再び動くことはなかった。

ディアスはその手を握りしめたまま、亡骸《なきがら》を凝視して半日をすごした。家の者たち——養父や家令や厨房のシアナや庭師——が彼を連れだそうとした。彼は頑として動かず、丸一日がたったころ、とうとうおとなたちは実力行使して彼をイェイルからひきはがさざるをえなかった。指をこじあけられ、イェイルの冷たくかたくなった手が離れ、背中にやわらかく温かいシアナのおなかを感じたとき、イェイルと同じように冷たくかたくなっていたなにかが心臓のあたりで砕け散り、涙が堰《せき》を切ったように溢れだし、大声をあげて泣いたのだった。目があかなくなるほど泣き、母さんとイェイルを葬るあいだも泣き、涙が涸《か》れはてたあとには呆けたようになって、いったい幾日をすごしたのだろうか……。

イェイルの小さな卵型の顔が浮かぶ。栗色のつややかな髪をした、茶色に緑の斑《ふ》が陽の光のようにきらめいている目の、ディアスの乳兄弟。ディアスより一月《ひとつき》早く生まれ、九年の人生を精一杯生きた。

　イェイルは死のまぎわ、母さんが先に逝ってしまったことを知っていた。たぶん、三人を結ぶサルヴィの粉の絆のせいだろう。あの、賢く敏《さと》い我が兄弟は、また九つだというのに、母を呼ぶことはなかった。そのかわり、最期となったその瞬間に、彼に極上の知恵をゆずりわたして去っていったのだ。

「ええい、ちくしょう」

　ディアスは涙と汗を一緒にしたたらせて鍬をふるう。やがて一畝《ひとうね》、さらに一畝、つづけて耕し、肩で荒い息をついてよろめきながら腰を伸ばす。無理するな、ディアス様、ゆっくりやるんだ、とヒルムの父が四畝むこうから声をかけてくる。

　彼は腰をのばして、息がおさまるのを待った。微風が頬をなでていき、気持ちも少し鎮まっていく。左手の森の奥で気の早いカッコウの、つややかな黒い笛を思わせる声が、くりかえしの節を歌っている。

　光の門がすっかりあけはなたれ、空中に水色が広がっていく。右手に広がる町並みは、色とりどりに刺繍をほどこし、宝石を縫いつけた貴婦人のマントのようだ。一ノ道、二ノ道と呼ばれる大通りや小路が刺し子のようにそれを横切っている。朝焼けの色や真昼の川の色、きらめく新緑の色で飾られているのは、家臣の屋敷や商人町、職人町、それに市場のかたまりである。

　そのさらに上方、貴婦人の胸にあたるところにあるのが王城だ。三重の城壁は純金と白金と純銀の首飾りに見える。その間には、狩場の緑《エメラルド》、兵舎や武器庫や厩《うまや》の深紅色《ガーネット》、中庭と馬場の薄い金色《シトリン》をちりばめている。そして頂上には黄金の箔《はく》を全面にはった本丸が、五つの塔と四面の胸郭、三つの門を鎧《よろい》にして、堂々と胸を張っている。その奥に赤金の髪のガンナー王が君臨している。町には年中おりてくるので、ディアスも実父を遠目に見かけることがよくあった。どこにいても、すぐに目についた。それは、派手な服装のためばかりではない、彼自身の身体から発する赤い力のなせるわざのようだった。

町並みだけを見れば、一国としては小さい。しかし、周囲に広がる手つかずの樹海と西斜面にある金銀鉱山を含めると、とても大きいものになる。歩いて一周しようとすれば一月以上かかるだろう。

城の右手上には、サルヴィの角を戴《いただ》いた岩棚がそびえている。角は陽光を反射させてちかり、とまたたいた。

ヒルムが親父さんに蹴飛ばされるようにやってきて、彼の隣の畝にとりかかった。それにうながされてディアスもまた畝に鍬を入れはじめる。

鍬をふるっていると、たいていのことには立ちむかっていけるという確信がわいてくる。一鍬一鍬大地を耕すように、地道に進めばやがてどこかへたどり着くはずだ。どんなことがあっても、乗り越えていける。心の中にイェイルがいてくれる。不安はない。

このときは、かたくそう信じていた。

3

春と夏はあっというまに過ぎ去り、収穫の秋が小躍りしながらやってきた。

アンローサにとっても、その日は小春日和のすてきな一日だった。

朝からぬくもりのある大地に手をつっこんでパン芋を掘りだし、来年のために土を深くからほっくり返したので、心地よいけだるさの残る夕べとなった。暖炉にはミズナラの細い枝が燃え、小卓にはリンゴや梨の盛られた籠があり、みんなは腹を満たしたあとの甘いファンズ酒の杯を片手に持って、幾度となく語られた物語の先を待ってじっと耳をそばだてていた。

「昔、といってもそれほどずっと前ではないお話。遠い遠い南の国から、一人の男がこの地にやってきました」

シアナの低い声が館の広間に流れていた。

「男は金と赤の混じった髪の色をした魔法使いでありました。

そのころ、この地はいまだ冷たく凍れる土地の端にあり、わずかな苔とわずかな針葉樹の林とファンズが生息しているだけでした。空には三つの月がかかり、大地は灰色にごっていました。

男はたいそう魔力のある魔法使いでしたので、三つのうちの一番小さい月を空から引きおろしました。

月は愛の歌を歌って砕け散り、氷のくびきから大地を解放しました。すると、大地はたちまち高く高く盛りあがり、よく陽のあたるなだらかで広大な斜面となりました。

このとき、ほとんどのファンズは怖れをなして、もっと北のほうに跳ねていってしまいましたが、たった一頭、怖れを知らぬ雌のファンズが残りました。

魔法使いにはまだ力が残っていましたので、二番めの月を引きおろしました。月は喜びの歌を歌って砕け散り、灰色のくびきから斜面を解放しました。すると、斜面に草木が生い茂り、その裾野には豊かな森林が広がり、川が流れはじめ、さまざまな色に彩られました。

ただ、風と水は冷たいままでした。お日様もなかなかこちらに顔をむけてはくれませんでした。

二つの月が砕け散って大地に力を与えたとき、雌のファンズは仔を産み落としました。仔のファンズはあっというまにおとなになって、角に月の光を宿したファンズの王、サルヴィとなりました。サルヴィはゆっくりと魔法使いに近づくと、知恵を授けました。

『男よ、残った月を引きおろし、陽の光を呼びこむ力はもうそなたには残っていまい？　それをしようとすれば、そなたの命が失われる。わたしの中には月の力が宿っている。そなたとそなたのたくさんの同胞のために、わたしの命をささげよう』

魔法使いは、サルヴィの目の中にある月を見て、真実を得ました。その瞬間に、彼は大賢者となりました。

大賢者は言われるがままに、斜面の頂上でサルヴィの命を残った月にささげ、その巨大な角を頂上の岩に突き刺しました。すると風は南風となり、水は春の歌を歌いだし、お日様がこの地に気づいて顔をむけるようになりました。

その瞬間に、大賢者は王となりました。王は南で待機していた同胞を呼び、斜面の上方に大きな町をつくったのです。これが、わたしたちの都、〈緑の凍土〉のはじまりの話、そうして、ディアス、あなたは――」

あなたは月を引きおろした大賢者の子孫なのです、とおごそかにシアナは物語を締めくくった。

その語尾が外から入ってきた紫色の風にさらわれていくと、ディアスの養父マイハイは静かに溜息をついて杯を飲み干した。

アンローサはほんの少し不服げに頬をふくらませて身じろぎする。下働きの夫婦や子どもたちがあこがれのまなざしでディアスを仰ぐのが、おもしろくない。当のディアスは居心地悪そうに肩をすぼめている。誇ってもいいはずなのに、困惑気味の微笑を浮かべるだけだ。

いつものディアスは明るく活動的で、めったにふくれたり愚痴を言ったりしない。困ったことがおきても、騒ぎたてないで大きく構えている。おおらかで楽天的、まあ、ほんのたまに、癇癪《かんしゃく》を爆発させることがある。しかしそれさえも、怒るときには怒る、頼もしい兄貴だと、年下の連中に思わせる。

アンローサも彼に憧れを感じる。うらやましくもある。同じように育ったはずなのに、彼は嵐がきてもびくともしない大樹に見える。自分はすぐに折れ伏すやわな露草なのに。みんながディアスを見ると、自分は価値がない、と言われているように感じる。みんながディアスをほめると、自分はほめられるようなことができない、と思う。ディアスはまぶしい満月で、自分は月光に光る庭の小石程度だと考える。自分が男だったら違っていただろうか、と思うこともある。

「それでは、と」

と家令のニムレーが穏やかにのんびりと口をひらいた。

「ヒルム、おさらいだよ。パン芋をほったあとの土を深いところからひっくり返すのはどうしてだか、言ってみてごらん」

ヒルムがつかえながら答えている。

「……それでいいですかな、ディアス様」

ニムレーが確かめの質問を投げかけて、ディアスは我にかえったようだった。ぼんやりと考え事をしていたらしい。ああ、と椅子の中で生返事をし、ヒルムがすがるような目つきで見ているのに気がついて、苦笑いした。

ヒルムは一時期すさまじくやんちゃだった。思いもかけないようなことを突発的にしでかすのだ。家周りの修繕や庭仕事を一手に引き受けている住みこみ大工の息子で、小さい時はよくその尻馬に乗ってみんなで悪さをしたものだ。悪事は必ず明るみに出て、全員並ばされて叱られたことが何度あったことか。

「八割がたは当たっているね」

とディアスは兄貴ぶった口調で言った。期待でふくらんでいたヒルムの顔がしゅんとなる。その頭を父親が軽く拳骨でつつく。

「がっかりするな、あとの二割は足りないだけなんだ。寒さで凍った土はほどよく細かく砕かれる。思いだしたか？」

ヒルムはもう少し小さい時にはすぐにいじける子でもあった。しかしこの頃では、無鉄砲さこそ残ってはいるものの、失敗を踏み台にして、自力で気持ちを切りかえられるようにはなってきている。しかめていた顔から険がなくなり、彼はゆっくりとうなずいた。それからおそるおそる家令の顔を見ながら、

「でもさ……いいですか？」

「いいとも、言ってごらん」

ディアスの養父マイハイはガンナー王の側近の一人だ。気難しい王のそばにあって、その穏当さと、穏当さの陰に巧妙に隠している怜悧《れいり》な刃物のような知略によって覚えめでたく出世してきた。だがその一方、彼の家庭はよそから見ればびっくりするほど互いへの尊敬と愛情に満ちている。アンローサの家とは大違いだ。

マイハイはどんな職業をも蔑視《べっし》したりせず、下働きの者たちにも貴族に接するのと同じ態度で接する。ある朝は洗濯場へ行って、昨日洗ってもらった下着にムラサキコウの香りをうつしてくれたチキリャの気づかいに感謝し、その足で雑草取りをしているヒルムの祖母に、おかげさまで今年も花壇がきれいだよと礼を言い、厩《うまや》に入っていって馬の状態を聞きながら犬たちが元気なのをほめる。そのような調子だから、みんな、殿様殿様と慕うのだ。家族同然に扱ってもらえるので、夕食後の暖炉のそばに集まってその日の出来事や作物の様子を話し合ったり、時には今宵のようにシアナの語りを聞いたりもするのだった。

その中には、ヒルムやその弟のヘルムたちが、幼いながらいっぱしの口をきくことも含まれており、あるいはアンローサがとるに足らないことを自慢するのを、彼女もリンゴもぎをしたからとか、見る目を楽しませてくれるからとかの理由で、黙って聞いてくれたりもするのだった。ここにはアンローサの居場所がある。みんなが彼女を受けいれてくれている。

　ヒルムは、でもさ、と言いかけたことを言い直した。

「そんな理屈、なんで覚えなきゃいけないんだかと、思うんですよ」

　舌っ足らずに口先をとがらせる。おとなたちは表情こそ変えないが、目の中には興《きょう》がっていることを示すきらめきがある。

「土を深くひっくり返すんなら、それでいいんじゃないですか。そうしろって言われればそうするんだから」

「ふうむ」

　ニムレーは考えこむふりをした。それから不意に、アンローサのほうをふりむいた。

「姫様はどう思われますか」

　自慢の髪を指でくるくる巻いていたアンローサは、びっくりして目をみはった。朝からやって来て当然のように一家とともに食事をし、ディアスとともに勉強をし、気がむけばシアナから料理の手ほどきをうけ、たまには簡単な収穫に手を貸したり、ヒルムやディアスのあとをついて走りまわる。

　さすがにこのごろでは、木登りや石投げには参加しない。そのかわりに、手鏡をのぞきこんで髪留めの位置を直したりスカートの襞《ひだ》を整えたりしながら、陽が落ちて真っ暗になるまで居座る。

わけのわからない畑の話題を突然ふられて、アンローサの顔はたちまち朱色に染まった。

「そんなこと、なんでわたしが考えなくちゃいけないのよ」

噛みつくように答えても、ニムレーはたじろぐ様子もなくふむふむとうなずいた。

「確かに、確かに。したが、今の質問はとても普遍的であると思いはしませんかな？　すなわち、なんのためにするか、を知っていたほうがいいか知らなくてもいいか。すべてのことにあてはまりますな。なんのために勉強するのか、なんのために生きるのか」

と言ってアンローサとディアスに目をむけたのは、二人の教師も兼ねているからだ。

彼は仕事の合間をぬって読み書き計算を二人に教えている。おかげで日常語のウィルダ語と同様に、〈北の民〉のビンダ語も流暢にしゃべれるようになった。アンローサもディアスも、イェイルと違ってあまり優秀な生徒ではなかったけれど。イェイルが生きていたら、きっとマイハイ譲りの秀才になっていただろう。

「難しいのはなしにしてよ、ニムレー殿」

ヒルムが口をはさんだ。

「おれらにもわかる話にして。なんで、土を深く掘りあげなきゃならないのかを、知ってなきゃならないのかっていう話ですよ？」

家令はいとおしげに微笑みをうかべた。それから、

「さあ、どうしてだと思います。……ディアス様？」

ディアスはうなった。彼にも難しくて答えづらいらしい。しばらくじっと思いめぐらせていた。その、遠くを見るような目つきで、彼が何を考えているのか、アンローサには見当がついた。だいぶ前のことだが、わからないことがあったときには、とアンローサに教えてくれたことがあった。

こういうときはイェイルならなんと言うだろうと考えるのが一番いい。薄茶に緑の斑《ふ》が入った丸くて小さい目をきらりと光らせて、イェイルならどう答えるか、考えるのさ。

今もイェイルに尋ねたのだろう。まもなく彼の口からは、

「理由が、心の背中をおしてくれるから」

と答えが出てきた。

「はあっ？」

ヒルムは頓狂な声をあげた。

「なあんだよ、それ。さっぱりわかんねえよ、ディアス」

これこれ、若殿にむかってなんて口のききようだ、と隣で父親があわてふためく。ディアスはヒルムをぎろりとにらみつける。二つ年上の貫禄というものがあるぞ、とその視線が語っている。

「おまえは背中を鞭打たれながら土を耕す牛なのか、ヒルム」

「おれは人間だよ、見てわかるだろう」

ニムレーがにやにやし、マイハイは杯を口元に持っていき、アンローサはディアスがどうおさめるのか見守ろうという態勢になった。

「そう、おまえは牛じゃない。だから仕事をするのに楽しくやることもできるし、嫌々やることもできるし、おまえの父さんのように胸を張ってすることもできるし、ギンのように年中、不平不満を並べてどうやって怠けようかと考えながらやることもできる」

ギンというのは町の屋根ふき職人である。父親のあとをついで三年になる若者なのだが、仕事ぶりは父親と正反対、ぐずぐずと時間ばかりかけ、日のべするので、この頃では頼む者もいなくなっていた。

「必ずしなければならないことってあるだろう？　それをどんな気持ちでやるかが大事なんじゃないかって、おれは思うんだけど……」

ディアスは大言《たいげん》を吐いていいものか、心配になって養父をちらりと見た。マイハイはかすかにうなずいた。アンローサには、そうした親子の絆も悲しいくらいにうらやましい。

「……それで。『なんで』を知っていれば、その仕事をきちんとすることができる。きちんとやり遂げれば、おまえの父さんのように、胸を張っていられる。ギンや畑の牛みたいに、もうもう文句を言わなくていい」

「ふうん……やりがいってこと？」

「そうだと思うよ」

「よくわかんないや」

するとニムレーが身を乗りだした。

「いやいや、そのようになぜ、と考えるのは大事なことだよ、ヒルム」

「大工の息子でも、ですかい？」

遠慮がちにヒルムの父親がつぶやいた。

「もちろん、そうだ。そこから工夫が生まれ、工夫から喜びや誇りが生まれる。それはおぬしがよく知っておるだろうに。わたしにはわたしのつとめがあるし」

彼は自分の胸を軽く叩いてみせた。

「チキリャにはチキリャのつとめがあるし」

と後ろであくびを嚙み殺している洗濯女を示し、アンローサをふりむいて、

「姫には姫のつとめがある」

アンローサは今度は顔を赤くはしなかったが、仏頂面で答えた。

「わたしのつとめなんて、ないわよ」

「今はそう思われているやもしれないが、そのうち変化がやってきますよ、姫君。今はそのための準備期間だと思われたらどうですか」

普通ならアンローサはここで、甲高い声を出して相手に嚙みつく。しかしニムレーが相手ではさすがにそれはできない。頬をふくらませてぷいっと横をむくのが精一杯だ。

暖炉のそばの話は、明日の畑仕事の打ち合わせに移っていった。

ヒルムの「なぜ」に一応一区切りついたところで、ニムレーはそれぞれに仕事をわりふっていく。女たちは大豊作だったパン芋を日陰に広げること、男たちは藺草《いぐさ》や葦《あし》の草刈り、ヒルム以下の子どもたちは枝に残っているリンゴの収穫、調子に乗ってあまり高くまで登らないように。アンローサ姫君とディアス様は昼まで書きとり、それからリンゴの収穫を手伝ってください。とりあえず、明日のあなたのつとめですぞ、姫君。

アンローサは渋々うなずいた。

仕事の割りふりが終わると、人々は三々五々、それぞれの家に帰っていった。ディアスもいつものようにアンローサを送ろうとついてきた。

秋も終わりに近づいていた。上弦の月が、沈んだ太陽を追いかけるように西の空にあったが、それは決して沈むことのない月だった。地平線に接するほどにおりていっても、やがてまたその全身をあらわす。引きずりおろされた二つの我が子をさがして、空をさまようかのように。

月を引きずりおろす、すばらしいことを成しとげたと人々は言うが、アンローサはときとしてそら怖ろしい気持ちになる。〈緑の凍土〉をつくった大賢者の力は確かにすごい。だがもとは凍土だったのだから、失われたものはない、とみんな思っているかもしれない。だが、本当にそうなのだろうか。なぜかはわからないが、不安になる。

ファンズたちが、大地を駆けぬけていくさまを見たことがある。あのとどろき、震動、風、あれを足の下から頭の上まで感じたとき、アンローサはたった一つ残った月が、けなげに歌うのを耳にしたような気がした。そのひたむきで純真な歌声を感じてからは、大賢者がなしたことを無条件に、諾《だく》、と受けいれることはできなくなっていた。

馬場と道を分けている生垣を右手に見ながら、二人は正門のほうにぶらぶらと歩いていった。下働きの者たちの家々に灯りがともり、窓板が音をたてておろされていく。大気は、昼の陽射しにあたためられた紅葉や落葉の匂いに満ち、歪《いびつ》な運命を強いられた天上の月以外は、すべてがあるべき所におさまっているようだった。

ディアスのすぐ前を歩いていたアンローサは、いきなりふりむいた。その額半分に月光があたり、銀の花が咲いたかのように浮きあがった。一瞬ディアスは目を見ひらいた。直後に、それを隠そうとしたのか、彼女が口をひらく前に、揶揄《やゆ》を含んだ言葉が口をついた。

「アンローサは月の花、だったよな」

それを言ったのは、四年も前のことだ。

「やだ、ディアス、変なこと、思いださないでよ」

「さすがに今では恥ずかしいか。成長したね、姫様」

「そんなこと、今言ったら、威張りんぼうの高慢ちきになっちゃう」

「言ったら？　それじゃ心の中では思ってるんだ」

と言うので、

「ディアスもそう思ってくれてたの？」

と切りかえして、期待の目をむけた。馬鹿を言え、ちょっと思いだしただけだ、とそっぽをむいたが、首の後ろが真っ赤になっていた。それで少し勇気が出た。

「ディアスだから言うけど、ね、そうよ、確かにわたしはきれいよね。でも、わたし、今はディアスみたいになりたいの」

卵型の輪郭に整った目鼻だちのアンローサには、華やかさがある。それこそ二つか三つの時から、白銀に金のまじった波うつ髪や、炉辺の炎のような橙色の瞳が人目をひいた。自分でもそれは、十分意識している。この頃では背も手足も伸びて、我ながらきれいになったと思いもし、臆面なく口にも出す。勉強をしているあいだもしょっちゅう鏡を覗きこみ、チョークで書き取りをしているはずの手が櫛を持っていることも珍しくない。

それなのにディアスになりたいとはどういう心境の変化だろう、といぶかしげに足が止まりそうになる彼の腕に、アンローサは両手をかけて歩こうとうながした。

「……それって、褒め言葉か？」

「わたしはあんなふうに答えられない。さっきの、ヒルムの、なんでっていうの」

「別に、アンローサは答えなくていいんじゃないか」

「わたしだって月を引きおろした大賢者の子孫なのに。みんながディアスを見ていた」

「注目してほしいんなら、十分アンローサは人の目を集めてるよ」

「そういうことを言ってるんじゃない。わかってるでしょ？　ディアスは大賢者みたいにいろんなことを知っているし、マイハイ殿と同じように正しい判断をするし」

ディアスはアンローサ、熱でもあるのか、大丈夫か、と照れかくしにからかいながら、内心まんざらでもない様子だ。

「わたし、この頃ぐちゃぐちゃなの」

と腕に額をくっつけてアンローサはつぶやいた。彼女が言おうとしているのは表面上のことではないと、ディアスもようやく気がついたようだ。

「ぐちゃぐちゃって……」

ちかりと銀の光が目の中に入ってきて、二人は右手にそびえる岩山を見あげた。頂上に輝くのは王の都の象徴、サルヴィの角である。月光を浴びてもう一つの月のように輝いている。大きな三日月のように。

「ディアスは？　そういうことなかった？　自分が何なのかわからない。何をしたいのかも、何になりたいのかもわからない。頭になんだか白い靄《もや》がかかっていて、ろくにものが考えられない感じ。それでいて、ああしろこうしろと人に言われるのはいや。特に、父上や母上から何か言われると、言うこと聞きたくなくなるし」

ディアスは吹きだした。どうして笑うのよ、と目尻を釣りあげるアンローサを両手で制して、それでもまだにやにやする。今にはじまったことじゃないのに、と笑いのあいだから答えがかえってくる。

「もう、しゃべるんじゃなかった」

とふくれながらも、まだ彼の腕にしがみつく。その腕は逞《たくま》しく、ぬくもりがある。

そういえば、と思いだした。ああしろこうしろとわがままを言い、言うことを聞いてもらえれば、そうじゃないだのあっちがよかっただのと文句を言う。いい加減うんざりしたディアスとイェイルが、ムッカ母さんに泣きついたことがあったっけ。

ムッカ母さんは右膝にイェイル、左膝にディアス、真ん中にアンローサを抱っこして、やさしくゆすりながら、

「姫君はね、さびしいの。だからおまえたちに言うことをきいてもらって、さびしいのをまぎらわしているの。でもね、あんまりひどいこと言ったときには、ちゃんと叱ってあげたほうがいいかもね。自分にちゃんとむきあってくれる人がほしいのよ。おまえたちは兄さんのつもりでかまってあげなさい」

と諭したのだ。それから三人は本当のきょうだいのように、くっついたり喧嘩したりしながら育ってきた。

アンローサはこの夏、十四になった。ムッカ母さんはもういない。イェイルもいない。思いだすたびに、胸がいまだに締めつけられる。二人がいなくなったとき、アンローサは

たった七つだったが、自分の一番大事なものをむしり取られたような気がした。もう二度と、返されることはないとわかった。あの二人がいなかったら、そしてディアスがいなかったら、わたしはもっと嫌な女の子になっていただろう。父のオブンは娘にはあまり興味を示さない親だ。母親も自分自身のことにかまけっきりで、一人娘にもかかわらず、アンローサは人がうらやむほどには幸福ではない。今、こうして少なからず穏やかな心もちでいられるのは、ひとえにマイハイ家のおかげだとよくよくわかっているし、感謝も大きい。

マイハイ家のおかげ、と言えるのはディアスも同じだろう。なんとなく境遇の似た二人は、子どもっぽくじゃらけたり、言い争ったりしながらも、相手を必要としている。

ディアスは自分をどう思っているのだろう、とこのごろよく考える。アンローサにとって、昔はイェイルとディアスは二人の兄だった。それが微妙に違ってきたのは、イェイルが亡くなってからだ。子ども時代があのとき終わったのだ。

ディアスはイェイルやヒルムたちと悪さをするいたずらっ子から一歩抜け出し、マイハイ父さんの見ているものを見ようとするようになった。わがまま姫君のアンローサを以前のようにはちやほやしなくなってしまった。かと言って、彼女を嫌っているわけでもないようだ。ちょっと水をむけると、今のように首筋を真っ赤にするところを見ると、好いていてくれるのだと感じる。

ああ、もう、よくわかんない、とわめきだしたくなる。なにもかもはっきりしない。ぼんやりして霞《かすみ》がかかっている。天上をむいて泣き、運命や神様から同情を引きだすことができるのなら、とっくにそうしていただろう。しかし、その手は通用しないとさすがにあきらめてはいる。

だが、そのかわり。ディアスが聞いたら、何だ、そのかわりっていうのは、と、彼女のしたたかで素早い変わり身に呆れることだろうと思いつつ、にんまりして、

「どこか遠くに行きたい。そう思ったこと、ない？」

と、甘える口調でディアスを見あげる。

「ないなあ。だけど、アンローサが行きたいのなら、連れてってやるよ。〈北の民〉の住む湖のそばか？ファンズを見に、また〈狼の丘〉の境まで行ってみるか？」

「野生のファンズ、見たい。いまでもディアスはわかるんでしょ、どこにファンズがいるか」

「うん、近くにいればな。それなら、もう少ししたら一度行ってみようか。冬が来る前に、ファンズは内陸に帰ってくるだろうから」

「約束よ。わたしも約束、守ってるからね」

ファンズの居場所がわかるディアスの力については、ずっと以前に口止めされている。

それは、五つか六つのころ、ユル川に沿って町を出て、東斜面のパン芋畑やカブ畑をすぎて樹海のはじまるところまで冒険したときのことだ。イェイルとアンローサとディアス

の三人だった。

その時期はやたらと外の世界に興味を持ち、禁じられていることほどやってみたくなる年頃で、誰が言うともなく、三人で町の東のきわまで行ったのだった。

森に入ってはいけないと言われていた。それに素直に従うほど幼くもなく、良識で制御されるほどおとなでもない境目にあって、三人は暗い木々のあいだに入りこみ、方向感覚をなくしてしまった。

おとながさがそうとしても町の周囲はすべて樹海、いなくなった三人をさがしあてるのはドングリの中に一粒の菜種を見つけるようなものだった。それがちゃんとわかっているから、アンローサはべそをかき、イェイルとディアスは途方に暮れて座りこんだ。突然さえずりはじめる鳥の声にさえとびあがり、茂みを走っていく得体の知れないものに身体をこわばらせる。

ディアスとイェイルは手を握りあった。二人で心を通わせあい、なんとかこの窮地を脱する方法をひねり出そうとしていた。

やがて、三人の耳に、そっと下草を踏む足音が聞こえた。ごくごく小さな、風の音にまぎれる音だったが、ディアスとイェイルの二人は立ちあがり、目元をぬぐっているアンローサの腕をとった。

足音はゆっくりと左から右へと移動していく。かなりはなれているにもかかわらず、なぜか二人には、それがファンズのものだとすぐにわかったらしい。どうしたことか、若い一頭が群れからはぐれて森に入ってきたようだった。二人が顔を見合わせた。あの方向。多分、おいしいパン芋の植えてある畑の方向だ。

不思議なことがあるものだ。二人にはなぜわかったのか。あとで聞くと、何となく伝わってきたのだという。霧の中に太陽があるのがわかるように。

二人はアンローサをひっぱりながらそのあとを追っていき、無事にパン芋畑の端に出ることができた。

彼らを導いた若い一頭は、背後から走り出てきた子どもたちの甲高い歓声に驚いて、ぴょんと大きく飛び跳ね、大きくひらいたパン芋の葉っぱを蹴散らしながら西の森に逃げていった。

騒ぎを聞きつけた農家のかみさんが、鍬をふりまわして小屋から飛びだしてきて、三人はほうほうの体《てい》で町に帰ったのだった。

そのあと、アンローサはあのとき何も感じなかったとわかって、ディアスとイェイルは自分たちだけがファンズの居場所を知ることができるのだ、という事実に気がついた。アンローサは単純に、それは天から賜った力だと思った。

しかし父親に似て頭の良かったイェイルは納得しなかった。その夕方、三人は昼にあったことをムッカ母さんにそっと白状し、疑問を口にすると、ムッカ母さんは自分もそうであることを話した。

「どうしてかはわからないわ。けれど、これは、他の人には話さないほうがいいわね」

そこでイェイルとディアスは、アンローサにこのことを他言しないと約束させた。無論、ムッカ母さんがしゃべらないほうがいいというのであれば、アンローサは決してしゃべるつもりはなかった。

やがてイェイルとムッカ母さんの死が、この秘密を「大事な絆」に変化させた。アンローサはいまでも約束を守り、たまに小さなご褒美としてディアスにファンズの居場所をさがしてもらう。

「ようし。なら、早速父さんにお願いしてみよう。パン芋の収穫も終わったことだし、多分いいって言ってもらえるだろう」

「楽しみっ。きっとよ、ディアス、忘れちゃいやよ」

「はいはい。わかったよ、姫君」

アンローサは跳ねとぶようにして歩いた。その影が、地面で青く踊った。

4

〈緑の凍土〉の西斜面には、王国の財源、金銀鉱山がある。半日交代で働く採掘夫の半数は、湖のそばからやってくる出稼ぎの〈北の民〉だった。オブンは仕事が終わってぞろぞろと坑道から這いだしてくる彼らを詰所のそばで見守っていた。

ガンナー王の次男にしてアンローサの父オブンは三十四歳の男盛り、世継ぎ候補の一人である。

一つ年上のノーバは異母兄、十八歳年下のディアスは異母弟にあたる。〈緑の凍土〉では正妃の息子だろうが庶子であろうが、世継ぎ候補と王に認められれば、次代の王になる道がひらけている。次代の王になるには、サルヴィを殺してその角を持ち帰らねばならないのが通例だ。

初代の王にして大賢者が最初に角をすえて以来、宿命が角と〈緑の凍土〉を結びつけているのだ。角が失われれば、〈緑の凍土〉も失われる。

その前兆は必ず病という形であらわれる。角の半分ほどが損じると、南風が吹く。南風であるにもかかわらず、乾いて冷たい風である。この風が吹きはじめると、人々は病に倒れ、運命の釣り針にかかったかのように容赦なく死の国へと連れ去られていく。身のまわりで連れ去られた人々を数えれば、十の指では足りないほどだ。

誰が言いだしたのか〈サルヴィの病〉と言われるようになった。

七年前も角の劣化が認められた。このときは、最上部に亀裂が見つかり、それが徐々に大きくなって、遠征隊を編成するころには三分の一が崩れてしまっていた。病が流行りはじめたのもそのころである。ガンナー王は角を持ち帰った者に継承権を与えると宣言し、オブンとノーバは遠征隊を率いて北の大地へと赴いた。しかし、オブンもノーバもサルヴィをしとめることができなかった。

あのときのことを思いだすと、今もってなお、身体中に冷気が走る。このあたりではもう春の盛りだったのに、むこうはいまだ厳冬期、寒さに凍え、縮こまり、鼻水をたらしながらの陣中生活、来る日も来る日も吹雪の中で、食するものはと言えば冷たいファンズの肉ばかり。骨まで凍って年中震えていた。火を焚《た》いても、暖まらない。ただ立っているだけでも、睫《まつげ》も髪の先も白くなって、目はすがめていなければ冷気に痛み、鼻はファンズの毛皮でおおわなければ凍りついてしまう。息をすれば肺の中に氷の欠片《かけら》が入りこんでくるかのようだった。天幕の張り方を誤って翌朝には凍死体になった者や、吹雪のなかに出て行ったきり行方不明になった者も出る始末。そうしてようやく、サルヴィの居所がわかったと飛びだしてみれば、ただのはぐれファンズであったとか、去ったあとだったとか。

さらに悪いことに、あのときのサルヴィは、人間よりも賢かった。新しい足跡を見つけたという知らせに、今度こそはと針葉樹の森を三日も追跡してたどりついたのは、最初の場所だった。また、後ろむきに歩いた足跡を追っていたこともあった。オブンもノーバもいい笑いものになったような気がしたものだ。二人は三月《みつき》ほどで音《ね》をあげた。少しずつ暖かくなってきてはいたが、雪も氷も北風も、サルヴィもファンズも二度と目にしたくない、とまで思った。手ぶらで帰る恥辱より、安全で暖かい暮らしをするほうが大事に思われた。

オブンは大きく吐息をついた。坑道から出てきた採掘夫たちは泥や土で顔を真っ黒にして、白目だけが目だつ。道具を返し、鉱石の持ち出しがないか身体検査を受けたのちに帰路につく。あの仕事も重労働だが、サルヴィ捕獲の遠征隊のほうがより命の危険性は高いだろう。

結局はガンナー王自身が半年もの追跡ののち、ようやく角を持ち帰り、王の健在を強く知らしめることとなった。

そのことは、高慢なオブンにとってはひどい屈辱となった。王国中の人々が、自分を笑っているように感じられた。家臣たちは表面では恭《うやうや》しく挨拶をし、いかにも気の毒そうに運が悪かったのだと慰めてくる。しかしオブンはだまされるものかと思った。彼らが溜息をつくのは、やはり王子たちではだめなのだ、と思ったからにちがいない。眉をひそめたのは、父王のような覇気が感じられぬ、と思ったからにちがいない。残念でしたな、と声をかけてくる腹の中では、不肖の子よ、と嘲《あざけ》っているにちがいない。

あのときはまだ若かったのだ、経験浅い若造にすぎなかったのだ。次の機会ではくじけはしない。どんな手段を使っても、必ずわたしが仕留めてみせる。王になるのは、わたしだ。

衛兵の話では、今度の角は前のものと比べるともろいらしい。風化が進んでおり、十年はもたないと言う。それは王の耳にも届いているから、遠征隊が再び結成され、世継ぎの条件も前回と同じように示されることだろう。

このたびは、三男ディアスも遠征に加えられるはずだった。家臣マイハイのもとで、おとなしくパン芋作りをしているとナナニから報告が入っている。警戒は無意味なのかもしれない。彼の言動は、玉座など眼中にないことをほのめかしている。だが、長じればその気持ちも変わってくるにちがいない。

何しろディアスは、ガンナー王にうり二つだ。赤金の髪と目、大柄な体格、あの見かけだけでも十分脅威になる。

国民はガンナー王を畏《おそ》れると同時にあがめたてまつっている。その性《さが》、磊落《らいらく》で剛毅、勇猛さは咆えたける竜さながら、知略にも富み、人心に聡い。ただ時折、蛇にも通じるひやりとした冷たさを覗かせることがある。冷酷な一面を隠し持っていて、勘気にふれた者は容赦なく罰せられる。それもまた王としての資質と言われればそうなのだろう。

一方、オブンは母親似である。体格は大きいが、色白で顎の細い女顔である。髪の赤金色は王やディアスほど濃くない。むしろうつくしい金色なのだが、印象は薄くなる。目は切れ長で鋼《はがね》色をしている。性格は、父王の冷ややかなところのみを受け継いだ。父王のように満面の笑みで人をほめたり、吼えるように叱ったりはしない。町中の売り子に声をかけたり、味見した葡萄酒が気に入ったと言って在庫をすべて買いあげたりはしない。

ただ、人の顔色を瞬時に読みとって、相手が気に入るような言葉を発するのは得意である。配下の者が金に困っていると聞けば、家令に金袋を持たせたりもする。家族に病人が出たと聞けば医者を遣わすこともある。そうしておけば、いつか人は恩義に報いようとするものだ。オブン王子は父王ほどの豪放さはないものの、気遣いの人だ、温情あふれる人だという評価も定着する。こうした目だたぬ小さな積み重ねが、彼を支える配下の者をつくりあげていく。国民すべてを味方につける力は自分にはない、とオブンは冷静に分析している。それゆえ子飼いの家臣たちの忠義心を高め、力にしていく。地盤がしっかりしていれば、後継者競争に後れをとることは決してないはずだ。

それでも、オブンとしてはディアスを脅威に感じる。後継者に王のそっくりさんを望む声があがってもおかしくはないのだ。

衛兵に声をかける。銀貨を渡して、採掘夫たちに一杯飲ませるようにと、闊達《かったつ》さを装った大声で言う。男たちはこぶしをつきあげて歓声をあげる。オブンは笑いをつくって手をふり、騎乗すると、供の者を引きつれて樹海から城の西側に出る坂道を登っていく。

木々はわずかに秋の色合いを帯びて、坂道も陽に暖められたかぐわしい森の匂いに満ちている。あれも秋だった、とオブンは馬に揺られながら思いだしていた。

彼がちょうど今のディアスくらいの年頃、女性に興味はあるが、気恥ずかしくてどう接したらいいのかわからずにいたころだ。

才気煥発でうつくしい女が、父王に召されたと聞き、正妃やおのが母の立場を思いやって、見もしないうちから憎んでいた。どうせ猫かぶりの、蛇のように黒い欲望を胸の内に宿した女だろうと。

収穫の祭りの宴席に姿をあらわした彼女を一目見て、身体がかあっと熱くなったのを覚えている。

名をディアナといった。細面《ほそおもて》、広く白い額、通った鼻筋、二重のまぶたの上の柳眉《りゆうび》、小さめの唇、華奢《きやしや》な腰を、流れるような漆黒のドレスに包んだ黒髪の女、年の頃は二十二、三歳か。行き遅れの年増、と陰口もたたかれていたが、若さと美貌のさかりにあることは一目瞭然だった。

正妃やオブンの母と同じように、きらびやかな刺繍をほどこしたくるぶしまでのマントを羽織り、銀細工にはめこんだ緑柱石《エメラルド》の首飾りとブレスレットと指輪をつけて、豪奢より清楚、華々しさより知性を見せていた。

だが、彼を一瞬でひきつけたのは、そうしたうつくしさをしのぐ無垢《むく》の笑顔だった。権力闘争は宮廷の常なれど、彼女はその嵐をいまだ知らず、おのれに悪意をいだく者などないと信じる笑顔を持っていた。

それでいて強かった。

正妃やオブンの母のねたみそねみを含む会話の舵《かじ》を上手に操って軽い冗談にまぎらわし、悪意を善意に転換して受け流した。家臣たちやノーバの、品定めや皮肉を軽々と切りかえして、驚嘆に昇華させた。今にして思いかえせば、あれは、あの輝かしい光を放つ笑顔は、運命を信じきった者のみが持つ強さだったと理解できる。

王に召しだされて二年後、彼女はみごもって息子を産んだ。そのころ都では〈サルヴィの病〉が流行りだしていた。

角が劣化するにしたがって、病がひたひたと寄せる水のように音もなく忍び入ってくる。彼女は子を産んですぐに亡くなってしまった。病のせいだったのか、産後の肥立ちが悪かったのか。王は生まれた子をディアス——ディアナの子——と名づけ、家臣マイハイの妻ムッカに預けた。

ディアナの子。ガンナー王は妻子を愛することのない王であるが、ディアナに対する愛情だけはあったようだ。彼は家臣に我が子を託すことで我が子を護《まも》ったのだ、とオブンは考えている。ディアスがもし宮廷内で育てられていたのなら、とっくの昔に暗殺されていただろう。ノーバによって。あるいはオブン自身によって。または家臣の誰かによって。そうでなければ、正妃や愛妾《あいしょう》たちの一人によって。

実の息子と妻を同時になくしたあと、マイハイがディアスを養子にしたいと申しでたことがあった。しかし王は、許可しなかった。

長男のノーバは気弱で脆弱、オブンが王となるのは時間の問題だった。ところがそれを良しとしない者もいた。例えば一の家臣のイショーイ、彼も虎視眈々と玉座を狙う一人だ。

大賢者から百七十数年、玉座が世襲制でつながれていく時代は終わりかけていると見る者も少なくない。昔は大賢者の力が絶対であった。だが時とともに、王の血筋も薄まり、対して臣下たちも裕福になって力が増してきた。

ガンナー王はそれを憂《うれ》える。オブンを皇太子にするにしても、ノーバの母御の親戚筋が黙ってはおるまい。かと言ってイショーイが台頭してくるのもおもしろくない。そこでディアスだ。ディアスという微妙な立場にある者が、王位継承の盤上にあがってくればどうなるか。イショーイの前に伏兵が立ちふさがることと同じになる。オブンの前途洋々の勢いを殺《そ》ぐことにもなろう。また、マイハイに少しばかりいい目を見せて、忠心をあおることもできよう。王は、ディアスがもう少し長じて、オブンに匹敵する、あるいはオブンをしのぐ男となればいいと思っているのかも知れぬ。なんとなれば、あやつの母は愛妾の中でも群をぬいてお気に入りだったから。その息子が台頭してくれればそれはそれでおもしろい、と思ったのかもしれない。

オブンはそれゆえにディアスに脅威を感じる。兄ノーバは見た目は父に似ており、権力欲はある。しかし凡庸で才気に乏しい。ディアスほどの脅威はない。それに、あの若い弟には、実母と同じ強さと、運命を信じる無垢の笑顔がうけつがれているように思われてならない。

それからあの一言、子ども時代のたわごとだとかたづけることはできるが、あれが根をおろして日陰の植物さながらに、あやつの心にはびこっていないとも限らない。

それはナナニからもたらされた会話だった。白スミレの花を冠にしたアンローサが、

「わたしは月の花なの」

と得意げに胸を張ったとき、すかさずディアスも、

「それならぼくは月の王様だよ」

と王錫《おうしゃく》代わりの木の枝を地についた、というのだ。

他愛のない子どものごっこ遊び、と一笑に付すこともできた。だが、将来の野望の芽であると解釈することもできる。

ナナニの報告では、あれ以降、アンローサの「月の花」はしょっちゅうからかいの種《たね》となっているようだが、ディアスの、王になる、という言葉は聞かれない。しかし安心はで

きない。養父はマイハイなのだ。策謀をめぐらすのは得意中の得意とするところだ。彼に育てられたディアスが、もうじき十七になろうとしている。あと一年もすれば、一人前の男となって、後継者争いに名乗りをあげるにちがいない。

一度サルヴィの捕獲に失敗した二人の兄に比べれば、ディアスは若さと出自をさしひいてもなお、一歩先にぬきんでているように思える。

ディアナの息子だが、障害になるのであれば、排除する。それも、今のうちに排除してしまったほうがいい。早ければ早いほど。ひそかに。

オブンは行く手をあおいだ。王城のさらに上方でサルヴィの角が輝いている。

王になるのはわたしだ。父王以上に褒め称えられるべきはわたしだ。あの宮殿に住み、金銀に囲まれ、女たちをはべらせ、家臣どもの運命を顎で左右する。

ディアスごときに邪魔されることは、自尊心が許さない。

5

〈狼の丘〉はすでに冬のはじめだった。〈緑の凍土〉から北に直線で十日あまりの行程に位置し、北の地では最大の湖〈クワイカル湖〉を片腕に抱くようにして広がる丘である。多くの野生ファンズが生息するので、自然に肉食獣も多くなる。それでいつしか〈狼の丘〉と呼ばれるようになったのだとか。

連なり重なり、どこまでも飽くことのないゆるやかな丘陵《きゅうりょう》地帯の果てには、重くたちこめた灰色の雲が頑固に腰を据えていた。わずかな木々はすっかり葉を落とし、身をかがめて防護態勢をとっている。草叢《くさむら》はしなびて枯れてとっくに降参している。風は身を切るように冷たく、あっちの丘にぶつかってはこっちの丘に跳ねかえるのをくりかえしている。ときおり雪まじりの雨が叩きつけるように降ってくる。

「いっとう悪いときにおいでなすったもんだ」

案内人のネワールが皮肉っぽく言った。

年は三十歳かその前後、怒っているように鼻梁《びりょう》の中央に寄っている眉毛は、一度見たら忘れられない。〈北の民〉の中でも〈狼の丘〉の民は計算高く、とっつきにくく、狼を相手に冬をすごすせいで気も荒い。ネワールはその中ではおとなしいほうだが、〈緑の凍土〉の王子一行に対して、交易で出入りする〈北の民〉が見せるような卑屈さは見せず、逆にそれがディアスの気に入ったところだった。お世辞とか追従《ついしょう》を言わない無愛想な彼の口から出る言葉は、真実に近いと思えるのだ。本心をそのまま語る男ほど、信用できる相手はいないだろう。

アンローサはそうは思っていない。ファンズや丘や大きな空が見たいと言ったから連れてきたのに、寒いだの臭いだの茶がぬるいだのと文句を言い、ネワールがちやほやしてくれないのも気に入らない様子だった。

二年前に訪れたときは、春の盛りだった。

アンローサはそのときの印象が強いので、ひどくがっかりしている。

あのときは、〈緑の凍土〉と〈狼の丘〉の民との交易の契約更新のために、マイハイが族長と話し合いを持とうと出かけたのだった。見習いとしてついてくるように言われたディアスは、出立の前夜はうれしくて寝られなかった。当日の朝、アンローサが、わたしも連れて行けとねじこんできて、大騒ぎになったことは忘れられない。

十五日間の馬車の旅は、つややかな緑がしたたる樹海を抜け、一面に広がる黄色や赤の花畑を横切り、羊の背中を思わせるなだらかな丘が折り重なっている間を縫ったゆるやかな旅だった。

丘の上や谷間には、ハコヤナギの薄緑、ハリエンジュの鮮緑、松の青緑、そしてモミやトウヒの黒っぽい緑が、春の讃歌を歌っていた。その豪奢なタペストリーの上には、薄い白い雲と、天頂に行くにしたがって濃青に深まっていく空が広がっていた。

今回は、あのときの印象を黒く塗りつぶすような旅だった。アンローサにしてみれば、こんなはずではなかったということなのだろう。ディアスでさえ、春と晩秋ではこれほどに大地の貌《かお》が違うのかと内心憮然とするものがある。

このたび、二人を送りだすについて、マイハイは交易の交渉をやってみるようにと言った。もちろん補佐はつく。今回の旅は、その補佐のキース、五台の荷馬車を制し、積荷のあげおろしをする男たち、それにナナニという小規模なもので、前回のような至れりつくせりの待遇ではなかった。アンローサにはそれも不服だった。彼女のための旅のはずだったのに。

アンローサの旅の許可をもらいにオブンの館へ行ったのは、五日前のことである。オブンは早朝には家臣たちと面談し、西の金銀鉱の産出状況やら斜面の開拓の進捗状況を確認するのが日課だった。ディアスはちょうどその指示が終わったときに中庭に足を踏み入れた。

オブンの笑顔は、家令からディアスにむいたとたんにこわばった。二十歳近くも年の違う異母弟をどう扱ったらいいのかわからなかったのだろう。それに、一人娘は父親よりも彼になついている。

彼はガンナー王とはちがい、色白で細面である。アンローサと同じ白金の髪。鋼の目はきりりとした眉の下で鋭い。

こわばった笑みのまま、珍しい客人が来た、まあ座れ、弟よ、とかたわらの長椅子を指さした。

幅広い袖の青い長衣にサンダルばきという、大賢者が南の故郷から持ちこんだそのままの意匠様式の服装をしている。袖口や首回りには銀の刺繍がふんだんにしてある。ディアスならば祭典の正装に匹敵する服装なのだが、オブンには朝の仮着でしかない。

「今日はいったいどうしたことだ。アンローサではなく、わたしに用なのか？」

声はガンナー王そっくりに太くて大きい。ディアスが用件を話すと、顎をなでてしばらく考えていた。

「ちと奔放に育てすぎたようだな」

と、しばらくしてから他人事のようにつぶやいて、

「野生のファンズを見たいというのであれば、連れていってもかまわんが、旅の厳しさというものも経験させておこう。当方からは侍女一人、馬二頭、案内人、それだけを用立てよう。それでいいのであれば行くがいい」

家に帰ってマイハイに報告すると、

「ついていく侍女は、交易に不正がないか監視する役目をもになうだろう。疑問が出れば、それを王に奏上し、我が家の失脚をもくろむかも知れぬ。そのつもりで行動するのだぞ」

と言われ、ディアスはげんなりした。アンローサと二人で颯爽と馬を駆り、行って帰って十五日、というわけにはいかなくなってしまった。

交易を任された、その誇りはあるが、案内人のネワールに悪いときに来たと言われれば、先行きの見通しもそう明るくはなさそうだ。

景色の陰鬱さだけが「悪いとき」ではないとすぐに思いしった。雲の陰に太陽が昇ると、早朝にふった霙《みぞれ》のせいで地面はぬかるみ、枯れた草の下では水たまりになり、馬が進むにも人が歩くにもひどく難儀なことだった。

ここ二、三日、寒さに閉口して荷馬車の中でむくれていたアンローサは、とうとう自分も馬に乗ると言いだした。言い争うのも面倒になっていたので、ディアスは好きなようにさせた。

じめついて寒い中を一日進んだ。いくつの丘を越えたのだろう。ようやく交易所の谷間に着いたときには、早い夜が訪れてすっかり暗くなっていた。

交易所には高床式の丸太造り二階建ての大きい建物が四棟建っていた。それらに囲まれて平らかな広場があり、荷馬車はそこで停まった。

ディアスとアンローサは一棟の床下に馬をつれていった。半分ほどが馬房になっているが、他には馬は見あたらない。馬のかわりにファンズが数頭つながれていた。

彼らは大きく枝分かれした角を持ちあげて鼻を鳴らした。それで、アンローサの機嫌が少し良くなった。自分に挨拶していると彼女は喜び、そのうちの小さめの鼻の上を軽く叩いてやっていた。

二人は階上に行って、床にファンズの革を敷いた一角で、香茶をごちそうになった。短い秋の陽は、あっというまに丘の陰に没し、寒さと暗さが黒い水のようにひたひたとしみてくる。

ネワールが呼びに来たので立ちあがると、アンローサは目をみはってディアスを見あげた。

「どこに行くの？」

「仕事しなきゃ。アンローサは宿泊所に行って、先に寝ているといい」

「仕事？　暗くなってきたのに？」

するとネワールが声をあげて笑った。

「お姫様。この辺じゃ、暗いからって閉じこもっていたら、何もできなくなるよ」

むうっとふくれたアンローサを残して外に出ると、広場にはかがり火が焚《た》かれて昼より活気づいていた。

〈緑の凍土〉から運ばれてきた野菜の塩漬け、酢漬けの樽《たる》、晩生のリンゴや果物の甘煮、蜂蜜、パン芋の木箱、銅や銀や鉄の延べ棒などを目当てに、周辺から続々と猟師やファンズ飼いが集まってきたのだ。

ディアスはそうした彼らと、荷物の一つ一つについて交渉した。ときどき、損をしそうになったり、口のうまい相手に乗せられそうになったが、そのたびに補佐役のキースが咳払いしたり袖を引いたりして教えてくれた。

交渉は夜遅くなってもつづき、翌朝も暗いうちからはじまった。荷馬車には、塩の袋やファンズの燻製肉や革、狼、テン、狐、熊などの毛皮、〈狼の丘〉の女たちが織った絨毯や、細い毛糸で緻密に編みあげられた彩り豊かな防寒具などがぎゅうづめに詰められた。

すべてが終わったときには、また宵闇が迫ってきていた。ディアスとキースはへとへとになりながら、よろめくように宿泊所の階段を登った。アンローサが戸口で、彼の顔を見たらわめき散らそうと待ちかまえていた。

「ほら、これ、アンローサに似合うだろうって思ってな」

ディアスが機先を制して帽子と手袋を渡す。仏頂面だったアンローサの額に、たちまち月の光が宿ったようになる。

「うわ、ディアス、これ……」

「すごいだろ？　まずは座らせてくれ。食べるものはあるかい？　熱いお茶もほしいな」

宿泊所の床には絨毯が敷かれ、大きな座卓がいくつも置いてある。隅で、つみあげられた薪がごうごうと燃えさかっている。彼らはその炉のそばの卓に陣取り、香茶をすすった。卓上には間をおかずに湯気をあげた椀《わん》が出てきた。香草と塩で味つけしたファンズの肉と豆のスープ。大きな籠の中には、太った猫ほどもあるパンが丸まっていた。

「ああ、ナナニ、あなたも大変だったでしょう」

遅れて入ってきた侍女に、ディアスは声をかけた。

ナナニはアンローサの世話をしながらも、ディアスたちの一挙手一投足を階段の上からずっと追っていた。ディアスとキースは交渉に夢中で寒さなど気にもならなかったが、黙って立っていた彼女はさぞかし辛かっただろう。

それに、昼すぎに一騒ぎがあったようだった。ネワールの弟という大柄な男が、ナナニに嫌がらせをしたらしい。詳しいことは知らないが、ナナニが不愉快な思いをしたことは想像できた。

声をかけられて、ナナニは一瞬びっくりしたようだった。だが、如才《じょさい》なくキースが誘い、アンローサも笑みを浮かべて隣をあけたので、警戒しながら餌《えさ》に寄ってくる鶏のようにゆっくりと近づいてきた。彼女が座ってスープをすするまで待ってから、ディアスは彼女にも帽子と手袋を贈った。アンローサが歓声をあげた。

「ナナニ、わたしももらったのよ、ほら！　わたしのは月と花とファンズの模様なの。ナナニのはなんの模様？」

「雪ですよ、姫様、これは」

とナナニは喉に何かがつまったような声で言った。アンローサが、花、と言った模様を指し示しながら。

「これが雪？」

「空から落ちてきたばかりの雪は、こんなふうに結晶になっているんですよ」

「へえっ。ナナニって物知り」

「わたしのは、木と星と雪、でしょうね」

「これも雪？　あら、だって、違う模様よ」

「雪の結晶にはさまざまあるんですよ。だから模様もいろいろあるのでしょう。……帽子と手袋、おそろいの色柄で……ディアス様、ありがとうございます」

「それは、編み物、というのだそうだ。編みこみという技法を使っている、と聞いた。一段に二本の糸が渡されているので、丈夫だし、暖かいらしい。〈狼の丘〉の西側で飼われている羊の毛でしか編めないんだって」

「すごいわよね、ナナニ。裏もきれいなの」

「ええ、本当に。こうした手技には頭がさがります」

「ナナニはこういうの、しないの？　ほら……、刺繍とか、絨毯織りとか」

ナナニは細い顎を少しばかりあげた。

「昔は……、針仕事は少しばかり、しましたけれどね……」

「じゃ、わたしにも教えてくれる？　帰ったら」

「姫様が習うのであれば、もっといい教師が必要ですよ」

「ナナニに教えてほしいの。いいじゃない。教えてよ」

相手を思い通りにしたいとき、アンローサは無意識に子どもっぽくふるまう。おやつをねだる飼い猫さながらに、腕に両手を置いて甘い声を出されては、さしものナナニも悪い気はしないらしい。ちょっと溜息をつきながらも、うなずいた。

ディアスはからかった。

「大変だ、アンローサに針を教える？　決意と忍耐が必要だな」

和やかな空気の中で、スープのおかわりとパンをしたためたあと、ディアスとキースはそのままそこに横になった。三階の寝所にひきあげようとアンローサがそっと立ちあがった。

「アンローサ」

「なに？」

「仕事は全部終わったから、明日はファンズをさがしに行こう。天気が良ければ、だけどな」

「悪くても行く！」

「雨になったら、行けないと思うよ」

「じゃ悪くならないように——神様にお祈りするわ！」

ディアスは目の上に片腕をのせて、苦笑いした。うん、そうしろ、とつぶやきながら、すとんと眠りに落ちていった。

アンローサの祈りがきいたのか、翌日は雨ではなかった。とはいえ、晴天というほどでもなく、灰色がかった雲が切れ目なく空をおおっていた。

早朝に交易所を出た一行は、午前の中頃にはラミー大河を見おろす丘陵の上にいた。案内人ネワールのすすめに従って、ファンズにまたがり、馬よりはるかに速いが、いいとは言えない乗り心地に半ば閉口しながらも、丘のあいだを駆け、斜面を登り、斜面を降り、また谷間を走った。

今、なだらかに下る丘の先には、灰鈍色の水をたたえた河が、滔々《とうとう》と流れていくのが見える。

一行は、しばしそこにファンズを停めて一息ついた。

左手には〈狼の丘〉の高い部分が、延々と黒っぽいつらなりを見せている。右手はるかに小さな白い点になっているのがクワイカル湖だ。目を凝らさなければ、大地にまぎれてしまう。ここからはとるに足らない一点にすぎないが、一周するのにファンズでも四日はかかるとネワールが説明した。

風が出てきて、マントがはためいた。ディアスの左のこめかみの近くで何かが小さくはじけ、はじけたものが歌うように誘うのに任せて、ファンズの首を西にむけて走らせはじめた。待ってよ、ディアス、とアンローサの声が背中に聞こえる。

むかい風にさからって二つ丘を越し、三つめの上に達したとき、野生のファンズの群れが足元にいた。

ちょうど、河の対岸の大きな丘をまわりこんで、谷にそって河岸を西へと駆けていくところだった。細長い帯のように、蛇行する川のように、大地をどよもしてつきることがない。大河の流れの音と、ファンズの蹄の音が足元まで重なりあってとどろいてくる。

アンローサが追いついてきて歓声をあげた。これよ、ディアス、これが見たかったの！

彼はネワールに、群れを指さして大声で聞いた。

「河を渡るということもある？」

ネワールは怒っているように見える眉毛をもちあげて、まあ、どうかな、と曖昧に叫びかえした。

「先頭の一頭が水に入れば、あとはつづいていくだろうがな。先頭が賢いなら、ここでは渡らんさ。今日も水嵩《みずかさ》が増しているから」

上から見ると河の幅は狭く見えるが、実際は二百馬身もあるようだ。

「よほど体力がないと、渡りきるのは難しいんだろうな」

そう一人ごちていると、ネワールが思いついたように顔をあげて、

「もう少し行った所に、幅はこの倍はあるが、水深はさほどでもない場所がある。もしかしたら、そこを渡ってくるかもしれんな」

と大声で言った。

「行ってみるか？」

「行ってみたい！」

とアンローサ。

「姫様、あまり遠出は」

とナナニ。

「どのくらいかかる？」

ディアスが尋ねると、ネワールは下唇をかんでから答えた。

「まあ、一刻かそこらだろうな」

ディアスは素早く計算した。これからそこまで行くとちょうど昼頃だ。交易所に着くのは日暮れてからになるだろうが、夏であるならば、まだ宵の口だ。

「大丈夫だろう。行ってみよう」

そこで河岸近くまでおりていった。ファンズの群れが延々とつづく対岸を右手にして、

河をへだててはいるが、彼らとともに走っている。自分もファンズの群れの一頭のような感覚に酔いしれて。

あっという間のように感じた。少なくとも一刻はかからなかったようだ。気がつくと、四人は大きく広がった河辺の、ファンズに踏みならされて小石だらけになっているすぐそばまで来ていた。

もう、先頭は河を渡りきって左手の、大きな丘の陰に姿を消すところだった。あとからあとからついてくるファンズたちは、前を行く仲間の尻尾にすがるようにして角をふりたて、躊躇なく水をはねかして河に入る。必死に頭をあげて泳いでいる。

緩やかに見える流れだが、馬とほとんど同じ大きさの数頭が、泳ぐ姿勢のまま、下流に流されていく。水中ではあの大きな蹄が必死に水をかいているのだろう。

小さな一頭は、とうとうこらえきれず、流れと身体が平行になったかと思うや、すさまじい速さで押し流されていってしまった。その、今年生えたばかりの角が、濁流に呑みこまれ、二度とあがってこないのがわかると、アンローサがかすかな泣き声をあげた。

無事にこちら岸に着いたものたちは、前足で空をかくようにして地面に跳びあがり、水滴をはねとばして、何事もなかったように再び駆けだすのだった。

ディアスはそろそろと、彼らのほうに近づいていった。背後でアンローサが警告の声をあげ、ネワールも、気をつけろ、と叫んだ。ディアスのファンズは、強く手綱を引かなければ群れにつっこんでいきそうだった。鼻息も荒く、足を踏み鳴らし、耳を寝かしたり起こしたりしている。

ディアスは彼に話しかけ、首筋を軽く叩いて落ち着かせ、鞍《くら》の上で均衡を保とうと身体を傾けた。

群れの波と彼のファンズの間には、二馬身の距離があった。それでも、彼らが巻きおこす風が赤金色の髪を逆だてた。

蹄のとどろきの中で、どうしてその音が聞こえたのだろう。固い胡桃《くるみ》の殻でもはじけたような小さく乾いた音がした。小石がディアスの乗ったファンズの耳にあたったらしかった。ディアスは手綱《たづな》を握りしめていたが、左右に跳ねたファンズからもんどりうって転げ落ちた。

アンローサの悲鳴が聞こえたような気がする。

彼のファンズはそのまま群れのほうへ突進していった。手綱が手首に巻きついていたディアスはずるずると引きずられていった。引きずられながらも、斜めになった身体を何とか仰向けにした。小石が泥や土煙と一緒に顔に当たる。と思った直後に、彼はファンズの群れにのみこまれた。

蹄が顔に迫ってくる。顔を伏せながら左手首の手綱をさぐる。蹄は頭の上を通りすぎていく。背中と尻には砂利が当たって擦過傷《さっかしょう》をつくっていく。右も左もファンズの蹄だらけ、頬のすぐそばに踏みおろされ、横腹を踏みつけられそうになり、足も蹴られそうになる。

やっと手綱がはずれ、ディアスの上半身が地面に突然投げだされた。とっさにうつ伏せになり、両手で頭をかばう。ファンズたちは彼をころがっている木の幹と判断したのだろうか。あるいは、ちょっとした岩だと思ったのかもしれない。そばを駆けぬけ、上を跳びこし、髪をかすめながらも、不思議に蹴ったり踏んづけたりはしなかった。

ようやく最後の一頭が肩のすぐ右に後ろ足を着地させて去っていった。まるで一昼夜もすぎたかのような心もちがした。自分をぼろぼろになった布切れのように感じた。

ディアスはやっとまともに呼吸ができることに感謝しながら、呻《うめ》き声をあげて両肘をついた。額と目から滴《しずく》がぽたぽたと地面に落ちる。ぬれた小石がひどく愛おしいものとして目に映った。

名前を叫びながらアンローサが飛びついてきた。ディアスはその勢いに横倒しになり、彼女を震える手で抱きしめた。アンローサも震えていた。

暗くなってきた空が目に入り、次いでナナニの蒼白にひきつった顔、ネワールの厳しい顔が見えた。

ナナニはひざまずいてアンローサの肩に手をふれ、アンローサは泣きじゃくりながら身体を起こした。ネワールが、ディアスに片手をさしのべる。

「怪我は……？」

その手にすがって何とか上半身を起こした。手足は動く。腹部も頭も何ともない。

「尻と背中がちょっとばかり痛いかな」

するとアンローサが背中にそっと手を当てた。

「ディアス、服がぼろぼろ。血も出てる」

「かなり地面を引きずられたからな。でも、たぶん、それだけだ。ファンズに蹴られてはいないよ」

「本当に？」

ネワールは驚きを示したが、かすかに残念がっているような響きが混じってはいなかっただろうか。

ディアスはゆっくりと立ちあがった。膝が激しく震えた。今になって、歯の根が合わなくなってきた。腹のまわりに寒気がまとわりつく。ぐらつく身体を前に倒してみて、他に怪我はないと確かめる。

「本当に。擦り傷だけだ」

ネワールは渋面を驚きにまぎらわし、アンローサは両手で涙をぬぐい、ナナニとともによりそうようにそばに立った。

「信じられん。無傷とは……。ああ、あんなに近よるべきじゃなかった」

「うん、ちょっと軽率だった」

ディアスは吐息まじりに答えた。身体中の震えはいまだおさまらなかったが、確かめなければならないことがあった。いきなり上半身を起こして、ネワールの目をまっすぐにのぞきこんだ。ネワールが一瞬、たじろぐのが見てとれた。

一行は群れを斜め右前方に見ていたはずだ。小石はファンズの左耳にあたった。左の耳の裏側にあたってどこかへ跳ねとんだのを、ディアスは思いだしていた。

アンローサが彼の腕に手をかけた。

「帰ろう、ディアス、暗くなってきたわ」

ネワールが好きだったのに、ひどく残念だった。彼の率直さが気に入っていたのに。

ディアスはアンローサを見下ろし、微笑んでみせた。

「アンローサのファンズに、もう一人乗れるかな?」

ネワールが身じろぎした。

「おれのファンズが大きいから、二人で乗ればいい。おれは姫君のに乗る」

「一頭、なくしてしまったな。すまない。弁償するよ」

「ああ、そうしてくれるとありがたい」

一行は、どんどん暗くなっていく谷間を縫うようにたどっていった。

アンローサの髪の匂いを吸いこみながら、ディアスはオブンのことを考えていた。そうか、我が兄には自分を排除しようという思惑があるのか。気をつけろ、とイェイルがささやく。オブンは一線を越えてしまったようだ。これからは同じようなことが何度か起こるだろう。

イェイルに生きる、生きつづけると誓ったが、その誓いだけでは、生きつづけることは難しいとはじめて悟った。

ネワールの松明《たいまつ》に導かれながらの闇の道行きに、ディアスはその衝撃に頭がくらくらした。もう、自分の前に灯りは示されない。闇の中を歩くときが来たのだ。

すると、その思いを読みとったかのように、アンローサが肩ごしに彼をふり仰いだ。青白く浮きあがる心配そうな顔。

その顔は、ずっと以前に見たものと同じだった。七年前のあの日、母さんとイェイルが亡くなったと知らされたときの顔だ。すぐに泣きだすかと思ったのに、アンローサは血の気のなくなった顔を彼にむけたまま、しばらく彼の目をのぞきこんで、その痛みをともに分かちあった。それから大きく息を吸うと、静かに涙を流したのだった。

二人で同じ痛みを乗りこえた、あのときに確かな絆がむすばれたのだと思う。ディアスは青白い月の花の顔《かんばせ》を再び目にして、動揺していた気持ちに温かみと力がもどってくるのを感じた。

彼女に、ファンズの居所がなぜわかるのか、その秘密を打ち明けたいという衝動が湧きあがる。彼女と、喪失の痛みを分かちあったように、真実を分かちあいたい。しかしその瞬間、イェイルがささやいた。

——真実は重いよ。その重みをアンローサにも背負わせる覚悟があるかい？

覚悟、と言われて心臓が大きく一打ちした。

——わかっているくせに。アンローサに秘密をしゃべるということは、アンローサと同じ道を歩いていくってことだよ。

イェイルの口調はかすかなからかいを含んでいた。

——重荷を分かちあうかい？

ディアスの心臓がまた大きく一打ち、二打ちした。アンローサに話したい。かっと目の前が赤と金色の光に染まる。彼は目をしっかりとつぶった。深呼吸をして、赤金色の光をなんとかしめだそうとした。今はまだ、話すべきではない。イェイルの言うとおり、覚悟ができていない。それに、オブンの存在が大きく立ちはだかる。今日のように命を狙われることがこれからもあるだろう。

赤金色の衝動を必死に抑え、ディアスはなんとか微笑んでみせた。

大丈夫だ、と声に出してアンローサに答えたが、その声はかすれて冬の風のように流れていった。

6

氷雨《ひさめ》においたてられるようにして都に戻った。台地の下はすっかり冬支度だというのに、ネワールと別れ、〈緑の凍土〉に一歩足を踏みいれたとたん、まだぐずぐず居残っている秋と顔をつきあわせた。

樹海をぬける道は、下草がぺちゃんこになってその上に落葉がかぶさり、木々の枝は裸になりかけていた。昨日ふった雨のせいで滑りやすく、速度を落として進んだ。樹海をすぎれば、地面がぐっと盛りあがっていく。東斜面に広がる野菜畑と何も植えられていないパン芋畑のあいだを延々と登る。

〈緑の凍土〉の端から六日、ようやく都に入る一ノ道のはずれまでたどりついた。しのつく雨が頭巾からしたたり落ちていた。水はマントにもしみて、肩までぐっしょり濡れていた。幸い、北風は、高い丘によってさえぎられている。人気のない夕方の、農作物市場を通りすぎながら、ディアスは〈狼の丘〉はもうすっかり雪におおわれてしまっているのだろうかと、来《こ》し方《かた》をふりかえっていた。

一ノ辻をすぎ、金物市場の二ノ辻を右折する。右側には銅鍋を店先につるした親父さんが、ひまそうに腰かけている。痩せた野良犬が先頭の荷馬車の前をうろつく。左側は商い《あきな》の町の裏通りになっている。店舗の戸口はあけはなってあるものの、影と静寂が座りこんでいる。その奥でかすかな灯りがちらつく。

雑貨屋、反物屋、肉屋、居酒屋、下宿屋などの前をすぎると、道はにわかに左に折れて、ユル川をまたぐ小さな石橋を渡る。閑静な家臣の屋敷を両側に見ながらまっすぐな坂道を登っていくと、四ノ辻、そしてその北東の広い一角がマイハイ家である。

一行は門から前庭へと、次々に荷馬車と馬を乗り入れた。明々とかがり火の焚かれた玄関で、父が出迎えてくれた。廊下を歩きながら簡単に交易の報告をしたあと、厨房でシアナの手料理に舌鼓《したつづみ》をうった。部屋に戻って風呂に入り、ぐっすりと眠った。アンローサとナナニも、シアナの強い勧めにしたがって泊まっていった。

翌日は後始末だった。交易の品々はすべて記帳されてから、王宮の倉庫へ運びあげられた。それらの立会いと報告に丸一日を費やし、気がついたときにはアンローサは家に戻ったあとだった。キースがついていてくれたこともあり、マイハイはディアスの働きに満足したようだった。

「春先には、東の〈月の湖〉の民が大々的に交易に来る。今度はオブン様について、鉱石の交易を学ぶといい」

ディアスも笑顔でそれに同意したが、内心、オブンのところには行きたくなかった。ファンズの群れにのみこまれ、蹄に蹂躙されそうになったことは、父には言っていない。オブンが仕組んだこととディアスがそう感じただけで、実際はわからないからだ。まるで遠いどこかの出来事のようにも感じられたが、心の片隅ではイェイルが、忘れるな、とささやきつづけている。危険は常にある。明るい陽射しに照らされていても、もうディアスの歩いている道には影に入りこんでいるんだからね、と。

そうして、表面上はいつもと変わらない日常がもどってきた。

ところが、木の葉がすっかり落ちたころ、三晩つづけて侵入者があった。前の二晩は曇天の下で犬たちがやたら騒がしく吠え、犬番が灯りを持って見回りに出た。

「リスとか野良猫とかではないようでっさ。生け垣がちょいと広がってまっさ」

とニムレーに報告するのをディアスは聞いた。ニムレーは夜中の見回りを徹底するように犬番と庭師と厩番に言い渡した。

ところがその晩、再び騒ぎが持ちあがった。夕方から小雨が降りはじめていたが、夜になると次第に風雨が強まり、窓板にたたきつける嵐に変わった。そのせいで館内の者たちは何の物音も聞かなかったが、まだ風が吹き残り、雲が次々に重なりあうようにして走っていく朝方早く、犬番が扉を叩いて皆を叩き起こした。

彼の言うことには、昨夜は雨風のせいで何も見えず何も聞こえなかったが、やはり犬たちが騒ぎはじめたので、彼らをとき放ったと言う。犬たちは生け垣のところまで追いかけて行き、闇の中でしばらくうろうろしてから戻ってきた。

小屋に入れたあとに、一頭が足を引きずっているのに気がついた。前足の付け根と脇腹を切り裂かれていた。

「傷としちゃ、たいしたこたねえっさ」

犬番はけろりとして受けあったが、

「んでも、切り口はナイフか短剣にやられたみたいにすぱっとしてましたっさ。誓って言いやすが、ありゃ、狼とか大きい猫とかじゃねえ。人の仕業でっさ」

雨で流されて足跡一つ残ってはいなかったが、生け垣のあいだには人間一人がようやく通り抜けたような穴ができており、服の切れ端がわずかに引っかかっていた。灰色の粗末なそれは、誰でも着ているような品物で、手掛かりにはならないようだった。しかし、少なくとも、誰かが我が家に入りこもうとしたのだとニムレーは判断した。

「夜回りの歩哨《ほしょう》をおくよう、殿様に進言しよう。おそらく交易であがった儲けを狙っての物盗りだろう」

交易の儲けは全て一旦城にあげる決まりになっている。しかし、そうした仕組みを知らずに単純に考える者もいるだろう。

ディアスは生け垣の隙間を見て、鳥肌が立った。本当に、物盗りの仕業だろうか。短剣を持っていたと言う。〈狼の丘〉でのネワールの、一瞬たじろいだ目を思いだした。

それからまた五日ほどたった。その朝は、アンローサの姿がなかった。本格的に冬が来る前の、薄陽が射す日だった。時々ご機嫌を損ねると、姿を見せないことのあるアンローサだったので、ディアスは気にもとめずに〈北の民〉の言葉を一人で黙々と書き取りしていた。彼もアンローサも、自分たちの言葉も〈北の民〉の言葉も流暢《りゅうちょう》にしゃべることができたが、書くとなるとまた別の話だった。

北東にある〈月の湖〉の岸辺に住まう〈北の民〉はたくさん町にやって来ていて、生活費の足しになるような働き口をさがし、文句を言わずにきつい仕事もする。町の人たちからは重宝がられていた。彼らと取引をしたり契約を結んだりするには〈北の民〉の言葉の学習が必須だった。

そろそろ飽きてきたディアスが石板の上にチョークを放り投げたとき、石段を駆けあがってくる足音がした。頭の後ろで両手を組みながら、家令で彼らの教師もつとめるニムレーにしてはずいぶん身軽な足音だな、と思った。直後に敷居に立ったのは、息を切らしたヒルムだった。

「ディアス」

彼は相変わらず舌足らずに言ってはあはあと息をつき、四角い顔に似合わない甲高い声を出した。

「ちょっと来て」

「ヒルム。勉強中だ」

ヒルムにつきあうとそのあとでひどい目にあう。彼のすることはいつも突拍子がない。あと先考えずにその尻馬に乗って、いったい幾度とんだことになったやら。

「いいから来て。どうせそんなもの、頭に入らないだろ。おれと一緒で、『牛脚』だか『山羊脚』だか何があらわれるんだかわかんないのにさ」

なんのことだ、としばらく首をかしげて、ようやく「馬脚をあらわす」ことだと思いあたった。昨日、来年の畑の準備をしながら、ニムレーに言葉の意味をいろいろと尋ねられた、確かその中にあったはずだ。ニムレーは手は使うが頭は使わない作業では、ときどき質問をしてくる。彼にとってみればそれは知的な遊びというものなのかもしれないが、ただ身体を動かすことに浸っていたいディアスにとっては、煩《わずら》わしく迷惑な話だった。一緒に鍬をふるっていたヒルムにとって、馬が牛や山羊に変化するのは、当然のことかもしれない。

「今さっき、アンローサの使いだって言う人が来てさ、ディアスに言付《ことづ》けてくれって言われたんだよ」

「アンローサが？　何で自分で来ないんだ？」

「知るかよ、そんなの。とにかく来られないから、言付けをよこしたんだろう。へへ」

その笑いでディアスは、ははんと思った。

「ヒルム、いくらかもらったな？」

ヒルムは四角い顔の中ににんまりと口を広げる。

「へへ。アンローサにしては珍しいことしてくれるよな。ほうら、伝言代だあ」

と指で挟んでみせたのは一枚の銅貨だった。

「なるほどね」

ディアスは腰に両手をあてた。内心眉をひそめた。金を払ってまで伝言をよこすとは、アンローサに何か悪いことでも起きたのではないか。

「……で？　伝言ってのは？」

「へへ。アンローサからの言付け。えっとね、あれ？　なんだっけ」

「ヒルムゥ。ふざけるなよ」

「ディアスもお駄賃、くれたりは……しないか」

甘えるような視線をあげて、ディアスのむっつりとした表情を読みとると、やっと、

「あのさ、一ノ橋のむこうで待ってるって。四の刻くらいに、だって」

ディアスは窓の外を見た。薄陽が薄い影を作っている。

「今、何刻くらいだ？」

「へへ。さっき、四の刻の鐘が鳴ったよう」

「ヒルム、それをさっさと言えよ」

アンローサのことだ、一ノ橋のたもとでいらいらと足踏みしているに違いない。自分も本当は勉強の時間だというのに、そんなことは棚にあげて、ディアスが遅くなったことを非難するだろう。仕方がない、行くしかないか。

二人は一階へ降りきると口をつぐんで足音をしのばせ、シアナに見つからないように裏口から中庭に出た。

納屋の陰から倉庫の裏へと渡っていき、ユル川が岩肌を駆け下っていく瀬音《せおと》を聞き、陽に水がきらめくのを目の端にとらえながら雑木林へと抜ける。

ナラ、シイ、カシなどのドングリをなす木のあいだはきれいに手入れされている。オブンの豚たちが、ぶつぶつ文句をつぶやきながら落ち葉の中にドングリをさがしている。その尻を蹴飛ばさないように注意しつつ静かに通って、一ノ橋のたもとまでやってきた。

アンローサはいない。名前を呼びながら橋を渡る。渡りきった所に衛兵詰所がある。その上には、サルヴィの角の岩棚に抜ける上り坂がつづいている。いつも、パルムントという、身体つきは大きいが、気性の穏やかな老兵がいる。ところが今日は姿がない。彼は許可を得ない者を角の岩棚に上げないように見張る役目のはずだった。奇妙なことに、サルヴィの角の岩棚までつづく上り坂を、人々から遮断する役割を担う木戸が、あけはなたれていた。そのむこうには上り坂が白々と薄陽に照らされている。

胸騒ぎがした。

「ヒルム」

「ん？」

「家に戻ってニムレーに木戸があいてるって伝えてこい」

ヒルムも異常を見てとったようだった。

「ニムレー様に、言えばいいんだね？」

「そうだ。あとはニムレーが何とかしてくれる」

「ディアスは？」

「おれは登ってみる。アンローサに何かあったかもしれない」

「わかった。すぐ戻ってくるよ」

「急げ」

急げ、ディアス、と自分にも言って、駆け登る。

岩棚に登っていく道ははじめのうち、踏みならされたなだらかな斜面で、両側には落葉の積もった山際が迫ってきている。すでに葉を落としてしまった木々の白い肌が、寒々としていた。

何度かつづら折を曲がると、木々は足元へと退いていき、花崗岩《かこうがん》が地肌を見せはじめる。人々に踏まれてわずかにへこんでいる箇所を足がかりに、急になってきた斜面を登る。ここは東南にゆるやかになだれていく斜面で、もっとも高処の場所である。

サルヴィの角は、さほど余地のない頂上の、岩と岩がいくつもおり重なっているその上に、三日月の形をして輝いている。

角の大きさは彼の背丈ほどもあろうか。こんな大きな角をもつファンズの王は、なるほど銀月のサルヴィと呼ばれるにふさわしい。

角の土台となっている数個の大岩のまわりをぐるりとめぐってみる。斜め下には、金をふんだんに使った王宮の、いくつもの塔が目に入ってくる。馬場をかねた中庭では、王の兵士たちが鍛錬に余念がない。彼らのかけ声や笑い声が空の上に抜けていく。

そのさらに下には狩りの森を挟んで、王の息子と家臣の屋敷だ。こちらは花崗岩と木材を使った館が、いくつもの切妻屋根を重ねて複雑な様式美になっている。

流れ下っていくユル川と支流のネル川を抱きかかえるように下町の屋根がぎっしりと並ぶ様は、盆に焼き菓子をありったけ詰めこんだかのようだ。大通りや橋を行き来する荷車や人々もアリかテントウムシのように小さい。町の外には、どこまでも広がる樹海と、どんどん幅を広げていくユル川の銀の帯がきらめいている。

はるか東の地平線にかすかに見えるような気がする水色の線は、〈月の湖〉だ。その左手、北のほうにはもっと大きいクワイカル湖とでこぼこした丘のつらなりがあり、さらに平原があり、その先は海というものになっているそうだ。彼の焦りと不安をよそに、なんともの静かな景色だった。イェイル、何か感じないか、と問いかける。イェイルは黙したままだ。

ディアスはもう一度アンローサとパルムントを呼んだ。この平穏をいらだたしく思った。二人の気配も返事もない。

ディアスは角の真下の岩の出っ張りに片足をあげて、速くなっていく呼吸を整えようとした。どくどくと血が脈うち、耳の後ろでそれが大きくなっていく。背中から後頭部に熱い何かが駆け昇ってきて、視界が赤金色にちらつきはじめる。

その時だった。頬をかすめて何かが通りすぎた。一瞬、小さな鳥かなにかだと思った。目の隅に走ったのが、鳥の羽のように見えたのだ。直後に頭の上で小さな音が響いた。硬いものに小石があたったような音。ディアスは〈狼の丘〉の事件を思いおこした。はっとして、なにかが飛んできたとおぼしい方向に視線をめぐらせる。樹海に落ちこんでいる北斜面の岩陰に、人影を見たような気がした。

つづいて、かすかに、卵の殻がひびわれるような音がした。ごく小さな音だが、断続して聞こえてくる。なにかの内部でなにかが壊れていくような音。すぐ後ろ、頭の上だ。

ディアスは総毛だった。まさか。そんな。

おそるおそる踵《きびす》を返し、岩棚にむきあい、角を見あげた。

角の耐久性はものによって違うという。あるものは十年を越してももちこたえる。あるものはわずか五、六年でくずれる。兆候が見えた時点で、調達のための遠征隊を派遣しなければ、大変なことになる。

この角は、もろい部類だったのだろうか、見ているあいだに、一筋の細い罅《ひび》が下から上へと生じていく。わずか一呼吸かそこらの出来事だった。しかし、罅の走る音は、世界の終わる音のように心臓にとどろいた。それはまるで、稲妻が地上から天上へと逆に走ったようだった。

ディアスは凍りついた。

それからわななく身体をなんとか動かしながら、これ以上の刺激を与えないように慎重に後ずさり、呆然と立ちつくす。目の前が真っ白になった。どうしたらいい？　イェイルでさえ混乱したのだろう、真っ白な世界のどこにもその姿はない。

こんなことが起こるなんて。現実であってほしくはなかった。彼はふらついて一歩動いた。その時小さな吐息とともに、イェイルがようやく心の片隅に顔をあげた。それで、すべきことがわかった。

ディアスはさっき人影が見えたと思った北斜面をもう一度のぞきこんだ。岩が重なりあったあいだを灌木《かんぼく》が取り巻き、下にいくに従って鬱蒼《うっそう》とした森へと変わっている。むろん、誰もいなかった。彼は台地の端に立って再び角を仰ぎ見た。北斜面からサルヴィの角まで一直線につながった。再び角のそばに戻った。重なりあった大岩のあいだに隙間がいくつかできている。その一つの奥に、鳥の羽根が見えるように思えた。暗がりになっているのではっきりとはしなかったが。〈北の民〉の使う短い鳥打ち矢を思いだしていた。鏃《やじり》の先には毒が塗られていることが多い。〈北の民〉。ネワールの姿が重なる。手を入れて、隙間からそれをすくい上げようと試みたが、隙間は狭く細く、指三本しか入らない。

人声と足音がしたので立ちあがった。ニムレーとキースが上がってきた。ディアスは腹をすえるしかないなと思った。二人に事の次第を話し、どうしたらいいのかおとなの判断を待つのだ。正直に話して、裁断を待つしかない。とんでもないことになってしまったが、誠実に対処すれば道はある。そう自分で自分を励まさなければ、へたりこみそうだった。国全体の命運を揺るがすことをしてしまった。イェイルとムッカ母さんの横たわる姿がよみがえってきた。一人でも病に冒され、死人が出たりでもしたら。直接手を下したことではなくても、ここに来なければこんなことにはならなかったのに。

ディアスは大きく溜息をつき、震える両膝を両手で押さえた。

下の馬場で誰かが落馬したらしい。わっと叫び声が響いてくる。

誠実に、とイェイルも頷いた。荷車事件のとき母さんから教わった、父さんの態度からも学んだ、しっかりしろ、ディアス、思いだせ。

いたずら盛りの九歳の時だ。ディアスとイェイル、アンローサとヒルムの四人でファンズの群れのように町中を駆けまわっていた。

ある日、二ノ橋から三ノ道をたどって下級家臣の家並みを右手に、森を左手に見ながら歩いていた。新緑の気持ちのいい季節で、家畜の仔が生まれ、畑の作付に大忙しのおとなたちの背中を目にしていたせいか、みんなわくわくした気分で、かしましくおしゃべりしながら進んでいたのだ。どこへ行くというあてもなく、ただ四人で騒ぎながら歩くのが楽しかった。やがて、森の切れ目に墓地が見えてきた。

墓掘り人が二人、斜面の上のほうの土地に穴を掘っていた。その蝙蝠《こうもり》のような黒い後ろ姿を目にしたとたん、ヒルムが唇に人差し指を立てた。

橋を渡ったむこう岸の墓地の端っこに、死人を載せたままの荷車が置いてあった。

このときの四人は、いまだ死を知らなかったし、死んだ人を載せた荷車をちょっと動かすだけのことは、墓掘り人をまごつかせるくらいだと軽く考えていた。だからヒルムが荷車を指さすと、残りの三人も頷いて足音を立てないように橋を渡った。

イェイルが荷車の引き枠の中に身体を入れ、ヒルムとディアスが死人の隣に乗りこんだ。アンローサは上を仰いで墓掘り人が尻をむけているのを確認し、合図を送った。

イェイルが力をこめたが、荷車ははじめ抵抗してなかなか動かなかった。意地っ張りの牛みたいだ、と笑いながらさらに力をこめると、車輪が渋々回りはじめた。がら、ごろ、と小石を踏む振動がどんどん速くなる。

風を切って進みはじめると、ディアスとヒルムは歓声をあげた。

斜面の上から怒鳴りながら、墓掘り人が転げるように走ってくる。

もっと速く、もっと速くイェイル、とヒルムが叫んだ。二人の少年は荷車の端につかまりながら中腰になって、昔話で聞いた戦車を想像した。おれは戦士だ、剣を持って戦車の上に立つ。それならおれは御者だ、鞭をふるって馬を駆る。黒石の墓碑が流れていく。木々の緑が川となる。

前方が大きく曲がっているのが見えてきた。曲がりに沿って、右手が地崩れをおこした崖になっている。

イェイル、気をつけろ、ちゃんと曲がれよ、とディアスが叫んだ。イェイルが笑顔でふりむいてわかった、と答えた。そのとたん、右車輪が路肩からはずれ、がくんと大きく傾いた荷台からディアスとヒルムは放りだされた。

閉じることのできない目に、ひっくりかえった天地と、仰向けに転がったイェイルの顎の真上を、荷車の引き棒がかすめていくのが映った。そうして荷車は、大きく持ちあがり、ゆっくりと回転しながら二人の頭の上を飛びこしていった。

二人は若葉の茂る木の上に背中から落ちた。荷車は下のほうに転がっていった。亡骸《なきがら》はすぐ上の枝に引っかかっていた。

アンローサが崖の上から身を乗りだして、大丈夫？　早く逃げないと、とわめいた。

イェイルは尻もちをついてまだ呆然としていた。それを引っぱって、アンローサが来たほうとは反対側にせきたてていく。

ディアスとヒルムは四つん這いになって若木をへし折りながら、なんとか這いあがり、二人と合流した。

墓掘り人が拳をふりあげ、長い裾をからげて追いついてこようとしていた。

四人は尻に火がついた勢いで逃げだし、三ノ道をおりて職人町から金物市場にまぎれこみ、胸のどきどきが何とかおさまってから、何食わぬ顔で家路についた。

いつものように厩番が朗らかな声をかけてきたが、ディアスとイェイルはろくに返事もしないで家に入ると、小さな寝室にもぐりこみ、冷たい床に腰を落とし、夕食だと誰かが呼びに来るまでずっと、古い置き物の影さながらに沈んでいた。そうして、あの場面をくりかえしくりかえし思いだしていた。路肩から車輪のはずれる嫌な音、逆さまになった天地、耳元でごうごうと鳴る風、髪の毛一筋のところをゆっくりと飛んでいく荷車。すんでのところで頭を持っていかれたかもしれない、と思うと肋骨《ろっこつ》がぎゅっとちぢんだ。それから木に引っかかって仰むいた死んだ人の顔。灰色で、死んでいるはずなのに頭がのけぞっているせいで、ぱかんと口があいていた。

夕食もすすまなかった。アンローサでさえこの晩は来なかった。ヒルムは食卓の下手についてはいたものの、やはり視線を上げようとしなかった。

おとなたちが明日の仕事の段取りを話しはじめたのを機に、二人はこそこそと部屋を出た。さほど行かないうちに、暗い廊下で母さんに呼び止められた。母さんは二人を中庭に連れだしてから、それで、と尋ねた。何がおまえたちの胸に黒くたまっているの、話してごらん。

夕刻の光はまだぐずぐずと居残っていて、ベンチの後ろや庇《ひさし》の下にさいている白い花をより白く浮きあがらせていた。母さんの両脇にすわり、肩にまわされたやわらかい腕の温かみを感じながら、イェイルとディアスは自分たちがしたことをぽつぽつと語った。

「何ということを!」

と母さんは小さな叫びをあげ、身をちぢめた二人をぎゅっとひきよせた。

「ああ、息子二人を危うくなくすところだった!」

二人の頭を左右から自分の胸におしつけ、しばらく黙っていた。二人とも鼻先にやわらかい乳房を感じ、激しい動悸を感じ、見た目以上に母さんが動揺していることを知って、罪の意識がさらに深くなった。だから窮屈で息が苦しくなってきたにもかかわらず、二人はじっと我慢していた。

ようやく腕の力をゆるめると、母さんは空を仰いだ。星が一つ二つと増えていく。

「父さんを呼んできなさい」

母さんが父さんに一部始終を説明するあいだ、少年たちはどんどん暗くなっていく爪先をじっと見つめていた。

父さんは二人の前に立って、明日の朝一番に謝りに行く旨を伝えた。父さんも一緒に行ってくれるというのを聞いて、二人は互いの目の中にわずかな安堵を見いだしたのだった。

朝になって正装した両親に連れられて、ヒルムも一緒に町へくだり、墓掘り人の家の扉を叩いた。重臣の訪問をおびえた顔で迎えた墓掘り人の前で、両親は謝罪の言葉を心から口にし、深々と頭を下げた。それから子どもたちが交互に謝った。もう一軒でも同じように謝り、それからあの亡骸の家族の家へむかった。

もうその頃には陽は高く昇り、立派に装った夫婦が三人の子どもをつれて一ノ道を下っていく様に、好奇の目が注がれた。これは、面とむかって叱られるよりこたえた。王の寵臣として名高い誉れあるマイハイ父さんを辱《はずかし》めたのは自分たちなのだ。

死んだ人の家族はなかなか許してくれなかった。鉱夫の家だったから気が荒く、マイハイ殿だろうがなんだろうが、子どものしつけをちゃんとしろとさんざん毒づかれた。父さんも母さんも一言も言い訳しないで頭《こうべ》を垂れていた。近所のやじ馬が狭い路地にぎっしりつめかけていた。そのうち、誰かが『ただでは帰すな』と言いはじめた。鉱夫もその気になってしまい、賠償金を払ってもらわねばならん、と主張しだした。周りの連中もどさくさにまぎれ、自分たちにもよこせ、よこさないと帰さねえ、と騒ぎはじめたのだ。

とんでもないことになったと震えていた。しかし父さんはさすがだった。それまで垂れていた頭をすうっと伸ばし、威厳のある声で言い放った。「賠償問題はまた別の話である。

今日は一人の父として、子のしたことを謝罪しにきたのだ」と。ぐるっと見渡すとみんなたじたじになって、一歩二歩さがった。父はそれからまた鉱夫に頭を下げて路地に出た。自然に道があいて、みんなは無事に帰ることができたのだった。

帰ってから、ディアスとイェイルとヒルムは、胸にたまっていた何か悪いものがなくなったことに気がついたっけ。今考えると、あれは母さんの無言の教えだったのだ。

それからもいろいろと悪さをしたけれど、とディアスは空を横切っていく白鳥の一群をあおいだ。あんなふうな考えなしの悪さはあれっきりだった。

それだけではない、父さんの態度から学んだことも山ほどある。あのあと、父さんは使いをやって葬式の費用を肩代わりしたそうだ。鉱夫の戸口で金袋を出したりしていたら、それこそ人々の手にかかって靴までむしり取られていたにちがいないと、今だからわかる。

そうした幼いころの経験から、ちゃんと話すことの大事さはわかっていた。恐怖にちぢこまりそうになる自分を叱咤し、あったことそのままを二人に話した。

話を聞き終わると、キースは岩の隙間を調べ、ナイフを取りだして探っていたが、収穫はなかった。ニムレーは、実はディアス様、と難しい顔をして告げた。

「下でパルムントが見つかりました。後頭部を殴られて、草むらに倒れておりました」

「パルムントが殴られた……？　怪我は？」

「意識ははっきりしています。誰にやられたかはわからないと。ただ、目の端に、赤金色の何かを見たと」

「なんだって……？」

「ディアス様……」

「おれは、やってないぞ。おれはそんなことしていないよ」

「わかっておりますとも。しかし他の人はそうは思いますまい」

「そんな……アンローサは……アンローサはどこだい？」

「アンローサ様は今日はおうちにいらっしゃいますよ。お父上に〈狼の丘〉からのお客がいらして、そのお相手を命じられたそうで。先ほどナナニさんからお知らせがありましたが、ディアス様は出られたあとでした」

ディアスは自分の周囲から世界が鉈《なた》で削り落とされていくのを感じた。アンローサがヒルムに銅貨をくれるわけがない。ヒルムを使うとしても言付けなどという方法を使うわけはなかった。アンローサならヒルムに命じさえすればそれでいい。

すべてはオブンが仕組んだことなのだろう。禁じられた区域に彼を誘いだし、毒のついた矢を放てばいい。外れたら外れたで、パルムントを殴り倒し、禁じられた場所に入りこんだという罪を着せればいい。

ただ、角を壊すつもりだったのかどうか。いくらオブンでも、そこまではしないだろう。矢はおそらく偶然角に当たった。角はもろくなっていた。しかし、こうなれば、角を壊した罪もディアスに着せることができる。

腹の中で胃が石のようになった。喉元まで恐怖がせりあがってきた。どうすれば、と考えると頭がくらくらとして定まらない。

「パルムントは上司に報告せねばなりません。そうしたら調査がはじまるでしょう。ディアス様にも取り調べが来ると思います。何をどのように話したらいいか、殿様と相談なさったほうがよいかと存じます」

とニムレーはしかつめらしく助言した。キースは、このあたりをもう少し調べてみますと言って、北斜面のほうにおりていった。

「ディアス様、深呼吸して落ち着いて。しっかりなさい。足元に気をつけて一刻も早くマイハイ様に報告を」

わかった、父上に相談する。そう言いつつ、ディアスはふらふらとその場を離れた。花崗岩の坂道を降りる時に足の下で小石が滑り、何度か転びそうになった。パルムントの詰所が見えてきたとき、膝が折れて尻餅をついた。そのまま横たわって死んでしまいたかった。だが、イェイルに、立って歩け、と励まされて、誓いを思いだした。彼の分も生きると言った、必ず道はあるに違いない。

詰所の前には駆けつけた兵士たちが見張りに立っていた。その後ろ、番小屋の中ではパルムントが傷の手当てを受けているらしい。上から降りてきたディアスを見た兵士たちは、目を剝《む》き、息をひゅっと吸いこみ、合点したようにかすかにうなずく。やはりな。赤金色の髪。この目で見たぞ。

ディアスは喉元にせりあがってきた吐き気をこらえて、そのまま四ノ辻に出て右折した。変形四叉路の三ノ辻を右に折れると、周囲は鬱蒼とした森におおわれる。台地のすそ野に広がる樹海の一部を故意に残した大賢者の思惑である。普段は王の狩場となっているが、万が一、敵がおしよせて来た場合には、城を攻めるに大きな障害となるだろう。道は幅狭く、荷車一台の幅しかない。

ちょうど昼どきなので、人通りが少なかった。装身具の箱を背負った行商人を追い越した。枝から枝へと跳ねまわり、駆けまわっているすばしっこいリスの尾をかろうじて目の端にとらえた。斜面の湾曲した両方向から、雄鹿の叫びが響いてくる。

葉を落とした梢のあいだに水色の空が広がっている。地面に落ちる薄い陽射しは石灰色をしていて、冬の歌をささやいていた。

やがて一ノ門が坂の上に見えてきた。衛兵の姿が徐々に大きくなり、石積みを木の梁で補強した楼門があらわれた。花崗岩を切りだして重ねた門は、石英や黄銅鉱や雲母《うんも》の反射できらきらと輝いている。ディアスは頭上にはり渡されている巨大なまぐさ石の下を通って門をくぐった。彼は誰何されなかった。その赤金色に逆立つ髪を見れば、誰にでも、まごうことなきガンナー王の息子だとわかる。

一ノ門をくぐると、小さな中庭がある。左手の木造兵舎は食事どきの喧騒を伝えている。右手の石造りの武器庫前には衛兵が二人、番をしている。

中庭をつっきって二ノ門に至る。こちらは木造だが、先代の王の趣味を反映して金箔がふんだんに使われて目にまぶしい。複雑に入り組んだ大きな細工ものだ。

そこを通りぬけると、左手に馬場、右手に菜園の奥中庭に出る。馬場は今はもう静まりかえっていて、小さなつむじ風が通りすぎてゆくところだった。

菜園では放し飼いの鶏が十数羽、わびしげに地面をつついている。小さな池もあって、カモが泳いでいる。この前までたくさん飛んでいたトンボは姿を消し、カエルはとうに土にもぐってしまった。池の底に落ちたかすかな光が、地中の琥珀のように夢を見ている。

三ノ門は王宮の壁と一体となった豪華な玄関である。両側に彫りあげられた竜の石像はディアスの背丈の三倍もあり、金箔が張りつけられ、たてがみは赤に染められ、ガンナー王その人を彷彿《ほうふつ》とさせる。

石段は幅広く、段差も大きく、年を取った者が玄関の敷居まで達するのはひどく大変に思われる。玄関の中もまた広い。四階までの吹き抜けになっていて、はるか上空から届く光は、さながら水の下にいるような錯覚をもたらす。

三ノ門の、目にも痛い金ぴかを目にしたあとにここに入ると、統一感のない美的感覚にくらくらと目眩を起こす。大賢者とその子孫は、どこかいびつな感覚を持っていると、敏い人にはわかるだろう。

　水底に生息するイモリかサンショウウオのようなたたずまいの四人の衛兵は、目顔でディアスに挨拶する。彼は父上はどこかと尋ねた。一人がかすかに頭を傾けて右奥の執務室のほうを示した。

　ディアスはたくさんの四角い窓のある長い廊下を歩いていった。

　左手の部屋部屋からは、中で働く人々の気配が伝わってくる。ある者は公文書をしたため、ある者は小声で議論し、ある者は陳情者の相手をしているのだろう。皆、昼食などとっている暇もない状態らしい。

　つきあたりの大きな部屋では、幾人かの文官が行ったり来たりしていた。一歩中へ入ると右手の窓際で、大卓にすわった父が、片手にペン、片手にパンという格好で仕事をしていた。ディアスを認めると口角をかすかにもちあげて、ペンで脇の椅子をさしてから書類に手早く何かを書きこんだ。

　パンの最後のかたまりを葡萄酒で流しこみ、ようやくむきなおって、薄くて長い眉の端を優雅にもちあげた。無言の「どうした」に、ディアスは小声で人払いを、とささやいた。マイハイは、みんな休憩しよう、と言い、文官たちは心得て出ていった。最後の者が入口の緞帳《どんちょう》をひきおろすのを待ってから、彼は今日のことを正確に話した。どうしようもなくときおり声が震えた。

父は自分の飲み干した杯に葡萄酒をつぎながら黙って聞いていた。話が終わるとそれをディアスによこして、飲みなさいと一言、彼が空にするまで待っていた。

「この穏やかで豊かな暮らしも、サルヴィの角のおかげだと、感謝している人々がどれだけいるだろうね」

と父はやっと口をひらいた。ディアスは身をちぢこめた。

「この暮らしをあって当たり前だと人々は思ってしまう。だがいつ何が起きるかわからない、そなたもわたしも、それを嫌というほど運命に教えられたのではなかったか」

ディアスは軽はずみな行動を叱責されたと思い、うなだれた。するとマイハイは、穏やかな口調で、

「しかし苦難が襲ってくるときには襲ってくるものだ。もし、あの時、違った選択をしていたら、と後悔しても、なんともならない。わたしたちは前へ進むしかないのだ。どれほど押しつぶされ傷つけられ、癒えないものを胸に刻まれても、時の流れの上でぬかるみに沈みそうになっても、するべきことをし、生きていかねばならぬ。

……どのみち、角は崩れただろう。あと二年か三年か、あるいは五年もつか。近頃、王は次の遠征を考えておられている。それゆえ、心配することはない。新しい角がもたらされれば、この国も安泰だ。大丈夫だ、病は流行らぬ。いや、流行らせてはならぬ。わたしが王に申しあげよう」

「父上に、累は及びませんか」

「今のところ誰も手は出すまい。王の気に入りはイショーイ殿のような世辞のうまい男だが、それでも、わたしの頭脳を必要としている。だから、そなたは何も心配しなくてよい。そなたは王の息子、重くて入牢一年か二年、新しい角が来れば恩赦となるだろう」

ディアスはうなずいた。マイハイがそう言うのであれば、安心していいのかもしれない。少し冷静さが戻ってきた。ガンナー王の裁可がどのようになるのか、予断は許さないと思いつつも、目の前にずっとちらついていた赤金色の光がおさまってくる。

ディアスから見るとガンナー王は赤い竜そのものだった。大きく激しく、直情径行だが、反面狡猾で、世のすべてに通じている。町の商人や老人、子どもたちにはやさしい態度を示す。その一方で、無能な者や法を破った者には厳しく、先代から仕えていた老臣たちを、旧弊な年寄りと断じて王宮から放りだす非情さ、盗みをはたらいた侍女の手を、自ら切り落とす冷酷さを持っている。

どのようなときに怒り、どのようなときに闊達《かったつ》に笑い、どのようなときに激昂するのか、実父でありながら、ディアスにはよくわからない。ある者は笑って赦《ゆる》され、ある者は牢に放りこまれる。あるときには褒められ、あるときには鞭打たれる。王なりの筋が通っているのかもしれないが、ディアスにはその筋が見えてこない。

遠征が前から予定されていたという話は、わずかな慰めとなった。それでも、と彼は瞑目する。サルヴィがまた犠牲になる。そうした定めだとわかっていても、心から納得することはできない。サルヴィの角代わりになる別のものがあれば、今回のようなことも起きずにすんだのだ。何かしなければいけないのではないか。

のしかかってくる運命を、跳ねかえす何かを。

7

その日のうちに、屋敷にやってきた文官から取調べを受けた。事実をそのまま話した。同時進行で、ヒルムも別個に調べられた。口裏を合わさせないための通常の処置だとキースは不安がるディアスをなだめた。キースはあのあと、半日も北斜面を調べ、岩の隙間をさがしてくれたが、証拠となるものは結局、何一つ手に入らなかった。

「殿下、陛下がお呼びです。御同行願います」

翌日の夕刻、目の前にぬっと現れた大柄な兵士に気圧《けお》されて、ディアスは思わずうろたえ、さっと広間に視線を走らせた。兵士たちは動揺する者にはかさにかかってくる。たちまち両腕をかかえられて、まるで罪人のようにひきたてられていく。ナナニに糸つむぎを教えてもらっていたアンローサが、悲鳴のように彼の名前を叫んだ。その声が耳の奥で不吉なこだまになった。ふりかえった目に、ひっくりかえった紡車が映った。

ディアスは馬の上に押しあげられた。ニムレーが玄関で抗議の言葉を発していたが、有無を言わさず前鞍に両手を縛られる。前後左右を騎兵がかため、前を行く一人が彼の馬の手綱をとって四ノ辻に戻り、そこから右折する。王宮への道だ。

右手にオブンの敷地を見ながら進んだ。館や納屋は闇に沈み、ただ三ノ辻に焚かれたかがり火の明るさがきわだって目にしみた。早い夜がやってきて、いよいよ〈緑の凍土〉も冬となる。冷たい風には雪の匂いがまじっており、敷石で舗装された地面はさっきふった霙《みぞれ》に濡れていた。

王の狩場の森に入り、三ノ辻を右折し、森をぬけて一ノ門をくぐり、二ノ門、三ノ門と通って五つの塔をいだいた本丸にたどりついた頃には、もうすっかり夜となっていた。

オブンの敷地を目にしたときから、覚悟はしていた。マイハイが請けあったような、軽い罰にはなりえないだろう。縄が解かれて馬からおろされ、本丸の謁見室に連れていかれたときに、それは確信に変わった。

かがり火と松明で、広間は昼のようだった。正面の一段高くなっている壇で、ガンナー王が待っていた。玉座の下の壇にじかに腰をおろし、ディアスを一瞥するや否や、来たか、とうなった。

壇の下では十数人の家臣たちが待機していた。書板を持った祐筆、王の第一の側近イショーイ、兄のノーバとオブン、それから他の側近たち。

「マイハイ、その方は出ていけ。ディアスの話と食い違いがないか、確かめる」

王の命により、兵士たちに囲まれた父が戸口のほうへゆっくりと歩いてきた。すれ違いざまに、彼の茶色の瞳が意味ありげにまたたいたのを、ディアスは見逃さなかった。

「真実を、ディアス！」

父は大声で言った。

「真実を申しあげるのだぞ！」

うなずきかえす間もなく、彼は出ていき、扉が大きな音をたてて閉まった。

ディアスは竜にむかう勇者さながらの歩みで、王の前に進んだ。一馬身ほどの距離に縮まると、実父は乗馬鞭の先を彼につきつけて言った。

「その方がサルヴィの角を損じたと、昨日パルムントが奏上した。確かにその方が関わっていると調べがついた。マイハイは真実を、と叫んだな。真実を申せ、ディアス」

前置きも何もなし、性急なことは相変わらずだ。王は壇に座ってディアスを見あげる格好になっているが、少しもそんなことは気にしていない。全身からほとばしっている熱のようなものが、威圧感を放っている。やはり王は、赤い竜だった。

ディアスは大きく息を吸い、片膝を折ってひざまずいた。

「サルヴィの角を壊したのは、わたくしではありません」

背後でざわめきがおこった。左目の端で、オブンの口角がわずかに持ちあがるのが見えた。イェイルが、大胆に、でも慎重に、とささやいた。王は正義を重んじる。知略をも尊ぶ。しかし偽善は軽蔑し、謀略をさげすむ。虚偽を嫌い、高慢な態度は決して許さないが、膝に取りすがるような卑屈さはもっと嫌う。豪胆さを賞賛するが、傲慢さは断罪する。寛容でありながら冷酷、その秤《はかり》がどう傾くのかは、相反しながら紙一重の違いにあるふたつの事柄を、彼がどう感じるのかにかかっている。さらに、そのときそのときの気分が判断を大きくわける。とりわけ王は、激昂を制御しない。怒れば稲妻が縦横に走る嵐のごとく、笑えば太陽が大地を干上がらせるほどに笑う。

王の鞭の先が剣のようにディアスの鼻先に突きつけられた。

「しかと相違ないか！」

「違いありません。わたくしは角にさわってもいません。あそこに行ったのは、アンローサの身に何かあったのではないかと心配したからです。パルムントの頭を殴ったりもしていません」

「……昨日起きたことを、詳しく話せ」

ディアスは淡々とヒルムが迎えに来てから自分が岩棚を降りたところまでを語った。

語り終えると、王の髪が逆だった。赤金色の目の中で怒りがたぎった。王が視線をすえたまま、ゆっくりと立ちあがると、面前に一枚岩が聳《そび》えるように感じた。

王は鼻と鼻がくっつくほどに彼をのぞきこんだ。

「我らにとってもっとも大切な角のことである。しかと相違ないか！　虚偽を申したてているのではないと、誓えるか」

「真実を、と言われました。わたくしは真実を話しました」

ディアスは意識して声量を抑え、ささやくように言った。

王の手の中で鞭がびしりと音をたてた。

「パルムントはその方に殴られたと証言しておる。兵士たちも、その方が岩棚からおりてくるのを見ておる」

「パルムントは確かにわたくし、と申しましたか？　ただ赤金色の閃《ひらめ》きを目にしたのではありませんか？　――それならば、怖れながら、陛下、陛下も同じ色をお持ちです」

家臣たちがどよめいた。何たる不遜《ふそん》、王は激怒なされるにちがいない。ディアスは身を縮めた。この賭け、どう出るだろうか。

王は怒らなかった。むっとした様子もなかった。表情から心中をうかがい知ることはできなかった。一呼吸、二呼吸、沈黙の時がすぎ、ようやく王はうなずいた。

「余をも疑わしき者の一覧に加えると申すか。……理詰めで考えれば、確かにそうなろうな。であれば、その方への疑いそのものが疑わしくなる、か。赤金色、誰しも身につけることはできよう。――パルムントは髪、と申したか？」

終わりの一言は、背後にひかえていた文官への問いだった。文官は手元の調書を広げて目を通し、いいえ、と首を振った。

「赤金の色、とはじめは思ったと書いてありまする。それから赤金の服地、あるいは髪、そういったものかと思う、と」

「畏れながら、陛下」

側近の一人が口をはさんだ。兄オブンと親交の深い男である。

「赤金色、といえば陛下の御髪の色。まともな神経を持ち合わせているものであれば、自ら身につけるは畏れ多きことと思われまする」

「ディアスよ、その方はまともな神経を持ち合わせておらなんだか」

王は揶揄《やゆ》のまじった口調で言い、周囲にはかすかな笑いがさざめいた。ディアスはこぶしを握りしめた。

「わたくしには笑い事ではありません。此度《こたび》のことは、誰かがわたくしを陥《おとしい》れようとして仕組んだことかと思います」

「滅多なことを申すでないぞ。ことは誠実か否か、のみならず、その者の信用にもかかわってくる。その方の言葉そのものを信じれば、そのようにも解釈はできるが、証拠がなくては言いがかりととられても仕方ないことである」

ディアスは歯を嚙みしめてうつむいた。

「どうであるか。なにか証拠を持っているか」

歯嚙みしつつも、いいえ、と答えると、周囲のざわめきが大きくなった。それでも、とディアスは顔をあげて必死に訴えた。

「わたくしは角を壊しておりません。わたくしが角のそばにいたことは認めます。証拠を、と陛下はおおせられました。そうであれば、わたくしがなしたという証拠もないと、そうは思われませぬかっ」

「ほ、ほう。パルムントの証言だけでは足りぬと申すか」

水掛け論だ、とイェイルが首をすくめた。やりすぎるな、ディアス。それ以上言い募れば、批判と受けとられるかもしれない。ディアスはつとめて呼吸を抑え、冷静になろうとした。声量を低めてささやいた。

「真実を、と言われました。わたくしは真実を申しあげました。……裁可は陛下の御心のままに」

「その方に言われるまでもないこと。……したが、首をはねる、と裁きを下したらどうする」

ディアスは奥歯を噛みしめて実父を仰いだ。内心ではおののきつつも、こう言い放った。

「従います。しかし、そうはなさるまい、と思います」

王の目がわずかに見ひらいた。周囲のざわめきが聞こえなくなった。呼吸が三回分ほど止まり、右のこめかみの上の何もない空中で赤い火花が散った。髪の焦げるような臭いが、あたりにただよった。

王は鞭を握りなおし、くるりと後ろをむくと、マイハイを中に入れよ、と叫んで大股に玉座に歩みよっていった。

マイハイが再び入室してくると、玉座の前でむこうむきに仁王立ちになっていたガンナー王は、くるりとふりかえり、あたりを睥睨《へいげい》した。皆が視線を下げる中、ディアスだけは震えながらも顎をあげているのを目にするや、

「マイハイ！」

と声をとどろかせた。父はひざまずいた。皆は、とうとう彼の首の飛ぶ日が来たかと固唾《かたず》をのむ。ディアスは目をつむりたいのを必死にこらえて、実父をにらみつけた。

「これは、その方の息子か、それとも余の息子かっ」

宣告を下されるものとばかり思っていた一同は身じろぎした。マイハイは一呼吸してから、

「これは、意外な仰せ」

とつぶやいて頭をあげた。ガンナー王はどっかりと玉座に腰をおろした。

「答えよ、これは、その方の息子か、それとも余の息子か」

「器《うつわ》と芯は陛下のもの、育ちは我が亡き妻に似て、通う血には我が家の教えが混じっておりまする。されど、どこからどこまでが誰のものによるかなど、分けられるものではないかと存じまする」

王は肘掛に両腕を置いて身を乗りだした。

「確かに。……小賢《こざか》しさはその方に似ており、胆力は余に似ておる。見よ、いまだ余をにらみつけ、首を落とされようが屈服はせぬと身体中で語っておる。かかる不服従には厳罰をもって処さねばなるまい。

サルヴィの角に直接手をかけたわけではなくても、〈緑の凍土〉を脅《おびや》かす行為を犯したことは極刑に値する。されどわが後継者の一人であれば、一等は減じよう。さらに、ただ今の受け応え、堂々と怖じけることもなかったがゆえ、もう一等減じる。

しかし！　その首一つ、わしが取れぬと思うたその傲慢さは許しがたし。ディアスよ、そなたはまだまだ青い！　そなたは世の厳しさを学ばなければならぬ！　衛兵、角の番人をこれへ！」

王の言葉に、たちまち横手から縄にかけられたパルムントが引きずり出されてきた。

ディアスは愕然とした。

「陛下、パルムントにはなんら落ち度はありません！」

ガンナー王は鞭の柄《え》を膝に打ちつけた。

「勘違いするな、ディアス。彼が罰せられるのは、主にその職務の怠慢さゆえのことである。パルムントよ、言いたいことはあるか？」

老兵士はわななく唇をひらいて、低くうなるようにようやく声を出した。

「自分の落ち度であります。角を護る大任を、あまりに軽く考えておりました。……これはひとえに自分の軽挙から招いた事態、謹んで罰をお受けいたします」

「パルムントは悪くない！　後ろから襲われただけだっ。なんでそんなことになるんだっ」

ディアスは思わず立ちあがった。王も仁王立ちになった。

「すべての職務には重い責任があるのだということを、ディアスよ、学べ。……パルムントは明朝、両目をつぶして一月《ひとつき》の禁固、ディアス、その方には、国外退去を申しつける！」

突然の裁定だった。返す刀でばっさり切られたように、ディアスは身じろぎもできなかった。家臣たちがはっと息をのんだ。ガンナー王はつづけて、

「南方へ行け、ディアス。一年と期限を限る。一年のあいだに、サルヴィの角に代わるものをたずさえて戻れ。来年の今日までに、それができなければ、監督責任者マイハイの土地屋敷を召しあげるぞ。……そしてマイハイ！」

「はっ」

「すぐさま、サルヴィ捕獲の遠征隊を結成する。その準備並びに経路の計画を立てよ。経費はすべてマイハイ家の持ちだしにせよ」

それが、マイハイの監督責任に対する罰であった。財産のほとんどを費やすことになるだろう。

「ノーバ、オブン、角を持ち帰ってきた者を、次代の王と定める。二人とも、励め」

ディアスはうやうやしくひざまずく二人の兄の前で、木偶《でく》の坊さながらに呆然としていた。

パルムントは被害者の一人だとばかり認識していた。それが、両目をつぶす？　視力を失わせる、というのか？　そんな馬鹿な。これから一生、光のない世界で老兵が暮らすことなど、できようはずがない。

それに、国外退去？　鞭打ちの刑を受け、三年も牢に入れられるか、くらいは覚悟していた。それが、追放だって？　角に代わるものを持ってこいと？　できなければ父さんにまで累が及ぶと？　これが一国の王の裁断だというのか？　こんな無理を命じ、こんな冷酷な罰を与えるなんて。どうしてこのようなことになってしまったのだろう。できることなら、時間をもどしたかった。昨日の朝の、ヒルムが部屋に駆けあがってきたあのときに。

オブンが満足そうにゆったりと裾をひるがえすのが目の隅に入ってきた。ネワールの小石とサルヴィの角が重なりあった。目の前がたちまち金と赤に彩られ、ディアスはあと先考えず、うなりをあげて我が兄のほうへつめよろうとした。殴ろうと思ったのか、ただなじろうとしたのか、自分でも判然としない。すべてがこの異母兄の仕組んだことだと確信していた。オブンに一矢報《いっし》いなくては気がおさまらなくなっていた。どこかでイェイルが、やめろディアス、と小さく叫んだ。それでも赤と金の光に判断力も麻痺して、イェイルをさえ蹴飛ばそうとしていた。

次の瞬間に、がっしりと、マイハイの手がディアスの二の腕をつかんだ。痛みで思わず我にかえる。養父の顔があった。その顔は厳しかったものの、彼が考えていたより和《やわ》らいでいた。

「父さん？」

「いいから、黙って歩くんだ」

目の前の赤金色のちらつきが少しずつなくなっていき、かわりに輪郭の定まらない視界が広がる。赤金色が去っていくに従って、ディアスは身体中の力が抜けていくのを感じた。マイハイがその彼の脇の下にがっしりとした腕を差しこんで支えてくれる。

親子二人は、気の毒そうに、あるいは冷笑や嘲りを浮かべて見送る衆目のあいだを、互いに抱きあうようにしてよろめきつつ王宮をあとにした。

8

数日後の払暁のことである。

アンローサ様、起きてください、というナナニの声に薄目をあけた。乏しい蠟燭《ろうそく》の光に、ナナニの白い顔が浮かんでいた。ぶつくさと文句をつぶやいて寝返りを打とうとしたその肩を、びっくりするほど強い力でつかまれた。普段であればこのような無作法、許してはおかない。春先の猫のように真っ赤な口をあけてわめきたてるところだが、直前に目にしたナナニの表情にひっかかるものがあった。

「なあに？」

と渋々半身を起こす。まだ半分しか目があかない。

「今朝、オブン様が遠征に出られます」

小さい吐息とともにアンローサはまた枕に頭を戻した。

「見送りなんかしないから」

「見送りなぞしなくて結構です。でもアンローサ様、起きて身支度なさってください。急がなければなりません」

「なに？　どういうこと？」

「遠征隊の出発のどさくさにまぎれてここを抜けださなければ、お嫁にやられてしまいますよ」

いっぺんで目が覚めた。お嫁って、なに？　がばっと起こした胸元に、ナナニは服を押しつけてよこした。

「とにかく、説明は後ほど、です。早く着替えてください。遠征隊がいなくなる前にこの家から出なければ」

「わ、わかったわ……家を出るのは、大歓迎……」

ナナニがすでに旅支度であるのを見てとって、アンローサの決断は速かった。うじゃうじゃ言っている暇はない。ナナニに従え。

衣装はどこぞの誰かのお古のようで、多少臭った。鼻に皺を寄せながらファンズの厚革のズボンをはく。そのあいだにナナニはその辺に散らばっている小間物を合財袋《がっさいぶくろ》につめこんでいる。リネンの下着の上に、皺だらけの、しかし襟元の暖かい胴着を重ね、ファンズ革の上着を着てさらにマントを羽織る。マント留めはファンズの角、貧しい者の印のようでちょっとむっとした。

「暖炉の灰を顔につけてください。わざとらしくなく。それから、その髪をまとめて、頭巾に隠して」

「これ、臭いんだけど」

「さあ、長靴もはいて、紐をちゃんと結んで。外はすごく寒いですよ。それにこれから行くのは何もかも凍るような所ですからね」

よれよれでぶかぶかの靴下を二枚重ねにしてはき、長靴に足をつっこむ。ナナニは合財袋の口を閉め、腰をのばした。蠟燭の光でアンローサのいでたちを確かめると、手に唾をつけて額の灰をのばした。

「ナナニィ……」

「ヒルムの真似なんかしている暇はありませんよ。さっ、それでは出かけましょう」

「あっ、ちょっと待って！」

部屋の隅の小簞笥《たんす》に駆けよって、引き出しから取りだしたのは、〈狼の丘〉への遠足でディアスに買ってもらった編みこみ模様の帽子と手袋だった。

「ナナニのは、持った？」

「そうでした。取ってきます。ここを動かないでください。誰か来ても、寝たふりをして」

「わかった」

彼女を見送りながら、ナナニもあわてていたんだと思った。

ナナニはすぐに戻ってきた。玄関口ではなく、裏口から外に出た。館の者は皆、遠征隊の見送りで表のほうに出払っている。それでもナナニは用心深く闇を窺いながら、角《かど》から角へと動いた。音もなく、あわてもせず、影のように。アンローサも息をひそめてあとにぴったりとくっついていった。

表のほうから武具の音や馬のいななきがくぐもって響いてくる。周囲は霧におおわれて、闇をかすかに輝かせている。

裏口から納屋のほうに行くのだと思いこんでいたアンローサは、ナナニが逆の方向に足をむけたので面食らった。馬もなしに、どうやって逃げるというのだろう。答えは間もなくわかった。屋敷裏の川につづく土手をおりはじめたからだ。そこはオブン専用の桟橋があり、金や銀や鉄鉱石が荷船に積まれて川を下っていく。

川面《かわも》にも濃い霧が立ちこめていた。ナナニが急いだのは、この霧の晴れないうちに、という思惑があったのだと、アンローサはようやく察した。

船着場には小型の船がもやってあった。湖近辺に住む〈北の民〉がこういうものに乗ってやって来て、山と積んだ毛皮や薫製肉や干し魚を市場におろし、生活雑貨や織物を積んで戻っていくのを何度も目にしていた。船頭が一人船の上で待っていて、早く乗りなせい、とだみ声でせかす。二人が乗るや否や、川の中央部へと押しだし、たちまち流れにまかせて下っていった。

あたりがあまりにも静かなので、アンローサは自分の前に座ったナナニが、渦まく霧の中に溶けてしまうのではないかと、一瞬子どもじみた懸念を抱いた。そっと彼女のマントの端にふれて、ちゃんといてくれるのを確かめる。

川はマイハイの屋敷の角をまわりこむように流れている。耳をすますと、王宮のほうでかすかに人の動く気配がする。この突然の心細い状況に放りこまれながらも、アンローサのナナニに対する信頼はゆるぎもしない。

それは〈狼の丘〉から帰って以来、針仕事を教わるようになって育《はぐく》まれた信頼だった。ディアスが追放されて自分のそばからいなくなったとき、アンローサは王を呪い父を罵《ののし》り、マイハイをさえ恨んだ。ディアスの存在は、彼女の日々を支える柱のようなものだった。

ディアスがいなくなった次の朝早く、初雪が降った。今までは初雪に、なんとなくわくわくしたものだ。黒と灰色の暗い景色に、にわかに純白の輝きが加えられて、明るくなるのが好きだった。すべてが冬の眠りにつく穏やかさに満たされるような気がして、自分も満たされていくのではないかと期待もふくらんだ。しかし今回は、世界が冷ややかなものに覆われていくばかりだった。彼女は窓から首を出し、拳をふりあげて泣きながら雪を罵った。

ディアスがいてくれたら、ぜんぜん違っていただろうに、と思った。彼女の怒声にあわてて飛びたったヒヨドリさえ憎らしかった。春には追いかけっこをする二羽を二人で指さして微笑みあったというのに。頭上にそびえる王宮に、できるものなら石をぶつけたかった。届かないとわかっていても、そう言ったら、ディアスなら石を投げてくれるに決まっていた。あんなサルヴィの角なんかなくなってしまえ、と過激な発言をすれば、こらこら、とたしなめるディアスの笑い声がかえってくるはずだった。それなのに、とアンローサは泣き声を大きくした。ディアスはいない。行ってしまった。彼女から奪われてしまった。尽きることのない嘆きと罵詈雑言と憤懣《ふんまん》をすべて受け止めたのはナナニだった。他の召し使いたちが裾をひるがえしてさっさと逃げだしたのに、ナナニはとどまっていてくれた。木の下でじっと吹雪がやむのを待っている野生の獣のように。慰《なぐさ》めも下手なおためごかしもなく、余計なことは一言もなく、ただそばにいてくれた。

それが何日つづいても、ナナニは変わらなかった。辛抱強く、静かに、隣に。やがてアンローサは確信したのだ。ナナニは彼女を捨てない。どんなに荒れてやつ当たりしても、ナナニは見捨てたりしない……。

ユル川は家臣たちの屋敷のあいだをすべるように流れていく。船は音もたてず、さながら黒い水鳥のようだ。商人町と屋敷町の境にある小さな橋をくぐると、商家の灯りがいくつかぼんやりとにじんで左手に浮かびあがった。流れはそのあたりから少しばかりゆるやかになる。

と、王宮からくりだしてきた遠征隊の物音が近づいてきた。三ノ橋が間近に迫ってきたとき、先頭がちょうど橋のたもとにたどりついたらしい、霧のむこうに騎馬や旗の四角が黒く影となってあらわれた。馬のいななきや人々の静かな声がびっくりするほど近くに聞こえた。

ナナニがさっとふりむいて身体を低くするように合図をした。アンローサは船底につっぷすように身をかがめ、頭巾をかぶりなおす。

橋の下をくぐる間がひどく長かった。どかどかと頭の上を軍勢が走っていく。あの中に、父オブンもいるのだろうと想像して息をつめた。橋の下から船が出てからもしばらくは、身動きもせず、荷物のふりをしてひたすら待っていた。

やがて物音は霧のむこうに、亡霊の嘆きのように遠ざかっていった。ナナニが身体を起こしたので、アンローサも頭をあげた。再び屋敷町のあいだに川が入ったので、遠征隊は町並みのむこうにはなれていったのだ。気がつくと、寒いはずなのに、首筋にはじっとりと汗をかいていた。

船はまた速くなった流れに乗って、町を駆け下っていった。夜が明けはなれる頃、商人町と農地の境の七ノ橋をくぐった。昇りくる太陽の光に霧は次第に薄れていき、八ノ橋から町の外へと躍りでたときには、川面にわずかにただよっているだけとなっていた。

水色の空が、黄金色に縁どられた冬の梢の上に広がっていた。よく晴れた冬の日になりそうだった。もうその頃には、ユル川の流れと遠征隊の道筋は遠く隔てられていたので、見つかる心配はすっかりなくなっていた。船は白や銀や黒の幹をまだらの黄金に染めあげる朝陽にむかって流されていった。

アンローサがこの逃避行のわけをちゃんと聞くことができたのは、その日の終わりだった。時刻としてはまだ早いが、冬の日暮れともなれば寒気が厳しく、たちまち闇が落ちてきて、あわてて川岸の船宿に投宿してからのことだ。

船宿は湖の民が〈緑の凍土〉への往来で使用する、粗末な小屋にすぎなかった。他に宿泊客はおらず、ナナニは備えつけられている竈《かまど》で備蓄されていた食料を調理し、温かいスープを作ってくれた。板をつなぎあわせた卓には穴があいていた。その上で船頭と三人で熱いスープをすすり、合財袋につっこんできたパンを分けあった。

やがて船頭は部屋の隅のつくりつけの小さな寝台にごろりところがり、すぐにいびきをかきはじめた。

それを待っていたかのように、ナナニは子ども用かと見まごう低い椅子を竈のそばに二つ持ってきた。アンローサは誘われるようにひとつにすわった。くつをぬいで足を火にかざす。かじかんでいた爪先が少しずつぬくもってくる。

「よく我慢なさいましたね、アンローサ様」

ナナニのささやきは、粗朶《そだ》がはじける音にまぎれた。火の粉がぱっとちり、ぱちぱちと心地よい音が響く。アンローサはやっと全身があたたまって頭巾をおろした。

「お嫁にやられるって、いったい何なの、ナナニ」

一日中喉もとにずっと抑えこんでいた疑問は、しゃがれ声に変わった。

「ネワールを覚えていますか？」

「……ええと、うん、〈狼の丘〉に行ったときの案内人、でしょ？」

「オブン様はネワールの弟に、あなた様を嫁がせるおつもりでした」

「はあっ？」

「しっ、声を小さく。そのネワールの弟というのは――」

「ちょっと待ってよ、なによ、それ。どうしてネワール？　イショーイ殿の孫息子とか、いとこたちならわかるわよ。……ディアス、って言われたっていいわよ……」

その一言は、つぶやき程度に声量が落ちて、アンローサはうつむいた。赤くなったのをナナニに気づかれたかしら？　暗いから、よくはわからないと思うけれど。それから前言にかぶせるように、

「マイハイの後妻に、っていうのだってまだ納得するわ。なのに、なんでネワール？〈北の民〉じゃない。しかもその中でも〈狼の丘〉の民は荒々しくて乱暴な男たちが多いって……。父上はどういうつもりなの」

「〈狼の丘〉の民と血縁関係になれば、ご自分の勢力が広がると考えておられるのです」

「あの人たちと？　〈狼の丘〉にはファンズしかないのに――それに、編み物と」

「アンローサ様が思われるほど、〈北の民〉は貧しくはありませんよ。むしろ豊かなほどです」

「そんなこと……」

信じない、という言葉をのみこみ、代わりに、

「人それぞれの見方によるわね」

と言った。やった。わたしにも、ディアスみたいな物の言い方ができたわよ。

「ネワールの弟というのは二十五歳の頑健な男です。ですが、いい話は聞こえてきません。乱暴なくせに臆病者、わたくしに言わせれば卑怯者でもあります。ひどく根性が曲がっていて凶暴であるかもしれません。数年前に彼のまわりで子どもが一人死んでいます。そのときは彼が疑われましたが、うやむやになったようです。女に対しては、自分の持ち物程度にしか考えていません。前に〈狼の丘〉に行ったとき、わたくしを誘おうとしました」

「……ナナニを？」

「アンローサ様、なんですか、それは」

ナナニは裏返ったアンローサの声を聞きとがめた。しかし、かすかな苦笑がまじっている。

「わたくしに言いよる男がいるなんて、とお思いになったでしょう」

「そんな……そんなこと、思ってないわよ」

「いいですよ、堅物《かたぶつ》の女、木の枝みたいな女と思われているのは知っていますよ」

「ナナニィ……」

「誘われた、と言いましたけれどね、あれは強要であり、命令でしたよ。自分の思う通りにしなければひどい目にあう、痛い思いをするぞ、とほのめかして。ことわるとたちまち激怒して腕力に訴えようとしました。わたくしがかわしたので、勢いあまって階段下に転げ落ちましたけれどね」

「あ……それ、落ちたんじゃなくって、ナナニ、何かしたでしょ？　わたし、知ってるもの。ナナニがいろんなことできるの」

「まあ、そんなことはどうでも……。それからあの男のことを女たちから聞きだしました。……死んだ子どものことも……どうやら、自分の意に沿わなかった亭主もちの女に仕返しするために、子どもを食べ物でつって誘いだし、林の中で殺したらしいのです。遺体はぼろきれのように切り刻まれて木に引っかかって見つかったと」

「……なんてひどい……」

「みんな彼がしたと知っていましたが、彼を抑えられるものはネワールしかおらず、ネワールは、狂った獣のせいにして知らぬふりだったと。あの男、まだ若いですが、もう少し年をとればもっと手におえなくなるでしょう。このままにしておけば、必ず〈狼の丘〉の民にとってよくないことになりそうです」

「そのうちネワールの言うことを聞かなくなって、誰も抑えられなくなって、〈狼の丘〉を牛耳ってしまう、ということ？」

「そうです、アンローサ様。悪夢になります」

「父上はそのこと、知っているの？」

「お伝えしました。〈狼の丘〉から戻ったときと、昨日、あなた様をお嫁に出すとおおせになられたときに」

「知っていて、わたしをそいつのところに？」

「ですからここへお連れしました。アンローサ様、他の男であればわたくしとてこんなことはいたしません。年老いた者であっても、苦労知らずのおいとこたちであっても、姫様の判断にお任せしたでしょう。でも、これは。ネワールの弟にだけは決して嫁いではなりません。よくても自由を奪われ、一生囚人のように扱われるでしょう。悪くすれば生命をとられます」

　アンローサはぶるっと身震いした。明々とした火がそばで楽しげに燃えているにもかかわらず、ナナニのスープが身体を温めてくれているにもかかわらず。

　以前の彼女ならここでわめきだしただろう。自分を哀れんであたりはばかることのない泣き声をあげたかもしれない。けれども今は違う。冷やりと感じた何かを抱えこむように前かがみになり、その冷たさに黙って耐えた。

「……それで、どこに行くの？」

「〈狼の丘〉の民とはあまり交渉事のない他の〈北の民〉、ずっと北方のダシルの一族に保護を求めるのがいいかと。ムーコン川の下流方面に住まう民です」

ムーコン川はこの先のさらにずっと北、海に注ぐという川だ。

「なんでそんなに遠くに？」

「湖の民の近くでは、オブン様に知られる危険があります」

湖の民とは、クワイカル湖と〈月の湖〉周辺に住む〈北の民〉のことである。よく〈緑の凍土〉に出稼ぎに来たり、魚とパン芋を交換しに来たりする。

「ナナニは行ったことがあるの？」

「わたくしが動いた範囲はせいぜいが〈クワイカル湖〉の南岸までです。でも、人の話では、穏やかな人たちで、行けばかくまってくれるだろうと。〈狼の丘〉の人たちとは気性が合わないので、接触はしないそうなんです。それに、遠ければ遠いほど、ネワールの手もオブン様の捜索隊も見つけづらくなるでしょうから」

アンローサは薪の火に照らされたナナニの顔を見あげた。目の下に隈《くま》が濃い。額にも皺が深い。頬はがさついている。ひどく疲れていて、心労もなまなかではないとわかる。

「ナナニ、父様からその話があったのは、いつ？」

「昨日の夕刻です」

昨日の夕刻からナナニの姿を見ていなかったことを思いだした。

「もしかして、夕べからずっと、わたしの逃亡のために走りまわっていた？」

ナナニはかすかな笑みをうかべた。口元にも細かい皺が寄った。唇はひび割れが目だつ。

「遠征隊の出発にまぎれてしまえば、あなた様の不在を悟られるまでかなりの時間が稼げるかと思い、急遽手配しました。船やら、服やら、情報やら……」

遠征隊と一緒にいなくなれば、母や召し使いたちは、アンローサは父オブンの隊にひそかに同行したのではないかとまず思うだろう。オブンに報せが行き、また戻ってくるまで一日か二日の時間の猶予が見こめる。そのあいだに、二人はユル川を下る。追っ手が見当違いの方をさがしまわっているうちに、〈月の湖〉へたどり着き、〈月の湖〉からムーコン川へ、ムーコン川を下って目的地へ。アンローサにも、これから進むべき道がおぼろげに見えてきた。

「はじめの一日の猶予は、時がたてばたつほど長くなり、彼らが足跡を見つけだす前に、わたくしたちは氷と雪と大地と湖の中に消えることができるでしょう」

「ナナニ……」

硬い表情の口元に今にも消えそうなくらいにうっすらと浮かぶ笑みが、胸にあった冷たい何かを溶かしていく。アンローサは卓のほうをふりかえった。スープ鍋がまだ置いてある。それを竈の上に吊り下げた。

「アンローサ様？」

「ナナニはさっき、あんまり食べてなかったわ。夕べからずっと食事していなかったのなら、もっと食べなきゃだめよ。ナナニのスープはおいしいわよ」

「シアナさんのような味は出せませんけれどね」

「シアナは料理人。ナナニは料理人じゃない。それに、比べることなんて、ない」

ナナニの唇が大きく横に広がった。不意にこみあげてきたものにつき動かされるように、ナナニはささやいた。

「アンローサ様とディアス様が、わたくしを人間に戻してくれたのです」

「ごめん、ナナニ、わたしも、ナナニを人間として見てなかった。ディアスが手袋と帽子を買ってくれて、それでようやく気がついたの」

「そうですね。あの時ですね」

「ナナニとおそろいの、ね。持ってきたし」

「もう少し行ったら、つけましょう。このあたりではあれはちょっと目だちますから」

「そうか。もっとずっと北まで行くのね。ディアスが戻ってくるまで〈北の民〉になるのね」

「辛抱ですよ、アンローサ様」

「我慢できないかも。でもそのときは、ナナニにやつあたりする。それでなんとか我慢する」

「一緒に待ちましょう」

「うん、一緒に待とうね、ナナニ」

それに応えたのは、湯気をあげはじめた鍋の、ぐつぐつという音だった。

9

世界は〈緑の凍土〉と北の大地ばかりだと思っていた。

ディアスはキースと、タンダという護衛を供にして、波頭のようにあらわれては背後へ退き、退いてはあらわれる山地を歩いていた。木の板を一方向にのみ削りあげたかのような荒涼とした山並みが、見渡すかぎりに広がっている。そのあいだを、小刀の傷さながらの細い道が一本、北から南へと走っている。

頭上すぐに空があり、手をのばせば灰色の雲がつかみとれそうだった。時折四方から、冷たい霧がおしよせてきて、たちまち目の前の道しか見えなくなる。

鳥一羽飛ばない。草の一本も生えていない。左手の山腹のところどころに、積雪の白さがある。あとは何もない。風の音さえ滅多に聞こえない。全《まった》き沈黙の世界。

たまに陽が照れば、肌が焼けるほどに暑くなる。陽が翳れば、マントを羽織っていても手足がかじかむ。

「あと何日、つづくんだ？」

ディアスは馬の手綱を引きながらキースに話しかけた。〈緑の凍土〉を出てから三月《みつき》、草原や丘や川を幾つ越えたことか。この山地に入りこんでからも一月《ひとつき》はたったように思える。来る日も来る日も同じ景色というのは、ただでさえ落ちこんでいる気持ちをさらに滅入らせるものだと知った。

「明後日には抜けられそうですよ」

キースが厚い羊皮紙のごわつく地図を、懐《ふところ》から取りだして広げた。

「水はもつ？」

「ええ、まあ、何とか。何事もなければ」

キースの、やわらかく少しがさついた声が、聞く者に安心感を与える。額に、一筋の褐色の髪が三日月の形に曲線を描いて落ちている。けぶるような目をして、時折行く手をすがめて確かめる。彼がいなければ、ここまでだって来られなかっただろう。

キースは人の面倒を見ることを少しも負担に思っていないようだった。父が彼を同行させてくれたのは、何にも勝る宝をさずけてくれたようなものだと、あらためて感謝するディアスである。

一方、後ろからついてくるタンダという男は、ガンナー王第一の側近イショーイの部下の部下である。王の家臣の中でディアスの追放に同情を寄せてくれたのは、イショーイ殿ただ一人だった。ひそかに我が家を訪れて、このタンダを護衛に、と言ってくれた時、彼の本当の思惑がどうであれ、ディアスは敵地に頼もしい味方の一軍を発見したような気持ちになった。タンダは無口で無愛想、そのごつい身体は歩く盾といった風情《ふぜい》だ。ぼさぼさの髪を逆だててがに股で歩くが、身のこなしは機敏で頼もしい。少なくとも、オブンの息のかかった得体のしれない男よりは安心だった。

ただ、本人としては、追放された王子に同行して未知の土地に旅するのは、彼自身流刑の身になったようで、はなはだ不本意であるらしい。始終、ぶつくさ不平を吐きだしている。

その不平を頭の後ろで聞きながら、追放の宣告のあとのことを、ディアスはまたも思いだしていた……。

帰宅したディアスは長椅子に腰を落とした。膝に力が入らなくなっていた。座ると同時に頭をかかえた。

彼の思考はまるでかき混ぜられた泥水のように、パルムントの運命と自分の運命、自分を取り巻く人々の運命と国そのものの行く末を行きつ戻りつした。遠征隊が結成される。サルヴィの角を求めに行く。多分、オブンが今度はその任を果たすだろう。誰かが果たさなければ国は滅びる。

角の代わりになるものを持ってくるようにと王に言われたが、そんなものがあるのならば、とうの昔に誰かが見つけているはずではないか。たった一年でおれが見つけてくると、本気で思っているのだろうか。

怒りで身体中が震えた。できもしないことを命じる、それが王というものなのか？　無理難題をふっかけて、できなければ家臣の財産を召しあげる、それで王なのか？

ああ、それでも、さがさなければならない。父さんのために、自分のために、犠牲を払ったパルムントのために、そして殺されつづけるサルヴィのために。

しかしどのようにして？　どこで？　何の手がかりもないのに。暗闇で泥の中にまぎれた一粒の麦をさがすようなものだ。それが見つかるのなら、どこへでも行こう。南の端でも、北の端でも、帰ってこられなくてもかまわない……。

マイハイは隣に座って、彼の激情が少し冷めるまでじっと待っていた。やがて肩に手をかけ、聞くんだ、とささやいた。ディアスは、大きな吐息をついて頭をあげた。

「オブンが何かしたに決まってる」

彼は吐き捨てるように言った。

「そうだな」

父はあえて否定せずに穏やかにうなずき、

「だが今回のことはすべて、ガンナー王自身の意思で決定されたことだ。王はあのように裁定なさったことで、相当の罰を与えたような印象を周囲に持たせた。さすがだと感心するよ」

「まさしく、相当の罰、でしょう……？　それに感心するなんて……」

「まあ、聞きなさい。牢に入ることを想像してみるがいい。一口に入牢一年、と言うが、それは長い長い一年であろう。どこへも行けず、誰も訪ねてこず、朝から晩まで同じ景色、変化のない、壁と床と天井を見るだけの、何もなしえぬ日々」

　マイハイはディアスの顔をよぎったものに重々しくうなずいた。

「歩くこともままならず、走ることなど決してできぬ生活。それと比べてみるがいい。よいか、ディアス、しっかりと心にとめおけ。そなたの行く先は、孤独を強《し》いる荒野かもしれぬ。しかし王はそなたに、兄王子たちにはないものを見たのではないかとわたしは思うのだ。〈緑の凍土〉しか知らない見識の狭い男にはしたくないと、王はお考えなのではないか。追放、とよそ目には厳しい裁断、されど父として、そなたの父としての立場であれば、わたしも同じことを言ったであろうよ」

「王に、そんな情があるものか。考えすぎだよ、父さん」

「そうかもしれぬ、誰もあの方の心のうちを読み解くことはできないのだろう。だが、そなたは、わたしたちは、そう考えたほうが前へ進める」

「つまり……？　追放が、牢屋よりいい、って？」

「その通り。広い世界を見てまわれる。〈緑の凍土〉と北の大地の一部しか知らない男よりは、さまざまな場所を経巡《へめぐ》ってさまざまなことを吸収した男のほうがずっといい。角に代わるものを見つけられるかどうか、誰にもわからない。だが、わたしは息子を信じている。発見にいたらぬまでも、何かしら糸口をつかんでくるに違いない、とね」

他の者が言ったことであったのなら、楽天的すぎると嘲笑っただろう。だが、妻を救うために、禁じられた岩棚まで登ってサルヴィの角の粉を取ってきたマイハイ、その結果息子たちにまでもたらされた悪夢を知って苦しんできたマイハイ、愛する者を失ってともに喪失感と戦ってきたマイハイの言うことだったから、ディアスは素直にうなずくことができた。

「……どういう気持ちで前へ進んでいくか……」

ディアスは以前に、ヒルムに教えた自らの言葉を、改めて自分自身に言い聞かせた。

「物事をなすときには、どういう気持ちで取り組むのか、それが大事だ……」

マイハイは目をうるませて、ぎゅっと唇をひきしめた。笑おうとしたがうまく笑えなかったのだ。ディアスの肩にどっしりと重い手を置いてゆっくりとうなずいた。彼は何度か深呼吸して、自分の決心を嚙みしめた。ようやく膝にも力が戻り、暖炉の火の暖かさを感じるようになった。厨房からただよってくる食べ物の匂いにも気がついた。

「……パルムントを、彼をなんとか救えないものかな……?」

現金なものだ。少しばかり自身の道がひらけたような気がしたとたん、やはり心にひっかかるのは老兵士に科される罰のことだ。

「ガンナー王は無慈悲で冷酷になられる。一刀両断なさるが、人の苦痛を喜ぶような方ではない。新しいサルヴィの角がもたらされるまでの禁固刑にできないか、いろいろ手をまわしてみよう。だが、わたしが頼んでは、むしろ逆効果かも知れぬな。いったん口になさったことはなかなかひるがえしてはくださらぬ……イショーイ殿に懇願していただくという手もあるか……」

その言葉に、かすかな希望が闇の中でまたたいたような気がした。

そのあとすぐ、アンローサが泣きながらやってきたが、もうディアスは彼女を慰められるくらいに立ち直っていた。必ず戻ってくるから、と何度も何度も力強く約束して、ようやく泣きやませた。

アンローサは真っ赤になった目の縁《ふち》をまだぬぐいながら、

「わかった。ナナニに針を習って、マントの一つくらい縫えるようになってるからね」

戸口にたたずむナナニにアンローサのことを頼んだ。

同じ晩にイショーイ殿も夜闇にまぎれて来てくれたのだった。小柄で愛想が良く、親身になった口ぶりでタンダを連れて行くようにと紹介してくれた。それから、父と同じようなことをディアスに言い諭し、ディアスはおとなしくそれをうけいれた。

父がパルムントについて言及すると、イショーイ殿も、いたずらに一兵士の将来を暗闇でとざすことには大きな疑問を持っていたようで、なんとか王に願ってみると約束してくれた。

翌朝、旅支度をしていると、イショーイ殿の伝令が戸をたたいた。しばらくして戻ってきた父は、視線を爪先に落として首をふった。

「イショーイ殿が奏上してくれたそうだが、王の返事はまだない、とのこと。しばらく待たねばなるまいな」

厨房で、シアナの食事を食欲がないままに、無理矢理つめこんでいるときに、第二の伝令がやって来た。耳をすましているところへ、父が来て言った。

「無駄であったようだ……パルムントの刑は、今しがた、執行されたと……」

ディアスは絶望の声をあげていた。

イェイル、生きていく、ということは、ただ息をして暮らしていく、ということではないのだな、それだけでもすごく難しいのに、と心の中で叫ぶと、九歳の顔のままの乳兄弟は確かにそうだな、と苦しそうに顔を歪めた……。

山の尾根がつき出ていた。そこをまわりこむようにたどっていくと、また目の前に同じような尾根がつき出してくる。行けども行けども目に同じでは、タンダでなくても小石の一つもぶつけたくなる。

それでも、キースが言った通り、翌々日の夕刻に、やっと景色が変わった。

道は目の前の丘陵をまっすぐにあがっていく。一行はその先に広がる茜色に染まった空を目指して駆け登っていき、頂上で足を止めた。思わず息をのんだ。

野原か、はたまた樹海か、あるいは湖かと期待していたが、いずれも違った。

大きく陥没した谷が丸く視界を占めた。足元からすり鉢状になだれていく崖の表面には、のこぎりで削られたような跡が無数についており、その削り跡一つ一つの高さは十馬身以上もある。近づいていくに従って、それは一本一本の石の柱に変化していく。どれもが巨大な針葉樹の形をして、脅かすように天をさしているのだった。根元には本物の針葉樹の林も点在して見えるが、石の柱はその十倍も高い。上からのぞけば、たいした広さではないような錯覚を覚えるが、とんでもない、一周に三日ほどはかかろうか。石柱群のあいだを縫う道が糸同然に見えることからして、〈緑の凍土〉の町と畑を合わせたのと同じくらい広いと思われた。まるで、大賢者が平坦な場所から大地を持ちあげた分、ここがへこんでしまったかのようだ。

キースはその道を指で示して、

「むこうの斜面にたどり着くまでには、一日はかかりそうですね。むこうの台地に抜ける谷底の道が見えますか？　あそこまでは半日でしょう」

タンダも立ちつくしていたが、ようやく声を絞りだした。

「……これは、なんだ？　誰が造った？　どんなことをすれば、こんなことができるんだ？」

おりしも、西陽が雲間から射してきた。石の針葉樹は先端を金に銀にと輝かせ、あるいは漆黒の影をつくり、さながら燃えたつ巨大な王宮、あるいは大輪の光の薔薇。

次第に夕闇に沈んでいく石の森は、黄金から薔薇色、橙色、紫色と変化していった。谷の底から少しずつ影が這いあがってきて、濃紺や藍色の薄布を一枚、また一枚とかけていく。目を離すことができずに、夕陽がすっかり落ちるまで、動くことができなかった。

気がつくと、光が残っているのは、三人が立つ頂上だけになり、一番星が群青の夜空に輝いていた。

谷のへりから少し下った小さな林の中に泉がわいていたので、そこで野宿をした。谷の反対側から、狼の遠吠えが風に乗って聞こえてくる。何日かぶりで聞いた、生き物のたてる音だった。

いつも通り、口数少なく焚き火をかこんで、ファンズの乾燥肉をあぶり、香茶をいれ、日もちするように塩と蜂蜜を多めに入れてかたく焼きしめたパンに歯をたてた。黙々と食事を終えて横になってしばらくしてから、タンダがぼそりと聞いた。

「いったい、誰がこんなものを造ったか、その地図には書いてねえのかい」

毛布の中にごそごそともぐりこもうとしていたキースは、手を止めて、ああ、と返事した。

「地図には書いてありませんね。でも、名前は記してあります。〈黄金谷〉と」

「〈黄金谷〉か。なるほどな」

「ちなみに、歩いてきた山並みは、〈霧の荒野〉だそうです」

「〈死の荒野〉って言われても驚かねえぜ」

「魔法使いが造ったのだろうか」

とディアスはつぶやいた。

「まさかな。あれは、人間が造れるもんじゃないような気がする」

するとキースはようやく身体を落ちつけたのだろう、満足の吐息をついてから答えた。

「明日には〈黄金谷〉を横切ります。泉があってほっとしました。谷の中に、泉のわく場所があるとはとても思えませんから」

道が途切れないのも幸いだった。そうでなければ、馬を置いていかなければならなくなっていただろう。彼らはおとなしく木立の下に首を垂れている。

一行は翌朝早くに谷底へとおりはじめた。いまだ闇に浸っている静かで冷たい道を下へ下へとたどっていき、石柱の樹林の端に着いたときには、谷のへりに朝陽が射して、さながら、巨大な冠の環に囲まれているかのようだった。

両側から石の木の土台となっている壁がのしかかるように迫ってきた。横筋のある岩は、石灰岩と砂岩のようだった。さわればもろく、焼き菓子のようにぼろぼろと崩れるところもあった。

足元には何本も鋭い溝が刻まれていて、ところどころには水たまりができていた。キースはそれを見ると頭をあげた。つられてディアスも上方を見た。尖った岩樹林の先端が、昇りきった陽射しに白金の輝きを見せていた。

「もしかしたら」

キースは、視線を上方にむけたままで言った。

「ここを造ったのが誰か、わかったような気がしますよ」

背後からタンダが、だれだ、そいつは、とうなった。

「まだ推測です。はっきりしたら教えますよ」

半日も歩くと、石柱樹林の間にこごんでいる本物の林に行き着いた。三人はトウヒの木の下で一休みした。ところどころにこうした森があるのはありがたかった。

石の森は、太陽の位置によって刻々と色彩を変えていく。

三人はといえば、その根元の小暗き地上にあって、天上のタペストリーをただただ仰ぎ見つつ歩くのだった。

〈霧の荒野〉では一切の物音が拒否されていたが、ここにはひそかな音が満ちていた。どこかで水の流れる音――たぶん、この岩の中か下で――、小さな虫がはいずったり、羽虫が飛んできて岩壁にぶち当たる音、陽射しにあたためられて石が割れる音、あるいは小石や瓦礫が転げ落ちる音。岩間を抜ける風のひゅうひゅういう音や、森林のあちこちで名乗りをあげる百舌《もず》のきつい鳴き声さえこだまする。そして、手綱を引いて歩く彼らの足音、呼吸する音、馬の蹄の音、鼻息。石の粉の匂い、石灰水の匂いも鼻先に絡みつくようだ。

その晩は遅くなってからまた別の林にたどり着き、火をおこし食事をして身体をあたため、それでも震えながら横になった。三月《みつき》分南に来たとはいえ、冬は確実に彼らの後ろに追いついてきているようだった。

深更に突然、大地が激しく上下した。闇の中で飛び起きたものの、いったい何事が起きたのか、わからなかった。天が落ちてきたのかと、くらくらする頭で思った。地面は太鼓の皮のように震えていた。鳥たちが驚いて、やみくもに鳴きかわしながら飛びたっていった。

「ディアス様、大丈夫ですか？」

「なんだ、何が起きたんだ？」

キースとタンダの叫びも震動に絡めとられてよく聞こえない。

しばらくしてようやく、揺れは次第におさまっていき、石柱のあちこちが崩落するがらがらという乾いた音も静かになっていった。鳥たちもぶつぶつ言いながら再びねぐらに戻ってきた。

三人はそれからしばらく、再びかきたてた火のそばによって地震を警戒したが、いつのまにかうとうとしたらしい。夜がすっかり明けきってから目が覚めた。

荷物をまとめているうちに、昨夜、空には月がなかったと気がついた。

「キース、タンダ、ここでは月はいなくなるようだ」

馬に荷の紐を縛っていたキースの手が止まった。タンダはそれがどうかしたかい、といつにも増してぶっきらぼうだ。寝不足がたたっているらしい。

キースは紐を縛り終えてから、ディアスに近よってきた。一緒に空をさがし、ふうむと息をついた。下弦の月が東の崖縁の上に白く浮いていた。

「確かに、月はさっきまで、地平線のむこうに沈んでいたようですね。ここでは月はいなくなる、不思議なことがあるものですね」

昨夜、途中で起こされたせいで、身体がだるかった。三人は歩きだしたが、その歩みははかどらなかった。昼前に、この分だともう一晩谷間にとどまることになりそうだと覚悟していると、突然石柱樹林がひらけて比較的平らな場所に出た。灰色雲が、円く切り取られた空を走っていく。冷たい風がマントをはためかせる。どうやら谷のはずれ近くまで来たらしい。

「雨になりそうだ」

とタンダがつぶやくのにかぶせるように、キースが叫んだ。

「あれを御覧なさい！」

その指先には、大きく湾曲した崖があった。崖は黒っぽい灰色でなめらかだった。湾曲した部分は鋭い刀でえぐりとられたかのようだった。しかしキースが示したのは、その下にあった。

まぐさ石のような形をした巨大な岩が崖の下に斜めに横たわっており、あたりには破片とおぼしき鋭い石や岩の欠けらがひと山をなしていた。からからと石の転がる音がして、少し右に目をむけた直後、崖が動いた。

あんぐり口をあいた三人の目の前で、一部に亀裂が走ったかと思うや、崖のひとかたまりが丸ごとずれた。十馬身はすべったか。石と石の摩擦で火花が散る。空気が焦げる臭いがする。雷のようなとどろきが谷に満ちる。

それはしばらく母岩にしがみつくかのようにすべっていったが、とうとう空中に躍りだし、昨夜落ちたであろうまぐさ石の真上に落下した。激しく地面が上下し、粉塵がまいあがり、一行は馬の手綱にしがみついた。

昨夜と同じように、背後の石柱樹林が崩れ、森から鳥たちが飛びたった。こだまが右へ行って谷の外れにぶつかり、跳ねかえって左にとどろいた。上空にそれがぬけていく頃になって、やっと身じろぎした。

「地震、じゃ、なかったのか、ちくしょうめ」

タンダが涙目で呻《うめ》き、キースも、

「すごいものを見ましたね。いやはや。こんなことがあろうとは」

と言い、また激しく咳きこんだ。石の粉をかぶって、三人とも灰茶色になっていた。

風が強くなり、灰色雲の下に黒雲がもぐりこんで谷に迫ってきていた。稲妻が遠くでかすかにひらめいた。三人は我にかえり、道を急いだ。

キースはやがて道をそれて、大きく張り出した岩根のほうに二人を導いた。

刻み目のついた張り出し岩は、足がかりがあって登るのは楽だったが、馬たちを引き上げるのはむずかしい。それでもなだめなだめ、何とか登った。雷鳴が近づいてきて、雨も落ちてきた。

ようやく鞍部《あんぶ》にたどり着き、頭巾をかぶったかかぶらないかのうちに、土砂降りと稲妻が同時にやってきた。

一行は馬たちと身を寄せあった。ひらめく稲光に浮きあがったのは、たちまち雨水が四方八方から滝となって谷におしよせてくる光景だった。まるで漆黒の肉食獣の群れのようだった。いきなり姿をあらわし、咆えたけり、襲いかかってくる。岩々を削り、濁流をつくって流れこんでくる。さっきまで歩いていた道が奔流の通路と化していった。

谷間の奥深いどこかには、地下へといざなう洞窟か穴があるのかもしれない。そうでなければ、これだけの大量の水は、あっというまに針葉樹の森を呑みこみ、彼らの足元にも迫ってきたはずだった。そうでなければ、渦を巻き、逆白波をたてながら、あのように激しく流れ下っていくはずがなかった。

「ここにあがらなかったら、流されて溺《おぼ》れていたたな」

ディアスは息をのんだ。キースは青白い顔でうなずいた。

「石柱樹林を造ったのはたぶん、雨水ではないかと思っていました」

「鉄砲水が来るってなんでわかったんだ?」

とタンダが尋ねた。

「石灰岩はやわらかい石ですが、それでも、あんなふうに削られるには長い年月と激しい雨が必要でしょう。足元には、水で削られた地面がありましたからね。そういうことです」

「じゃ、あの道も、人が造ったのではない?」

「途中までは人の行き来でできたんだと思いますよ。谷底の道は、雨がそら、あのように川となってできた。それを人が利用した、そういうことではないかと」

ディアスはわなないた。痛いほど降ってくる冷たい豪雨の中で、来たときと同じように素早く去っていく雷鳴を聞きながら、身体がどうしようもなく震えてくるのを感じた。

人間には及ばない力を、天は、大地は、持っている。気が遠くなるような長い長い時をかけて、延々とつづく沈黙と霧をまとった山並みを生みだし、黄金の巨大な薔薇にも似た谷間を創る一方で、山を崩し、岩を削り、濁流となってすべてを呑みこむ。大賢者が月を二つ引きおろし、〈緑の凍土〉を造ったことさえ、この、大いなる理にかかっては小手先だけのことのように思えてくる。

やがて雨もあがった。西の空に黒雲の名残りと稲妻のかすかなひらめきを残して。足元の濁流も、あっという間に引いていく。流れ下る奔流の証《あかし》は、木の枝や針葉樹の葉が岩壁にへばりついているだけになった。

一行はそろそろと下に戻り、一旦西へむかってから、登り坂を南へと急ぐ。昼でよかったとつくづく思った。これが夜だったら、と考えると、長居は無用に思われた。いかにうつくしい景色の中にいても、思わぬ事態が襲ってくるのでは。キースの知恵と気転がなかったら、みんなとっくに濁流の餌食となって、底しれない奈落の淵へと落ちていたにちがいない。

雨に濡れた石灰岩の道は、つるつるしていて滑りやすく、ようやく谷べりの上にたどりついたとき、三人とも思わず弱々しい歓声をあげて両膝をついた。平らな森が目の前に広がっていた。夕闇がすでに紫紺《しこん》の息を吐いていて、見通しもきかなくなっていた。狼の遠吠えが前方でいきなりあがったかと思うや、後方でそれに応える声が伝わってくる。しかしそれさえもむしろありがたかった。

三人は、広葉樹と針葉樹のまじりあう森の中の草地で野営した。去年の松葉の上に、今年の落葉がつもっていた。秋の名残の香りがまだここにはあった。〈緑の凍土〉はすでに冬のまっただなかだろう。そんなことを思いながら眠ったせいか、久しぶりにサルヴィと大賢者の夢を見た。いつもと違って、大賢者はナイフを横に引くのをためらった。サルヴィのディアスはそれでも、自分の死をじっと待っているのだった。

キースにゆり動かされて目が覚めた。霧の朝だった。騎乗して森の中を通りすぎた。森の匂いをかぎながら、ゆっくりと馬を走らせることのなんという心地よさ。

霧が晴れる頃に森をぬけた。段々畑が地平線までつづいていた。畑には紫と白の花が咲き誇っていた。空気に、今までにない暖かさと湿気が感じられた。畑のあいだに、つづら折の細道が刻まれていた。

南方の冬とは、こうしたものなのだろうか。ディアスは水色に広がる空を見あげた。ノスリか鷹が舞っている。薄くて白い雲が浮かんでいる。ハナバチやミツバチの羽音が眠たげだ。

まだちゃんと乾ききっていない衣服が、太陽にあたためられはじめる。ずっと凍えていた身体も温かくなってきて、馬の背に半分眠るようにして進んでいった。そうしているうちに、いつのまにかうとうとしていたらしい。

キースの声に我にかえった。彼が示した先には、十数軒の家があった。実に、三月《みつき》ぶりに目にした人家だった。

「今夜は寝台で寝られそうです。どうやら冬に追いつかれずにすみましたね」

ディアスは来し方をふりかえった。それから前に広がっているなだらかな段々畑のむこうを見はるかした。

〈緑の凍土〉をはるか後方にして、彼は、山が崩れて砕けるのを見た。黒い濁流が、黄金の谷を造るさまを見た。荒涼とした山脈にうねる霧と、果てしのない空に、手がとどきそうな感覚を味わった。この世には、予想だにしない事柄がたくさんある。ありえないはずのものが存在する。であれば、角がなくても安心して暮らせるようにする方法も、必ずどこかにあるはずだ。誰かが知っているかもしれない。大自然がそれとなく教えてくれるかもしれない。その方法をさがしあてて、絶対に故郷に戻る。そしてパルムントにつぐなう。それまではもう二度と、不平不満を言ったり愚痴をこぼしたりはするまい。

冬に追いつかれずにすんだ、とキースは喜んだが、このときディアスの心には、冬の月が一筋の道をおぼろに照らしだしたのだった。

10

段々畑の村人は、追いだしこそしないものの、歓待もしなかった。警戒心が強く、泊めてくれと言うと、どこの家でもいい顔をしなかった。なんとか一軒に頼みこんでやっと納屋の一隅に潜りこんだ。寝台で寝る、というキースの夢はあえなくついえ、牛馬の足踏み、夜中に駆けまわるネズミ、狩りをする猫、寝言で唸る犬たち、と騒々しく臭いもきつかった。それでも、野宿をつづけてきた三人にとっては藁《わら》に埋もれて眠れるだけましだった。

翌朝キースは地図を広げた。書きこまれているのはこの村までだった。その先の南も西も、大雑把な地形が記されているだけで、名前もついていない。町や村の存在も定かではなく、どこへ行ったら、角に代わるものの手がかりを得られるかもわからない。

キースは腕組みをして地図を睨みつけた。

「南には湿地と湖、西は高山と荒野、東は砂地、そしてその先に海、ですよ」

ディアスも地図を覗きこんだ。キースの言うとおりだったが、東の海にだけは、なにやら小さく名前が書いてあった。

「〈赤き海〉……？」

こめかみで赤金色の光が小さくはじけた。目蓋の裏に橙色の斑が散って、目眩《めまい》がした。

大丈夫ですか、とキースの声が遠くで聞こえる。

赤き海。赤き海と白銀の月が出会うとき……。

ディアスは目をしばたたく。そうだ、あれは、サルヴィが死のまぎわに歌った歌……。

赤き海と白銀の月が出会えば、くりかえしの悲劇も終わりを告げる……サルヴィはそう歌った。もしかしたら、その意味がわかるかもしれない。

「その海に行ってみよう」

キースは腕組みを解いて、

「それでは、村の人たちから情報を仕入れてみましょう」

彼が出ていったあと、ディアスとタンダは馬の用意をした。外に出ると、穏やかな陽光が降り注ぎ、暖かな風が吹き、まるで春のようだった。ディアスとタンダは手綱を握って色とりどりの花の咲く段々畑を眺めていた。

「こんなに暖かい土地があるとは、知りませんでしたぜ」

と、しばらく黙していたタンダがぽつりと言った。ディアスも頷いた。

「おれもだ。〈緑の凍土〉も北の地に比べれば温暖だと思っていたけれど、同じ冬でもこんなに違うとはね」

「あんまりあったかすぎて、頭の芯が溶けてしまいそうな感じがしますぜ」

「確かに。気持ちがゆったりする。だけどゆったりしすぎて、大丈夫なんだろうかと心配にもなるな」

またしばらく沈黙した。そのうち、キースが戻ってきた。

「海に出るにはやはり、砂地をつっきらなければならないそうですよ。砂地というよりは砂漠と言ったほうがいいそうです。しかも、変な話を聞いてきました……」

「変な話？」

「ええ、まぁ……」

キースにしては、歯切れが悪いものの言い方をする。ディアスは眉をひそめた。

「なんだい？」

「女の形をした魔物が、出るのだそうです。それで、砂漠に入った者は、二度と戻ってこないのだとか」

頭の中でイェイルが、誰も戻ってこないのにどうして魔物が出たとわかるんだろう、とうがったことを言う。ディアスはそれに思わずくすりとした。

「笑っていますけどね、ディアス様、村人は真面目でしたよ。魔物なんて出ないにしても、わたしたちのような砂漠を知らない者が、むやみに足を踏み入れていい所ではないらしいですが」

「でも、そのむこうに海があるとわかってるってことは、誰かが行って帰ってきたということにはならないかな」

するとタンダが剣の柄に手をかけて、頼もしく言った。

「魔物なんぞ、おれが腕ずくでやっつけてやろう」

そうタンダもうけあってくれたので、三人は東のほうへと進むことにした。段々畑の通路を歩き、村のはずれの林をぬけた。やがて村は後方へと退き、なだらかな青い丘となった。下り坂は灌木や丈高い草むらを巻きこむようにしてだらだらとつづいた。一日歩いても砂地も海も見えなかった。三人は、片側だけにしか枝のついていない曲がった松の木の下で野宿した。夜中ごろから風が吹いてきて、松の枝を弦代わりに、闇の楽音を奏ではじめた。北の風のように冷たくはなく、うっとうしい程度だった。一晩中吹きすさんだが、朝の光が射してくると、嘘のようにぴたりとやんだ。

さらに数日、三人は進んでいった。同じような風景がつづき、夜になると風が吹き、陽が昇ると静けさがあたりをおおった。霧が濃くたちこめる日もあり、烏《からす》より小さいが燕《つばめ》より大きい鳥の群れがきいきいと声をあげながら、黒い幕のように広がっては線となり、線となっては渦を巻き、渦を巻いたと思えばまた幕となって、遠い空へと去っていくのを眺めたりもした。

六日めにトカゲの背中のように南北に伸びている赤い岩だらけの丘を越えると、その先には砂ばかりの茫漠《ぼうばく》とした赤い大地が広がっていた。

「砂漠、だな？」

タンダが唸り、キースはあきれたように首を振った。

「これは、もう……」

熱くて乾いた風が正面から吹きつけてくる。どんなに首を伸ばしても海など見えない。三人は途方に暮れて立ちすくんだ。見渡す限りの砂、砂丘、赤。水もない。日陰もない。植物も生えていない。動物もいない。真上に君臨する太陽は、経験したことがないほどぎらぎらと照りつけて、上着を脱ぎ、陽よけにマントをかぶらなければならないほどだった。噴きだす汗もたちまち蒸発していく。空はもはや青くない。遠くで風に吹きあげられた砂塵にうっすらと茶色に染まっている。

丘をおりきって砂地に足を踏み入れる。ためしに十歩ほど進んだが、くるぶしまで熱い砂に埋まり、靴の中にまでざらざらと入ってきた。雪と似ているが、どちらが厄介だろう。雪は靴の中で溶けて足を冷たくし、砂は溶けないが火傷しそうで、歩くには大変だ。

「やめましょう、ディアス様」

キースがすぐ後ろで溜息をついた。

「わたしたちはもちろんのこと、馬たちも大変ですよ」

ディアスも立ち止まった。これ以上進んでも、砂の上に骨となって横たわるだけだろう。

雪原なら生き延びる術《すべ》のいくつかは知っている。だがここは。

東の地平線に赤茶色の雲が立ちあがっていた。蜘蛛の巣状に稲光が走った。砂漠に嵐か。

ディアスは、戻ろう、と叫んで丘のほうに踵を返した。

馬を励ましながら、風に追いたてられるようにして丘を上がっていった。馬たちも怯《おび》えて、彼らを先導するように駆け登っていく。

風がだんだん強くなってきた。背中や後頭部に細かい砂が当たりはじめ、次第に呼吸するのも辛くなる。よろめきながら丘を登っていく。丘のむこう側に降りれば、なんとかこの嵐をやりすごせそうだと思い、這うようにして進んだ。

風は今や、叩きつけるものとなっていた。ふりむこうとしたがふりむくこともできない。目を細めてうつむいて歩く。視界は限られてしまったが、それでも、周囲は赤茶色の砂だらけとなっていることはわかった。少し前を必死に登っている馬の感触がなければ、荒れ狂う世界の中にいるのは自分ただ一人だと、勘違いしそうだった。

離れ離れになったら大変だ。ディアスは馬に引きずられるようにしながらも、何とか肩越しにふりむいて、二人の名前を叫んだ。砂塵の中にかすかに二人の声が聞こえた。叫びつづけると、次第に二人の返事も近くなってきて、さっきよりははっきりと耳にすることができるようになった。不意に隣にキースの姿が現れた。そのむこうにうっすらと、タンダの姿も見える。

　三人は横並びになって一歩一歩、丘を登っていった。口の中も鼻も耳も砂でざらついていた。片手で手綱を握り、片腕を口と鼻におしあてて、目は半ば閉じてうつむき、かすむ足元を見てひたすらに登っていった。

　夜になるにはまだ早いというのに、周囲が暗くなっていく。しかし風は少し弱まったように感じた。身体に当たる砂粒も少なくなっていった。いつのまにか丘の反対側に来たのだろうか。頂上に立った覚えはない。ディアスはそっと頭をあげ、ぎょっとした。

　目の前に女が立っていた。身体の周りに黒々とした風をまとっている。女自身はその風よりも黒い肌をし、目だけが白蝶貝のように輝いていた。ディアスよりも背が高く、若くもなく老いてもおらず、黒檀《こくたん》のような手をこちらにさしのべてよこした。微笑が丸い顔に浮かび、真珠のような白い歯が見えた。

「嵐にあうとは難儀なことよ。避難所を求めておいでだろう。こちらへ。我が洞《ほら》の中ならば、嵐もやりすごせよう。さぁさぁ、こちらへ」

　水底のように黒い声。三人は呆然と立ちつくしていた。このようなところで女に出会うとは。現実ではないと思えた。村人の話していた魔物だと察したが、思うように身体が動かなかった。そして肌を、喉を、さいなんでいた熱風の直後では、その声の、冷ややかで潤沢な感触に否応なくひきつけられた。ディアスはゆっくりと腕を持ちあげると、女の指先にそっと触れた。気持ちのよい冷たさが身体に流れこんでくる。

「さあ、こちらへ。旅の者よ、我が洞へ。こちらへ、こちらへ」

その手に導かれて三人はふらふらとついていった。いつのまにか嵐は去り、周囲はぬばたまの闇、風の音も熱い空気も退いていた。どうしたことか、馬の手綱も手放してしまっていたが、誰も気にしなかった。まるで夢を見ているようだった。事態は思い通りではないのに、自分の意思はある。したいことも明確なのに、大きくゆったりした流れに流されているような感覚。

気がつくと、暖かく湿り気のある掩蓋《えんがい》の下に座っていた。周囲は闇に覆われているにもかかわらず、むかい側にいる女の微笑みがはっきりと見えた。

「喉が渇いただろう。さあ、これをお飲み」

さしだされた椀には、なみなみと水が入っていた。渇きにさいなまれていた三人は、何も考えずに口をつけた。むさぼるように飲んでも椀の中の水は干されることがなく、井戸の底にあるがごとくに黒々と闇に光っているのだった。

やがて女は口をひらいた。

「わらわを魔物と称する者もいる。わらわは魔物ではない。心配はいらぬ。わらわはすべてのものの母である。わらわは手をさしのべる者である。だが、わらわを魔物とする者にとっては押しつぶす者であるかもしれぬ。わらわは慈しむ者であり、立ちはだかる者であり、血を作りだす者であり、道を断ち切る者である。希望を示しながら、絶望を教える者である。わらわは海、わらわは砂漠、わらわは空、わらわは大地である。わらわは種、わらわは雷、わらわは川、わらわは木、わらわは石であり花である。わらわは闇であり道標であり海であり、育むものでもある。わらわを魔物とすればわらわは魔物となる。わらわを母とすればわらわは母となる。

そなたたちは先の村でわらわのことを聞いたであろう。にもかかわらず、丘を登り砂漠に踏み入ろうとした。何か目的があったのかえ?」

キースとタンダがディアスをうかがったので、彼はぼそぼそと赤き海を見たいと思ったと答えた。黒い女は白い螺鈿《らでん》の目を光らせた。

「赤き海にはたどり着けぬ。赤き海へ行こうとする者の前では、わらわは立ちはだかる者となり、道を断ち切る者となる。わらわはそなたたちのような無謀な者を幾人も見てきた。砂漠を横断してたどり着いた者もいないことはない。だが、たどり着いても海にのまれずに帰ってきた者はなお少ない。わらわは育む者のつとめとして、無謀を防がねばならぬ。ああ、だが、わらわは絶望を教えつつ希望を示す者でもあるゆえ、手をさしのべることもしよう。息子よ、そなたは何を望んで海へ行こうというのか。返答次第では、道標もあたえようぞ。語るがよい、息子よ」

霧が晴れるように、頭が少しはっきりしてきた。ディアスは目をしばたたき、しっかりした声で夢の話をした。さらにガンナー王から角の代わりになるものをもって帰れと言われたことも。

「赤き海には何かがあるかもしれません。白銀の月が昇ったときに、何か示されるのかも。だから、行ってみたい、いや、行かなくてはならないと……」

黒い女は片手で頬を押さえるようにしてじっと考えていたが、やがて、

「赤き海にはかつて竜が棲んでいた。骨となった今でもそこにおる。それでも行きたいというのかえ？」

と尋ねた。ディアスははっとした。

「赤い竜、ですね？　おれの祖先はその竜の力を得た男です」

女はかすかに口角を上げげた。

「それも夢で見たか。……骨となって横たわっておっても、竜は力を宿しておるよ。それでも行ってみたいと、夢の予言の歌を確かめたいと、そう言いやるのかえ？」

ディアスはごくりと唾を飲んだ。行こう、とイェイルがささやいた。彼は挑むような視線を女にむけてうなずいた。

「竜がいるというのなら、なおさら」

「このまま帰りたいのであれば、無事にもどしてやろうぞ」

「キースとタンダの二人は。おれは行きたい」

女は人差し指を立てた。

「わらわは守る者。わらわは立ちふさがる者。竜とそなたたちのあいだに。赤き海と人間のあいだに。されど、予言の夢を見たと言う若者が決意したときには、わらわは道標となる。……それでは行くがよい、息子よ。ただ一人、竜に相対せよ。そは試練、そは選択、そは運命の車輪の転がるむきを変える機会ぞ。進むがよい、この先の道、赤き竜の道、試練の道に」

語り終えた女は人差し指を寝かせた。

たちまち光が洞窟内にあふれ、ディアスは思わず目を閉じた。

まぶしさが去っていき、やっと目をあけたとき、彼はただ一人で赤い砂地の上に立っていた。熱気と照りつける太陽が戻ってきていた。ゆっくりと踵をまわすと、砂に埋もれた深紅色の大きな塊が目に入ってきた。都市の廃墟のようでもあり、地中から盛りあがってきた小山のようでもあった。一呼吸のあいだに、足元からその塊まで一筋の細い道が生き物のように走った。

赤き竜の道か。

ディアスは一歩一歩踏みしめながら、そちらへと進んでいった。

11

アンローサが驚いたことに、川を下ってたった一日で〈月の湖〉についた。ユル川は次第に川幅を広げ、水量を増やしながら、三日月の形をした湖の尻尾にあたる部分に躍りこんだ。その岸でもう一泊し、二人は別の船に乗り換えた。風が吹きつけ、雪の舞う、荒れた湖上を、いつ転覆してもおかしくないとおびえながらも進んでいった。

岸辺の船宿でまた一泊し、払暁にカラマツの林の端から桟橋に出た二人は、昨日とうって変わって、しんと静まりかえった白い湖面と相対していた。うっすらと氷が張り、その上に白い毛布のように雪が積もっている。一晩で北からやって来たのだろう、白鳥や鴨や雁の群れが身を縮めている様は、石ころが転がっているようにも見える。彼らのたてるぐつぐつというつぶやきが、次第に静寂を破っていく。

桟橋で白い息を吐いて船頭が首をふった。湖が凍りはじめてもはや航行できないという。

「完全に凍るまで待って、橇《そり》で行くしきぁ、ねぇ」

「それまで何日かかります?」

「んだなぁ、どのくらい冷えこむか、にもよるなぁ。いつもだと五日か十日か」

十日も待っていられない、とナナニは低い声で言った。アンローサにも理解できた。移動しつづけなければ、見つかる可能性は格段に高まる。

「んだら、船宿から船宿さ、歩いていくしかねえな。こう、岸さ、そってな、んでも、急がねばなんねぇよ。大体一日行程ごとに宿はあるげんと、日は短くなってっからな。途中で暗くなったら野宿するっきゃねえげんと、この季節に野宿はぁよっぽど慣れたもんでねぇとな」

ナナニの頬がかたくひきしまった。

「アン……様」

船頭に聞きとがめられるのを怖れて語尾を濁した名前で呼んだ。

「わたくしは少しは雪道に慣れておりますが……ついてこられますか？　それとも、宿で待ちますか？」

判断をゆだねられたのははじめてだったので、アンローサはどぎまぎした。

「他に方法がないのなら……歩く」

ナナニは顔を船頭にむけた。

「このあたりに……馴れたファンズを持っている人はいませんか？」

「もうそっと北のほうさ行けばいっかもしんねえげんと」

ナナニは大きくゆっくりと息を吸い、白く吐きだした。

「では行きましょう、アン……様。ひどく危険な賭けではありますから、気持ちを確かに持ってください。何があっても動転しない、その覚悟で、いいですね？」

「わ……わかった……やってみるわ……」

この約束がどれほど軽々しいものだったのか、アンローサはのちのち思いだして身を縮めることになる。

二人は少ない荷を背負って岸辺の道を歩きだした。夜が明けはなれて、湖は鳥たちの声でかまびすしくなった。しかし太陽は厚い雲におおわれて、灰色の光がカラマツやトウヒの幹を薄墨色にぼんやりと照らしだすだけだった。岸辺の道は時折水中に没したり、藪《やぶ》や苔の中にまぎれたり、ふきだまりにさえぎられたりしながら、湖にそってつづいていた。

ナナニの歩き方は、こうした原野を歩くのに慣れているように速かった。アンローサが若くなければ、とうていついていけなかっただろう。話をする余裕もないままに、雪と落ち葉を踏みしだき、溝を飛び越え、ときには密集林を大きく迂回して、お腹がぺこぺこになるまで進んだ。

お腹すいたぁ、と上目づかいに訴えようにも、ナナニはずんずんと前をいく。背中にヒルムの愛嬌を真似しても詮無いことだと溜息をついたとき、そのナナニが不意にふりむいた。

「ここで一休みしましょう」

　下草が踏みかためられたように平らになっている場所をナナニが示した。その後ろに、トウヒでもカラマツでもモミでもない一本の木が生えていた。幹の太さは戦士の腕くらい、雨宿りの役にたつほどでもなかった。夕暮れでなければ、気づきもしなかっただろう。内側からかすかな光を発している。そのやわらかく控え目な光は、三角形をした落ち葉の上に反射を生んでいた。

　アンローサは思わずその木をしげしげと観察した。ナナニが古い毛布を敷物代わりに広げながら教えてくれた。

「月光木と言って、ここより北でよく見かける木です。今時分の道案内にはいいですね。厳寒期になって、雪の下の苔も心細くなるころ、ファンズたちの食料になるようですよ」

　言われてみれば、幹から樹皮がはぎ取られた痕があった。アンローサはそれをそっとなでた。そのあいだにナナニは小さな焚き火をおこし、ほんの少しだが熱い香茶をいれ、パンをあぶった。焦げ目のある香ばしいパンをかじり、香茶を一口ずつ分けあいながらすすると、さっきより元気が出てきた。

「暗くなってきましたが、もうしばらく歩かないと宿にはたどり着けません。がんばってくださいよ、アンローサ様」

　荷物を再び袋にしまって立ちあがると、地平線の上あたりをうろついていた月が少しばかり昇ったのだろう、雲におおわれた空はわずかに銀灰色の輝きを帯びて、地上の雪明かりもほのかな青い炎をあげはじめた。

一刻も進まぬうちに風が出てきた。鼻の頭と耳が冷たくなり、次いで熱くほてってきた。目からは、風のひと吹きごとに涙がこぼれ、その涙も後ろへと飛んでいく。身体の熱がどんどん奪われていくのがわかった。アンローサはナナニのマントの端をつかんで、ただただおのれの足元だけを見て一歩、また一歩と歩いた。爪先はすでにかじかんで、氷のようだ。そのうちに雪が風にまじりはじめた。湿った大きな雪片ではなく、まさしく冷えこんだときの細かく小さな粉雪だった。

額や頰に当たると、冷たいのを通りこして痛かった。ディアスがくれた手袋と帽子をつけ、頭巾の紐をかたく絞り、マントをかきあわせて、耳元で脅しの言葉をわめいていく吹雪の中をしゃにむに歩いていった。岸と湖の境界が、雪明かりに何となく区別できなかったのなら、二人とも湖にはまっていたかもしれない。そしてナナニが風よけとなって前を進んでくれなければ、アンローサなどはとっくに雪だまりに頭からつっこんで、自分がこんもりとした雪だまりになっていたかもしれない。道行きのあいだじゅうずっと、ナナニは風と雪からの盾となってアンローサを励まし励まし、ついにはめざす船宿をちゃんと見つけだしたのだった。

二人は丸太小屋と言っていいその宿に転がりこんだ。床は土間に藁くずを敷いただけの粗末な造りだった。寝台代わりに小舟が二艘、並べて置いてある。ひどい臭いがしたが、中には湿っていないファンズの革が十枚ほど敷きつめてあった。中央には石で囲った炉と煙突がしつらえられていた。

二人は濡れたマントや手袋帽子、靴と靴下を火のそばで乾かしながら、ファンズの干し肉をあぶってかじり、疲労で朦朧《もうろう》としつつ舟の寝台にもぐりこんだ。蚤《のみ》や虱《しらみ》がいてもかまわない気分だった。とにかく眠くて眠くて仕方がなかった。だから、ナナニが軽い咳をしていたのにも大して気にとめなかった。

夜半、ナナニの咳にふと目覚めたが、すぐにやんだので、またとりとめのない夢の中に戻っていった。

翌日、いまだ暗い中、アンローサは寒さで目を覚ました。半身をおこし、ぼんやりとあたりを見まわした。炉には熾火《おきび》がまたたいている。珍しいことに、ナナニはまだ眠っているようだ。舟べりから這いだして上着を着た。ぶかぶかの靴下もすっかり乾いて、靴は暖かくなっていた。身支度が終わると、ナナニに早く起きてと声をかけた。お腹すいた、ご飯にしよう。しかし何と言ってるのかわからない返事が返ってくるものの、一向に起きる気配がない。何度か呼んで、やっとおかしいと気がつき、ナナニの舟に顔をつっこんだ。

「ナナニ?」

彼女はわずかに身じろぎしてうめいた。

「ナナニ、どうしたの？」

ようやくさしのべられた彼女の片手は、燃えさしのように熱かった。額をさわると、じっとりとしていながらやはり熱い。アンローサはさっと手をひっこめた。熱のせいで朦朧としているのだろう、ナナニは半眼になり、呂律《ろれつ》のまわらない口で何かをつぶやいた。

アンローサは呆然とした。ナナニの背中を見てここまで来た。ナナニの言うとおりにすればまちがいないと頼りにしてきた。目の前にずっとつづいていると思っていた北への道が突然すっぱりと切り落とされ、滝壺が迫ってきているような気がした。自分一人では、どっちへ行ったらいいかも、何をしたらいいかも、何一つわからない。ナナニが病気になるなんて考えもしなかった。ナナニの看病さえできないなんて。

何もかも放りだして逃げだしたかった。あるいはファンズの革を頭からかぶって何も見ない、何も聞かない、何も感じないでいたかった。

アンローサは敷居があるのを意識した。それをまたいで前進するのか、それとも踵を返して薄闇のぬくぬくした場所に戻るのか。いや、戻ってはならない。耳のすぐ上で誰かの声がした。自分のものでも、ディアスのものでもあるような声だった。

ぎゅっとこぶしを作って、一歩踏みだす。

とにかく火だ。アンローサは身をひるがえして炉のそばにひざまずき、またたいている熾火の上に細めの丸太を載せた。でも、次はどうしよう。何をすればいい？

ナナニを温めなきゃ、とまた耳の上で声がした。ぱっと立ちあがって自分の舟にあったファンズの革をありったけ引きずっていき、ナナニの上に重ねた。ナナニは薄目をあけて苦しげな笑みをかすかにうかべた。普段は滅多に笑わないのに。

アンローサは自分もファンズの革を一枚、肩かけにして、次は何をしたらいいのか必死に考えた。今までしてもらうことばかりで、人の面倒を見ることなどついぞなかったアンローサだが、してもらったことを順を追ってたどることはできる。

風邪をひいたとき、召し使いたちはおかゆやスープを持ってきてくれた。それに薬湯。まずはお湯を沸かさなきゃ。どうしよう、水瓶なんてここにはない。湖からくんでこなければ。

合財袋に飛びついて、中身をあらためた。アンローサは着替えと身だしなみに必要なもののしか入れてこなかったが、ナナニの合財袋には実にさまざまなものが入っていた。野宿も覚悟していたのだろう、二人分の木皿と椀、スプーン、小さな銅鍋が二つ重ねて入れてあった。ずしりと重い合財袋を、ナナニは文句も言わず黙々とかついできたのだ。アンローサは自分がどうしようもないまぬけに思えてきた。半分持つと、どうして言えなかったのだろう、いや、それ以前に、どうして気づかなかったのだろう。

忸怩《じくじ》たる思いをいだきながら外に出た。あたり一面純白の雪だった。今もしんしんと絶え間なくふっている。アンローサは悪いものを見たように即座に逆戻りして、扉を閉めた。

炉の火が勢いよく燃えだしていた。意を決するように大きく呼吸した。そして再び扉をひらき、雪の中に一歩を踏みだした。

頭巾に落ちてくる雪の、かさこそという音が聞こえる。あとはしんとして、小川の流れる音もしない。風もなく、ただ薄明と寒さだけが無言の踊りを踊っている。

途方にくれるというのはこのことを言うのかしら、と彼女は片手に椀を持ったまま立ちつくしていた。思えば、お姫様、とちやほやされて生きてきた、だけど姫様なんて、なんにも良いことはなかったし、生きていく術《すべ》さえわからないじゃないの。たった一杯のお湯さえ、沸かすことができないなんて。

唇をかみしめた。泣くわけにはいかない。泣いたって誰も助けてくれない。ディアスもいない。ああ、今、彼がそばにいてくれたら。

上空から風の音が聞こえてきたかと思うや、突風が顔面にもろに吹きつけてきた。びゅうびゅうと嘲るように鳴り、冷たくたたきつけてくる吹雪に、アンローサはあわてて回れ右した。その拍子に足が滑り、尻もちをついた。椀が跳ねて雪の中に落ちた。這うようにしてそれを拾いあげ、姫君らしからぬ悪態をついてみた。

「ちくしょう！」

するとどうした加減だろう、胸の隅っこでガンナー王ゆずりの負けん気が、火花となってはじけた。もう一度、その言葉を空にむかってわめいてみた。

「ちくしょう、こんなところでくたばってたまるか！」

自分でもすごい言葉だと思った。思ったとたんに笑いがこみあげてきた。笑いながらさらにもう一ぺん同じ科白《せりふ》を叫び、叫ぶと同時に勢いをつけて立ちあがった。扉に手をかけたところで、持っていた椀を目にした。思いつきがぱっと閃いた。まるでさっきの火花が思考の粗朶《そだ》に燃え移って、小さな灯りをともしたかのようだった。

きれいな雪を椀にすくいとった。小屋に入って炉に太い薪をくべ、鍋に雪をあけて鉤《かぎ》にかけた。思ったより時間がかかった。そして思ったより、水になった量は少なかった。それでも湯気のたったお湯を椀に戻してナナニを起こし、飲ませようとした。ナナニは熱に潤んだ目をあけて何とか起きあがり、ようやくといった感じでゆっくりと飲み干した。再び枕に頭を沈めながら、彼女は途切れ途切れに指示を出した。

「袋に薬草が入っています……それから乾燥肉も……アン……様も、うつらないよう……はなれていて……薪は……十分ですか……吹雪の中、外に行ってはいけませんよ……焚きつけはそのへんのものを壊して……」

大丈夫だからとなだめながら、ファンズの革を首まで引きあげてやる。いつもと逆の立場というのは、妙な気分だった。

鍋を持って再び外に行き、雪を小盛りにして戻った。火の上で溶かし、パンと乾燥肉をちぎって塩と一緒にそこへ入れた。時折木の枝でかきまぜながら、薬草の袋を調べた。袋の中に小袋が幾つか入っていた。マンネンロウ、リンゴ草、薬用サルヴィア、薄荷《はっか》、眠り草、ニンニク、それから血止めや切り傷用の軟膏《なんこう》、湿疹やできもの用の軟膏、それぞれ匂いで何かはわかった。

もう一つの鍋に薬用サルヴィアと薄荷をごっそり入れ、雪と一緒に火にかけた。薬用サルヴィアには殺菌作用があり、薄荷は身体を温める。スープがぐつぐついいはじめ、薬も沸騰した。しばらくおいてから、もう一度ナナニを起こしてスープを飲ませようとした。一口二口でスプーンを投げだしてしまったナナニに、少し冷ました薬を無理矢理飲ませた。これもいつもと反対だった。脅したりなだめたりしながら、やっとのことで飲んでもらった。

それから炉の前に座りこみ、ようやく一息ついた。寒いはずなのにアンローサの額には汗が浮かんでいた。人に言うことを聞かせることがどれだけ気力を要することなのか、はじめてわかった。炉の火を見つめながら、〈緑の凍土〉の人々を思った。ニムレー、シアナ、マイハイ、ヒルムたち。イェイル、ムッカ母さん。そしてディアス。今まで思いもしなかったさまざまの事柄が、夏の陽射しにきらめく葉斑《ようはん》のように浮かんでは消えた。厳しいニムレーの声、シアナの手料理、ヒルムの悪戯、マイハイの穏やかな態度。はしっこいイェイルがムッカ母さんにだきとめられた。ディアスがちょっと謎めいた視線で彼女を見返した。それからナナニの指。針を持ってゆっくりとアンローサにも見てとれるように、生成りのリネンに赤い刺繍糸をひと針ひと針刺していく。

　右手の暗がりで何かがうごめいているように、炎の影が躍る。アンローサは奥歯をかみしめ、それから小声で、わたしは負けない、と宣言した。それから祈った。ナナニ、早く元気になって。ただの風邪よ、重い病気なんかじゃない。

　昼をすぎた頃だろうか、雪はいまだふりやまず、風も軒下を走って丸太を鳴らしていく。薪はまだ十分にある。部屋を暖めておくくらいなら、あと二晩ほどは大丈夫そうだった。

　一刻おきに薬草を煎じて飲ませた。ナナニは汗をかき、短い冬の陽が落ちる頃、自分で上半身を起こした。下着を手わたすと、自分で着替えをしたが、それだけで息が切れたようだった。

　アンローサはもう一枚着替えが必要だと悟った。しばらく考えをめぐらせた末に、汚れ物を持って外へ行き、雪にまぶして部屋に持ち帰った。炉の上でもみしだくと、雪が溶けて雫をしたたらせながら下着が湿っていった。幾度かそれをくりかえし、何度か絞ってから火に当たるように舟べりに広げた。少したつと下着はリネンの匂いとともに湯気をあげはじめた。

　アンローサは気を良くして、自分も着替えて同じように洗った。早く乾いてくれることを願いながら干したあと、ナナニにまた薬湯を飲ませ、自分もスープをすすった。塩しか味のついていないスープは、本来ならまずいと顔をしかめるところだった。しかしもう、そんなわがままな気持ちにはならなかった。

その夜は今までで一番長い夜となった。ナナニがふっと目を覚ましたときにすぐに飲ませられるように薬湯を準備し、自分は炉のそばに座って舟べりに背中を預け、じっと火を見つめる。やがて吹雪の音が自分を脅かす敵ではなく、ともに時間の流れを行く友のようになっていった。

「アン……様」

時折ナナニがつぶやく。

「ちゃんと、食べていますか……」

大丈夫、食べてるわ、と答えるが、実際には食欲がない。薄荷とマンネンロウの香茶で身体を温めてはいるが。

夜更けにあたりが急に明るくなった。アンローサは不思議に思って外をのぞいた。吹雪はやみ、すっかり静かになっている。首だけ扉から突きだして目にしたのは、青金色に燃える雪の原と網の目に落ちている木々の藍色の影だった。思わず嘆声をあげた。木々の梢に重なった雪帽子が、まるで星々を宿したように月に輝いている。月は満月、わずかに中天をすぎて、あらぶる風と静寂の氷の歌を歌っている。その歌声は大地をおおう雪の上で鏡の破片さながらに砕け散り、拡散し、空気中では青金色の細かな霧となっている。吸いこむ息は肺が凍るほどに冷たかったが、アンローサはファンズの革をぎゅっとかきよせながらしばしその光景に見とれていた。

ナナニは良くなる、と自分を励ました。すぐに良くなる。朝には起きあがって元気になる。

遠くで狼が月に吠えるのが聞こえた。それに応える遠吠えも。

そうして長い一晩がすぎた。朝を迎えた空は再び雲におおわれ、月光も陽光も色彩を失って、大地は再び白と灰色の世界になった。

ナナニは昨日より元気になったようだった。昼近くにスープを飲んだ。乾いた下着に交換すると、しばらく起きていた。アンローサの働きぶりを褒めてくれた。また洗濯をしてから薬湯を手渡すと、ナナニは改まってアンローサ様、と口をひらいた。

「ここにとどまっていたら危険です。追っ手に見つかるのも遠くないでしょう」

「じゃあ、ナナニ、早く良くならなきゃ」

「もしものときは、わたくしを置いていく覚悟をしてください」

アンローサは音をたてて息を吸いこんだ。ぞくっと寒気がした。

ナナニは薬湯を一口すすり、椀を腿《もも》の上におろすとまっすぐにアンローサを見た。

「大丈夫です、アンローサ様。一人ででもできます。わたくしの合財袋を持っていってください。常に月が真後ろに来るようにして湖沿いに進んでいけば、北に行くことになります。湖の端にファンズ飼いの部族がいるはずです。そこで橇を頼めば、部族の土地まで連れていってくれます。できることなら、今すぐ、出発してほしいのですが……」

「いや」

「アンローサ様」

「絶対、いや、ナナニはどうなるの。合財袋もなしに、どうやって風邪を治すの。誰が下着を替えて、スープを飲ませてくれるの」

「わたくしは何度も同じような危機を一人で脱してきました。見つかって危ないのはアンローサ様、あなたです。わたくしじゃありません」

「そんな言い方しても通じないわよ、ナナニ。危ないのがわたしで、ナナニに用がないってことは、追っ手はナナニを見殺しにするかもしれないってことじゃない」

そう口にしてからアンローサははっとした。そう、まさしくナナニが一番危険だ。父の手の者たちが何と言い含められてくるか、ここに至って思いあたったのだ。むろん、そうだ。父のことだ、自分を裏切ったナナニを許すはずがない。見殺しどころではない。

アンローサは舟べりにすがりついて訴えた。

「ナナニ、とにかく早く良くなって。ナナニが良くなるまでわたしはどこにも行かない。逃げるなら一緒よ」

「アン……様……」

夜が再びやって来たが、昨夜よりは辛くなかった。ナナニは確かに良くなっていて、塩の味しかしないスープをひと椀食べたし、下着も乾いて予備として合財袋に入った。

外は昨夜と同じように晴れて、声を出せば、上空まで音がたち昇っていって、そこで凍るのかもしれない、と思うほどだった。地平線にお尻をついていた十六夜の月が、弧を描いて再び昇りはじめ、雪は大地や梢の上で砕け散った鏡の破片のように輝いていた。

アンローサはいざというときのために、当面必要とするものを合財袋におしこんだ。今度は自分のが重く、ナナニのが軽くなるようにして。炉の煙は、こんな晴れた晩には遠くからもよく見えるにちがいない。追っ手が来る前になんとしてもナナニをここから連れださなければ、と思った。翌朝早く、陽が昇る前、天気が変わる前に出発しよう。そう決心すると、いくらか元気がわいてきた。舟べりに背中を預けてしばらく眠った。

ファンズたちが夜の平原を駆けぬけていく夢を見た。枝角をふりかざし、白い鼻息を吐きながら、広がった蹄で大地を叩いていく。そのとどろきが心臓の鼓動と重なって脈となり、身体をめぐる血液の流れとなった。そしてアンローサはファンズとともに、凍てつく月夜を駆けていくのだった。

背中に響くかすかな振動が夢ではないと気がついて、アンローサはぱっと目を覚ました。外に飛びだすと、しんとした夜のどこかで本物のファンズの群れが移動しているのだろう、空気の震えと大地を伝わってくるとどろきを感じた。アンローサは寒さも忘れてしばらく耳をすまし、ほほ笑みながらゆっくりと小屋に戻ろうとした。

木々のあいだに湖岸の道が白い雪筋となって通っている。そのはるかむこうの林のあたりに靄がかかっているのが目の隅に映った。湖の霧が月光に照らされているのだろうと扉に手をかけ、一瞬違和感を持った。このあたりに霧は出ていない。むこうの一角だけ、靄がかかっている。ということは。

今度はしっかりと目を凝らした。横たわっている道の先は木々の幹の重なりに消えている。靄として見えるのはさらにその奥、雪煙が舞いあがっているようにも思えた。アンローサは立ちつくして聴覚に頼った。ファンズではない。ようやく聞き取った、あれは……あれはもしかして、人の声か？

アンローサはひとっとびに小屋に走りこんだ。ナナニを呼び、荷物をひっつかみ、炉には灰をかぶせる。よろめきながら這いだしてきたナナニにマントを着せかけ、かかえるようにして小屋からまろび出た。

晴れた夜は逃避行には最悪だ。足跡は残るし、見通しもきく。二人は林のあいだをぬって湖から遠ざかり、平原の入口まで走った。行く手は青と金の光に満ちて、十六夜の大きな月さえ憎らしい。ナナニは荒い息をついて、カラマツの幹に半ばよりかかるように身体を預けた。アンローサは後方をふりかえり、それから目の前に茫漠と広がる平原と、右手にゆったりと盛りあがっている丘に視線を転じた。

ほとんど絶望的だった。逃げても足跡が残るかぎり、いつかは追いつかれる。それでも、とアンローサは耳の上でまた声を聞いた。今度はそれは、ディアスの声に聞こえた。それでもやるだけやってみなくては。

アンローサはナナニを励まし、自分によりかからせるようにして、平原に一歩踏みだした。すっかり昇りつめた月が、まるで真昼のようにあたりを照らし、雪のこぶの反対側に藍色の影を作った。そのなめらかな曲線一つ一つが、ねじられた飾りリボンのように光と闇を交互に生みだして、逃亡の最中でありながらも、アンローサは感嘆と畏怖《いふ》を感じた。

膝まで沈みこみながら雪をかきわけていく。わたしたちの通ったあとはさながらなめくじの這ったあとね、と、自然の創るものと比べながら思った。追っ手が林のきわに姿をあらわした。彼らの叫び声が平原をわたってくる。

ナナニがまた、自分を置いていけとあえぎながら言った。アンローサは絶対いやよ、と叫び、彼女を引きずるようにして進みつづけた。捕まるとしても二人一緒。それなら自分を盾にしてナナニを守ることもできる。ナナニを傷つけたりは決してさせないから。

ああ、それにしても、この平原はなんて広くて、あの丘まではなんて遠いのだろう。林からのぞいたときには、すぐ近くに見えたのに、行けども行けども近づかない。

追っ手は四人だった。馬をつないで徒歩で平原に入ってきた。周囲で雪が舞いあがる。アンローサの名前を呼んで、あきらめるように叫んでいる。顔はよくわからないが、その声には聞き覚えがあった。父オブンの衛兵たちだ。彼らははるかに身軽で、どんどん近づいてくる。

ファンズたちの疾走のとどろきも丘の反対側まできていた。アンローサはナナニを雪の上におろし、男たちにむきなおった。その差は二十馬身ほど。もはや時間の問題だった。最後の手段だ。どのくらいとどめおくことができるかわからないが、やってみるしかなかった。

マントのポケットから肉を切り分けるナイフを取りだした。月光にきらりと光ったはずだ。彼らはそれを目にしたはずだ。その切っ先を自分の顎の下に押しあてた。

「それ以上近づいたら自害するわよ!」

彼女の叫びが届いたのだろう、男たちはぎょっと立ちすくんだ。その直後、丘の背後からファンズの群れが突然躍りだしてきた。彼女の声がかき消される。ただ、身振りが明らかだったので、こちらの意図は十分に通じたらしい。相手がためらっているあいだに、アンローサはナナニをだき起こして再び進みはじめた。肩越しにまた叫んだ。

「追ってきたらナイフ、使うからね」

その声の後半は、奔流のように次から次へとつづくファンズたちの背中にまぎれてしまった。

追っ手とのあいだになだれこんできたファンズたちは、大きく蛇行した進路をとっていた。あとからあとからつづくその群れに、雪煙が起き、旋風が生まれてアンローサの頭巾を飛ばし、息をうばった。アンローサはナナニと一緒に尻餅をついた。

目の前を駆けていくファンズたちは、男たちをも巻きこんだらしい。怒号が疾風にまじって聞こえた。ファンズは人を踏みつぶすことは稀《まれ》であるという。ディアスが〈狼の丘〉でまきこまれたときも、蹴られたりはしなかった。しかし、ファンズの疾走に囲まれたら、大の男でも恐怖を感じるだろう。大地をたたく蹄、とどろき、鼻息や渦を巻く風、次から次へとあらわれる巨大な角、角、角。人間のほうが恐慌に陥って逃げまわろうとすれば、あの角や鼻先や胸に押し倒されるかもしれない。

男たちがむやみに動かないでいてくれることを願いつつ、アンローサは急いで立ちあがった。雪を払うのももどかしくナナニをせきたてて、ファンズの流れのそばをよろめきながら逆行していった。二人の足跡は、たちまちファンズの足跡にかき消されていく。彼らの息づかいや体温を右手の間近に感じながら、アンローサはナナニを励まし励まし、丘のほうへと一歩また一歩、進んでいった。

群れが尽きるまでには半刻はあるだろう。その時間が二人の逃亡に機会をくれるはずだった。二人は丘の低い稜線を登っていった。ファンズの最後尾とすれ違った直後、反対側に落ちるように転がった。アンローサは雪まみれになりながら立ちあがった。ファンズたちがつけたあとに足跡を重ね、ゆるやかな曲線を描きながら北へとむかう。追っ手がまた追いついてくることだろう。しかし、一縷《いちる》の望みにすがりついて、一歩を稼ぐしかない。

地響きが次第に遠ざかっていく。静寂が凍れる大地とともに戻ってくる。

ふと、なにかの気配を感じた。どうして感じたのかはわからない。よく知っている者の気配、温かいまなざしのような、無言の励ましのような気配。

肩越しにふりあおいだ丘の上に、見るからに大きなファンズが一頭、たたずんでいた。

おりしも十六夜の月が中天にかかっていた。

枝角の真上に月を載せたその姿は——あれは、あれはファンズの王、サルヴィだわ、と息をのむ。

堂々としたその体軀、幅広い肩、長く力強い足、そして大きな大きな枝角。月を戴《いただ》くにふさわしい、左右にはりだし、それから戻って円を描き、あたかももう一つの月のように輝いている。身体中の毛が月の銀を浴びて、後光を背負っているようだ。じっとこちらをのぞいている。まるですべてを知っているように。その後光は、周りの大気を凍らせて、無数の粒子のきらめきをつくりだしている。その一粒一粒に虹が宿り、冷たい炎となってたち昇っている。

アンローサはナナニをゆすった。

「ナナニ、見て、ほら、あそこ！　サルヴィがいる！　サルヴィがわたしたちを見てる!!」

丘の上と北側の平地は、それほど近くもない。それに、月を王冠のように戴いたその姿は逆光になっていた。にもかかわらず、アンローサにはサルヴィの瞳をのぞきこむことができた。

そんなはずはない、不可能だ、と自分でも思った。それなのに、アンローサはサルヴィの瞳の中に月があるのを確かに見た。そしてイェイルとディアスもその中にいた。行け、アンローサ、とディアスが励ましてくれる。イェイルもにっこりとうなずいた。

サルヴィはゆっくりと足をあげてむきを変えた。月を仰ぐように頭をあげ、大きな角を銀に輝かせると、あっという間に丘の反対側に姿を消した。

アンローサは震えながら溜息をつき、ナナニにささやいた。

「ナナニ、もう大丈夫、サルヴィが助けてくれる!」

サルヴィが何をするのかアンローサにはわかった。ファンズの群れをようやくやりすごした男たちの前に、一人か二人は、囮《おとり》となってあらわれるのだろう。男たちは九死に一生をえた思いで蒙《もう》昧《まい》蒙《もう》昧《まい》している。一人か二人は、月光を宿したあの枝角に幻惑されるのだろう。男たちは九死に一生をえた思いでだし、しまいには我が手であれを捕まえようとしてあとを追う。他のことはすべて投げうって。一人が追えば、残りの者たちも追わざるをえない。北の平原で仲間を見失うわけにはいかないのだから。

アンローサは丘と月に背をむけて、しっかりした足取りで歩きはじめた。ディアスがいた。どんな魔法が働いたのかはわからない。だけどちゃんと、ディアスは見ていてくれる。

やり遂げなくちゃ。自分の道を行かなくちゃ。

北と南、落ち行く先は正反対ではあったが、踏みしめる一歩一歩は、逆にディアスに近づいているのだと、アンローサは確信していた。

12

　ディアスが廃墟か小山、と見たのは、赤い鉱物の巨大な結晶が、地面からつきだした物だった。近づいていくにしたがって、威圧感がましてくる。両側から門さながらに迫ってくる結晶は六角柱の深紅色、高いものは彼の背丈の三倍はあろうか。太さは馬の胴体ほどのものから指一本ほどのものまで、根を同じにした石の茸《きのこ》のようでもある。半透明で、中を見透かすことはできないが、ときおり陽の光にちかりと光るのは、芯となっている部分だろうか。それらの先端は、めいめい勝手な方向に傾いで、沈黙の中に置き忘れられた太古の建造物のようでもある。

　結晶が頭の上に交差している場所をくぐり、行く手をさえぎるようににょきにょきと生えているあいだをすりぬけた。結晶の柱と柱のあいだの、少しばかり日陰になっているあちこちに、同じ色をしたトカゲがすわっている。ディアスの腕ほどもある大きなものから、ミミズほどの小さなものまで、無表情にじっと一点を見つめ、あるいは舌をちろちろと出したりひっこめたりしている。

足元に砂地が見えなくなってきた。倒れた結晶や砕けた結晶の破片が横たわる上を、またいだり乗りこえたりしてどんどん奥へと進む。次第に結晶同士が折り重なりあい、陽射しをさえぎり、暗い迷路と化していく。ディアスは斜めに倒れかかって途中で止まった巨大な柱の下をくぐった。少しは涼しくなってきたようだが、ますます狭まっていく通り道にもぐりこまなければならないことを予想して、冷や汗が流れはじめる。この先がどうなっているか、わからない。戻ること叶わず、出ることも叶わなくなったらどうしよう。しかし進まなければならないことはわかっている。恐怖を抑え、さらに狭くなっていく隙間に身体を通していった。全くの暗闇につつまれる寸前に、再び隙間が広がりはじめ、光もどこからか漏れてきた。そのまましばらく進んだ末に、ディアスは脈うつ心臓を感じながら、赤い結晶の林をやっとのことで抜けだした。

目の前には湖が広がっていた。赤い結晶の柱は門のように立ち並んで湖へと消えている。湖も赤く、その果ては砂漠と同じように地平線に——いや、あれは水平線と言うらしい——呑みこまれている。渇ききった喉をうるおそうとしてひざまずいた。しばらく躊躇してから、水をすくって一口飲んだ。水は生ぬるく、そして驚いたことに塩辛かった。

そうか、これが、海というものか。赤き海。

見渡すかぎりの赤い水、空も赤くけぶっている。太陽は真上にあって、沖合いから微風がただよってくるが、水面に波をおこすほどではない。

ディアスはその先に何が待ちかまえているかを想像して、胃が冷たく縮こまるのを感じた。

結晶の柱は海の中に没している。そこまで行かなければならないのだ。黒い女は、選択、と言った。恐怖を抑えて進むか、それとも断念するか。大きく息を吸って自分を励まし、柱の作る水中の道に足を踏み入れる。水の底は砂だ。赤茶色の水に、赤茶色の細い藻《も》が澱《おり》のようにただよっている。

水深が次第に深くなっていく。くるぶしまでだった海水は、膝に達し、やがて腰に達し、胸まで来た。結晶の柱は二本を残して、あとはなんの目印もない。ここに立ちつづければいいのか、それとももっと行かなければならないのか、これも選択するべき一つなのか、それとも違うのか。

そう思った直後に、ディアスは何かに両足を引っぱられた。何か。いや、違う、誰か、だ！　くるぶしをつかまれて今度は勢いよく引きずりこまれそうになった。彼は両手足をばたつかせてさからった。

遠浅の海、水は肩の下までしかなかったはずだった。それなのに、抵抗むなしく、背丈の二倍は沈んだか。

周囲は真っ赤だった。身体に赤い藻が絡みつく。両手をふりまわし、足を必死に蹴って何とか浮きあがろうとした。くるぶしをつかむ誰かは万力のようにびくともしない。彼はさらに下へ下へと引っぱられた。肺が熱く苦しくなって、喉に何かの塊がつまったようになった。こらえきれずにがばっと空気を吐き、代わりに水を飲んでしまった。すると。

——これはこれはこれは。

海底の赤茶色の砂の下、海の水を支える岩盤の亀裂の奥深くから、今まで聞いたことのないような、人にあらざるものの声が響いてきた。しいて例えるのなら、岩の声とでも言おうか。いや、炎の声、溶岩の声だろうか。

気がつくとディアスはさらに下へ下へと落ちていきながらも、いつの間にか水を呼吸しつつ、久遠《くおん》にとどろく煮えたぎった声に惹きつけられていた。

——おお、よくぞ戻ってきたな、我が魔法使いよ。

魔法使い？　もしかして、大賢者のことか？　おれを大賢者とまちがえているのか？

この髪のせいか。

「……おれは、ディアス、魔法使いではない」

——魔法使いではないと？　だが、魔法使いの臭いがする。魔法使いの血の臭いが。

「おれは魔法使いではない。彼の子孫だ」

——子孫、だと？　我が魔法使いはどこにいるのだ？

「彼はとうの昔に死んだ」

——とうの昔？　ついこのあいだのことだ、彼にわれの力を与えたのは。

「何年も前の話だよ……百七十年も前の……」

――ついこのあいだのことではないか。ほんの百七十年。それではおまえは何者か。だから子孫だ、と言おうとしたとき、いきなり胃の中で何かがうごめいた。思わずえずきながら悟った。さっき飲んだ水だ。あれが変化した。声の主の分身。竜ならぬ蛇、一匹の小さな蛇になったのだ。同時に、くるぶしをつかんでいたものがやはり蛇になって這いあがってきた。足から腿、腿から胴、胴から胸、胸から首、首から頭へと這いずりからみついていく。

ディアスは、うごめく蛇を我が身からひきはがそうと爪をたてた。これはなんだ、外側から身体の中へ入ってこようとするこれは、胃の中から外へ出て行こうとするこれは、蛇と感じるが蛇ではない、赤い藻と関連するもの、魔法の力とつながっているもの、古《いにしえ》の伝説と関わりのあるものだ。

彼の思考を感じとったのだろうか、赤金色の閃光が笑いとともに小さくはじけたかと思うや否や、たちまち全身に星くずとなって広がっていった。

ディアスは星くずの激流にほうりこまれた。赤金色の閃光が次々に走る。彼はきりきり舞いをする。

そして一瞬で変質した。

海に襲い来る豪雨の中のたった一粒の水滴になった。荒野を転がる枯れ草のたった一枚の葉になった。風雨に逆らって飛ぶ白雁から抜け落ちたたった一片《ひとひら》の羽根と化した。疾走するファンズの群れの白い息が作る一滴にもなった。そのようにして翻弄される意識にありながら、ディアスは彼が、かつては竜と呼ばれた存在だったことを知った。

竜。大地が溶けあっていたときに生きていた生き物。サルヴィの夢に出てきた。死と隣りあってはいるが死んではいない。見果てぬ夢にしがみつき、あの人間に息を吹きかけ、魔法使いとなした……、と。黒い女も語った。今は骨となりはてて水の底に横たわっている、と。

――そうだ、われは海の底の大地のさらに下、すべてが混沌として溶けあっている熱い溶岩の中から何十億年も前に生まれた。われはこのあたりを支配するものだった。われがいるだけで表土は灼熱の表土であった。海など存在しなかった。空は赤く、金色に、燃えていた。われが翼をはばたかせれば、太陽も四つの月も身を寄せあって縮こまった。われが咆哮すれば炎の渦が竜巻となってどこまでもどこまでも走っていったものだ。われが身をよじるだけで、地平線の山々もひれ伏し、どろどろにふくらんでいた丘は山となり、平地は陥没して硫黄の溶ける池と化した。いたるところに水蒸気がたちこめ、いたるところで稲妻が走り、雷がとどろき、あらゆる場所で破壊と造成がくりかえされた。そのときわれは地上の王であり全《まった》き存在であり、すべてを掌中《しょうちゅう》におさめた支配者だった。

われはそのようにして満ち足りていたのだ。

ああ、だが、ときの定めは、さしものわれにも衰えをもたらしはじめた。かつて天上高くたち昇って拡散していた水蒸気が天空にとどまるようになった。地面をうがつ雷が、分厚い雲から雲へとわたっていくようになった。雲が厚くなるにつれて、灼熱の大地も次第に冷めて、岩の甲殻を鎧うようになっていった。われの咆哮はもはや、炎の旋風を生むにとどまり、翼は破れて、はばたいても熱風の嵐を呼ぶには至らず、われははじめて怖れをいだいた。永久はいずこぞ。

空も大気も大地も次第に冷えはじめ、われはさらに力を失っていった。われははじめて太陽の光をこがれた。四つの月の熱さえ愛しきものになった。おのれ一人のものだとばかり思っていたが、実は太陽と月と遠き星々にまで借りていた力だったと、それゆえ許されていた隆盛だったのだと、愕然として悟った。しかしいかに嘆こうとも、いかに太陽と月と、青く染まりはじめた空の彼方にまたたく星にさえ祈ろうとも、すべてのものに必ず訪れ来る衰退と滅びの定めから逃れるすべはなかった。

われは、いまだ熱く名残の熱をもたらしている大地に、長い首と長い尾と大きな翼を横たえて、せめてもの熱を得ようとした。さらに数千年、あるいは数万年か。しかし何十億というすさまじく長いときの帯にあって、数万年がいかほどのものか。われにとっても大地にとってもまばたきする間のことだった。

黒雲が全空をおおい、方々で稲妻がひらめき、雷が左から右へとわたっていったかと思うや、あっという間に天から水が落ちてきた。それは広げた翼に次々と穴をうがった。炎の大地も自身も、たちまちたたきつける豪雨にひれ伏した。長い首をもたげようと試みたが、すさまじい水圧に屈した。屈辱だった。こんなものに敗北するのか？　すべてを思うがまま、完璧に生きてきた炎の申し子のわれが？　恥辱だった。こんなものに熱を奪われ、身動きどころか翼さえ動かせないとは。

しかしわれの思惑がどうであれ、雨は天の袋が破れたかのように降り注いできた。何百年、何千年と。意気軒昂《いきけんこう》なる時代には、まばたきのときでしかなかった時間が、長く長く引き伸ばされた。どんどん身体が冷えていき、周囲に水がたまっていき、尻尾の先や髭を濡らしていた水嵩がじわじわとましていくのをなすすべもなく感じていた。腹の半ばまであがってきたとき、翼は左右とも完全に水の底となった。目の上まで来たとき、前足も後ろ足も腐りはじめた。たてがみまで達したとき、堅牢な鱗《うろこ》でおおわれていた尻尾が崩れはじめた。

角の先端まで完全に水没してしまったあとは、幸いなことに記憶も曖昧になった。

確か最期の息を吐いたとき、水柱が立って、紫電が走ったような記憶がある。目を閉じる間際に見たのは、自分の肉体が力とともに溶けだして、水が赤く染まっていった様子だった。

硬い鱗さえ溶けて、われの核をなしていた背骨の一片だけが、赤子の小指の先ほどの炎の芯と化し、かろうじて残った。海中にありながらいまだにしぶとく火を噴きつづけている大地の裂け目にそって下降していき、ようやく生まれた場所にたどり着くと、再びこの身に炎と溶岩をまとって復活するまでまどろむこととなった。

長い長い長い年月をすごした。海と呼ばれるものに、なにやら卑小な生き物たちが満ちた。やがてそれらは冷えてかたまった陸地や紫がかった天空に進出していった。炎の芯がミミズほどの大きさに成長した頃、世界を席巻していたのは、かつてのわれとよく似たものたちだった。しかし彼らの血は冷たく、知性も低く、心は本能の下であがいている虫同然だった。中身は少しも似ていないことに憮然として、われは再び眠りについた。

もう一度目覚めたのは、海の水を伝わってきた力によってだった。その力は思考を形づくり、互いの思いをつたえあう「言葉」というもので、わが心に育まれたものと同質のものであった。

われは意識を地上へとのばして探った。二本足で歩く生き物たちが栄えていた。外見はわれとまったく異なるものの、中身はほとんど変わらない、人間という生き物を目の当たりにしたとき、われは新たなる希望を持ち、地中の炎の道を上昇しておのれが果てたこの海底に新たな臥所《ふしど》を求め、息をひそめて観察した。そして、これぞと思う者たちには、水を通して知恵と力を与えてやった。赤い〈熾火石《おきびいし》〉の結晶群を月の一つと引きかえに地中から隆起させ、直立させ、都となしたのはそういった男女だった。しかし彼らはもういない。互いの力を競いあって殺しあい、都を崩し、廃墟となした。

それからまた年月がすぎさり、やがていずこからか、男が一人やってきた。おまえと同じ髪をして、われと同じ欲望を持ったあの男。頂点をきわめる、すべてのものの上に立つ、力をふるって大地を意のままにする、そうした力を求めて。あれはかつてのわれの欲望、あの完璧なる炎と嵐と溶けた大地、太陽と月をさえ従えたあの栄光と同じもの。

われは直感した。あれは我が分身、我が血の一滴を宿すにふさわしき者ぞ、と。それゆえあの男に過分なほどの力を分け与えたのだ。世界に君臨する。再びわれはすべてを支配する、分身を通して。

……それなのに、と竜は頭をふった。いや、頭をふったのはおれか、とディアスは思った。

――それなのに、あの男、おまえ、いや、われ、魔法使いはこの地を見捨てて去っていった。おまえは、否、われは、おれは、力を得ることが目的だった。この竜の赤き火の力、古《いにしえ》の大いなる熱き力を身に宿したが最後、われは用済み、われはただ単なる骨、われは横たわる残骸でしかなかった。力ある魔法使いよ、膂力《りょりょく》ある偉丈夫《いじょうふ》よ、われを利用し、裏切り、去っていった。ああ。なぜかはよくわかる。おまえは、われは、あまりに熱く、あまりに強く、あまりにも傲慢。無慈悲だ、おまえは、おれは、われは。

おれか？　いや、竜だ、竜が言ったのだ、混乱する思考の中でディアスはかろうじておのれを保とうとした。

――そうか、魔法使いは死んだのか、とうの昔に。そしておまえはあの男の血をついでいる、そして力を得に来たのだな。そうであろう？　ああ、だが、この前と同じような過ちはすまいぞ。あの男はこの地を去った。豊かな暮らしはここにはないと言い、もっと人間らしい暮らしをするのだと。笑止！　竜の力を継いだ者が人間らしい生活？　豊かな暮らし？

財宝を腹の下にためこみ、王冠を頭に載せ、暑くもなく寒くもなく餓えることもない、何不自由のない暮らしを求めて、われの夢をぼろくずのように捨てていった。さなれば、われは夢を託すことはせぬ。こたびは。そうだ、われはおまえを食いつくそう。中から食いつくしておまえになろう。骸《むくろ》から脱皮して人の器《うつわ》を手に入れよう。思いのままに成長したら、人の器もぬぎすてて、再びこの世に竜となって君臨しよう。喜べ、おまえはわれになる。われになって王となる。

やめろ、おれは王になんぞなりたくない。君臨したいなどと思ったことはない。

――考えもしなかった、などと言うでない。おのれの中に流れる竜の血を、思いおこしもしなかったなどと言うでない。ここへ来たのは、力を欲したゆえ。力を欲さぬ者はここへは来ない。認めるがいい、口ではいらぬと言いながら、心の奥底のさらに底であこがれてはいなかったか？　金に輝く玉座を。広間に鳴りわたる王錫《おうしゃく》の響きを。支配者として君臨し、怖れるものの何一つない地位に座りたいと。

思っていない！

ディアスは両拳をにぎりしめて叫んだ。

——嘘をつくな、魔法使いの子孫よ。弱き卑怯者め。

おれは卑怯者などではない！

——真にそうか？　家臣の家で育てられた、その引け目によって力を欲することをやめただけではないか？　それを卑怯とは言わぬか？　卑屈とは言わぬか？　真実はどこだ？　玉座には見むきもせぬというか？　はなからあきらめていただけではないのか？　気楽な一家臣の名にかくれて、王家のつとめを放棄していただけではないのか？

真実、王になりたかったはずだ。支配したかったはずだ。すべてを思い通りに操りたかったはずだ。ただそれに付随する面倒ごとを避けたかっただけではないのか？　責任を果たす自信がなかっただけであろう。そうでなくば、尻尾を巻いて逃げだしてくるはずがないわっ。

違う、とディアスは叫んだ。逃げたわけじゃない。追いだされた。追放された。それに、争いごとを起こしたくなかった。おれが玉座に興味がないと知れば、兄たちはおれを敵視しないと思ったのだ。家臣たちもおれをマイハイの息子としてうけいれてくれると思ったのだ。

——そうであったか、実際は？　兄たちはおまえを敵視しなかったか？　命を狙ったのは誰だ？　陥れて都から追いだしたのは誰だ？　今頃ほくそ笑んでいるのは誰だ？　おまえは逃げたのだ。玉座から、責任から、面倒ごとから。都にいつづければ、怨嗟の声も届いたであろう。両目をつぶされたあの老兵士や、病で家族を奪われることになる人々に相対する勇気がなかったのだ。

ディアスの目の前に、病に倒れる人々の姿があらわれた。竜の見せる幻だとわかっていたが、次々に命を奪われていく光景に息がつまった。そしてその人々のあいだから、よろめきながらパルムントが近づいてきた。えぐられた眼窩《がんか》のぽっかりとあいた闇が迫ってきた。ディアスは頭をかかえてしゃがみこむ。自分のわめき声に竜の声が重なった。

——強くあれば、こんなことに心を傷つけられることもなくなろう。さあ、力を受け取れ。わが力をとってわれとなれ。その身をゆだねよ。再び赤い灼熱の大地をとりもどそうぞ。海を飲みほせ。大地を溶かせ。雲を追いやり、空を焼け。残りし月を引きずりおろせ。あの冷酷なる太陽を嘲ってやるのだ。

おしよせてきた荒波のような力にのみこまれていく。これはおれの考えか。いや、違う、竜のなれのはての思考、おれのものではない。ああ、だがどこからどこまでがおれなのだ？　外と内と両側から喰らわれはじめている。見よ、手が鉤爪に変わり、顎には鱗が生えはじめた。尻の上がむずかゆいのは尻尾ができようとしているせいなのか。

——そうだ、おまえだ、そしてわれだ。おまえはわれになる。われがおまえになる。その赤金色の血は炎の色、我がために用意された輝きぞ。われは再び翼を広げ、火の粉を散らして大空に舞う。

半《なか》ば人でなくなりかけている、ディアスが溶けだして、竜にとって代わられかけている。竜が嘲笑した。

——もはや遅い。もはや分かちがたく、おまえの血がわれを導く。

竜の長い記憶とディアスの人生が、ぐるぐると渦を巻いた。赤金色の光が頭の中で爆発した。それらは無数の熱いつぶてと化して、彼の目を焼き、喉を焼き、心臓を焼いた。肉が崩れ落ち、骨が溶けていく。やがてディアスはたった一粒残った赤金色の砂となり、竜にのみこまれていった。

竜がたてがみを逆だて、角をふりまわし、三重の牙をむきだしにして勝利の雄叫びをあげると、海水がわきたって蒸発する。炎と熱でただれた目の縁から涙がこぼれると、硫黄の臭いとともに酸となってあふれ出る。前足で海底を削り、後ろ足で赤い藻をおしやり、尻尾で大波を起こす。復活だ、と彼は呵々大笑《かかたいしょう》し、ときの流れにも敗北しなかったおのれを永久の存在として褒めたたえた。なにものも畏れることのない、完璧なる存在だと確信して。

今こそ海底より身をおこし、翼をうちふるって長き年月の滓《かす》を吹き飛ばそう。水滴と火の粉に変え、風を炎となして舞いあがろう。

のみこまれてわずか一粒となったディアスは、小さく小さく最後の抵抗の一声をあげた。それは、砂浜の蟹《かに》がたてるあぶくの音、あるいは風に吹きとばされる一枚のミズナラの葉のはためき、はたまた〈霧の荒野〉におしよせる霧の水滴のかすかな呟きにも似ていた。

──それでいいのか、おれは？　竜となって君臨する、この世でただ一人の支配者として？　すべてを踏みつぶし、炎で焼きつくし、畏れるものなく哄笑《こうしょう》する、そうした永遠がどれほどのものだというのだ。

そのときだ、選択せよ、と黒い水底の声が彼の身内にとどろいた。

選択せよ、すべてを投げ打ってその赤き血を与えしものに身をゆだねるか。魔力にあふれ、空を駆け、支配するものとなるか。月をおろして命を呼びこむか。

それとも、生きのびるために土を掘り、短い時をすごして骨となり、土に還るものとして地を這いつづけるか。おのれが次の命の糧となるを承知で死にゆくものとなるか。

選択せよ。力か、理か。

選択せよ、支配か、自由か。

選択せよ、永遠か、刹那か。

選択せよ、孤高か、共存か。

──我は生まれる。我らは生まれる。何度でも。

追いつめられたその果てに、脳裏にひらめいたのはサルヴィの歌。

選択せよ。傷つくことのない強さか、傷ついても耐えていく強さか。

選択せよ、赤き竜か、白銀のサルヴィか。

ディアスは声をあげた。赤子の産声に似た声を。言葉にはならない声、それでも生きる、生きつづけるとおのれに宣言する声を。おれは永遠ではない。おれは竜の強さは持たない。だがおれは、幾度でも生まれ変わるサルヴィのような強さを持ちたい。

——我は生まれる。我らは生まれる。何度でも。

竜の顎がぐっと持ちあがった刹那に、ディアスはその歌をおのれの喉から発した。

すると、竜の角のつけ根で白い火花が散り、角が折れた。はじめに右、次いで左。それからたてがみが抜けて稲光をはじけさせつつ水中にただよっていった。皮膚から鱗が雷音をたててはがれ落ちていった。三重の牙も次々に抜けていく。

イェイルがそばにいた。両目にいっぱいの月光を涙のようにたたえて、彼とともに歌いはじめた。

——我は生まれる。我らは生まれる。何度でも。……生きて、ディアス、ぼくの分も。

それはこだまとなって身体に鳴りひびき、ディアスは身体中に新たな力が満ちていくのを感じた。竜が咆えてもかき消されることはなかった。歌にこだまが重なって竜の声を圧倒し、とどろいていく。さながら赤い雲間から射しこんできた一筋の月光のように。

竜の顎がはずれ、海底に没していった。尻尾が落ちて、大地の裂け目へとくるくる回りながら落下していった。鉤爪は醜い腕やがに股の足とともに溶けていった。それは、滅びのときの再現のようだった。竜は分解した。幾匹もの蛇と化し、ディアスの身体中の内外を狂乱して這いずりまわった。その上にふりそそぐのは白銀の月光、サルヴィの角の力、イェイルの穢《けが》れのないまなざしと少年らしい透きとおった声だった。

——今ぞ、ときが満ちる。赤き海と白銀の月が出会った！　月光と血が混じりあった！　真《まこと》の強さを竜よ、知れ。大いなる魔法の力でも、鞘《さや》走《ばし》る刀の閃きでもない、真の強さを。運命に頭を垂れる者の強さを！　めぐりを信じ、真の永遠を手中にする者にこそ、幸いあれ！

蛇はディアスの中でのたうちまわった。頭蓋骨の中、目の奥で。舌の裏、喉仏の上で。脈うつ心臓の中で。腹の中、背中の骨のあいだで。月光は容赦なく彼らを照らし、あばきたてた。光に照らされた蛇どもは、鎌首をつかの間もちあげて許しを請い、それから微塵に砕け散っていく。誰に許しを請うたのだろうか。太陽にか、海にだろうか。大地に、その底で沸騰する溶岩にだろうか。

はたまた、とき、そのものにだろうか。かろうじて生き残った最後の一匹が、最も深い場所に逃げこもうとした。イェイルの声も月の光も届かない、ディアス自身でさえ、あるとは知らずにいたその場所へ。

それを、鋼色をした蹄がすさまじい力で踏みつぶした。ファンズの王、銀の角のサルヴィが立ちはだかっていた。毛並みは雪のように純白、大きな黒い目の中には、月が宿っている。たくましい首には白い炎となったたてがみが燃えていた。

——我らは生まれる。

とそれは言った。

——我らは生まれる、何度でも。月も沈まぬ月となる……。

ディアスはその言葉にからめとられ、あっという間にサルヴィの目の中に引きずりこまれた。

——しばしともに。我が死を知り、我が夢をも知りたる若者よ。しばし来よ、内に月の欠片《かけら》をのみこみたる若者よ。しばし駆けようぞ、生者も死者も我が中にある。

その言葉通りに、イェイルもそばにいるのを感じた。

彼らはサルヴィの中にあり、サルヴィとともに、いつのまにか雪原を駆けていた。鋼色の蹄をたたきつけて大地を太鼓のように鳴らしつつ。自らの脈動と大地が一体となる。粉雪が舞い散る。はるか先を行くファンズの群れを見守りながら。風が角の枝を吹きぬけ、たてがみは心地よくなびき、純白の厚い毛は天頂にさしかかる十六夜の月に喜びの歌を歌う。

——我は生きる。我らは生きる。生まれる。再び生まれる。死もまた理であれば。

ああそうか、とディアスは恍惚《こうこつ》としながら思った。竜の身体が崩れていく感触をまだ持っている。あの竜の、永遠への欲望を彼は知った。滅びることを拒否したあの永久の欲望を。それを否定はすまい、否定などできない、それもまた真実であり理の一部だから。

――我らは生きる。幾度死んでもまた生まれる。

これもまた真実だ。大地の理だ。竜の欲望とは相反したものでありながら、どちらも隣あってからみあって、永遠と生命の歌を奏でるのだ。変遷も永遠も生命の中にある。

蹄は大地を打ち鳴らす。大地は震え、月も震える。丘の上に登りきったサルヴィは、月を天頂に戴いてようやく立ちどまった。鼻息は白く霞となり、身体中から湯気がたち昇る。

――我らのめぐる定めを、正しき筋と戻すには、今一つ、大いなる選択をせねばならない。そなたにその覚悟、ありや？

突然、サルヴィが尋ね、覚悟、と高揚したままにディアスは問い返した。するとサルヴィはこれから何をしなければならないのかを語った。万能感に満ちていたディアスがろくに考えもしないで諾、と答えると、サルヴィは、

――今は心が浮きたっている。もうしばらく後《のち》に、熟考するがよい。

と笑って、前足で雪をかいた。雪煙がしばらく視界をおおった。やがて雪煙がおさまって、あたりを見渡すことができるようになったとき――。

丘の下の雪原の端に、小さな黒い点が見えた。サルヴィの視力で見てとれば、あれは…

…あれは、アンローサか？　アンローサがどうしてここにいる？　それからナナニ。二人して北の地でいったい何をしている？

サルヴィの感覚が、ファンズの群れにまぎれている他の人間の存在を知らせた。アンローサの怯えとナナニの絶望を感じた。彼女たちを追う男たちは……四人いる、焦りと使命感といらだちが混沌としている。最初に事態を把握したのはイェイルだった。アンローサを護って、とささやいた。直後にサルヴィはなすべきことを知った。

ディアスはアンローサにうなずいた。大丈夫だ、アンローサ、サルヴィが助けてくれる。行け、アンローサ！

それからサルヴィはゆっくりとむきを変え、仲間のファンズの群れが駆け去って行くのをじっと見つめた。

男たちはようやく体勢を立て直したところだ。サルヴィは丘を駆けくだり、彼らの鼻先をかすめるようにして仲間のあとを追いはじめた。しばしのあいだ呆然としていた男たちが、我にかえって叫びだすのが尻尾の後ろに聞こえた。

ああ、あんまり速度をあげてはいけない。彼らが追いついてこられるように、もう少しで手が届くと思わせるために。サルヴィは歯をむき出して笑った。イェイルも歓声をあげた。

——追いかけっこだ、ディアス！　久しぶりだね！

ディアスも跳びはねながら月を仰いだ。青金色の月も跳びはねて笑っていた。

——追いかけっこだ、ディアス！

13

ダシルの民の地に四日間吹き荒れていた風が、ようやくやんだ。

水平線より少しばかり上方に、昇りかけの上弦の月があって、太陽のある季節ならば朝と昼のあいだの時刻であることを示していた。しかし太陽はここしばらくおがめない。一年で最も暗い一月《ひとつき》に入っていたからだ。

追っ手から逃れて二月《ふたつき》がたっていた。

アンローサは半べそをかきながら、血まみれの手を雪で洗う。緋色に染まった雪は、月光の下で怪しく光った。

今日は冬至、ダシルの民の冬の祭りで、死と再生を寿《ことほ》ぐ日だ。小さな子どもたちは、自分の背丈ほどもある針葉樹の幹や枝を、雪上に作られた大きな炉に引きずっていく。それより少し大きな子どもたちは、たった今アンローサとナナニ、リンデという娘が解体したファンズの肉を鍋に入れている。おとなの男女は森から切りだした木の枝打ちをしたり、橇《そり》で荷物を運んだり、血抜きをしたりと忙しい。

もうやりたくない、と泣き言を言ったアンローサだが、次のファンズの準備ができればまた、ナイフと覚えたての技術を使って、皮と肉を切り離す作業に取りかかるだろうと、自分でもわかっていた。これは必要なことだった。ファンズは〈北の民〉にとって唯一と言ってもいい、冬を生きのびるための大事な食料だ。

それでも、生き物を殺すというその行為には大きな抵抗を覚える。

「なんでこんな暗くて寒いときに外に出て仕事しなきゃなんないの」

と本当の疑問の代わりに不満を口にする。まつげも白く凍るような寒さだ。吐く息でさえ空中で凍って、地面に落ちていきそうだ。毛皮の外套《がいとう》の中にたっぷりと着こんで膨れ、長靴にはよく乾いた枯れ草や苔を入れて防寒してはいるが、それでもいろんな作業は素手《すで》でしなければならないから、アンローサの言い分もあながち的外れではない。じっと立っていれば、着物の上からでも容赦なく冷気がしみてくる。動いているほうが暖かいし、気がまぎれる。むしろファンズの解体はぬくもりがあるから、楽な仕事だとも言える。

「冬の祭りは大事なんだぁ」

アンローサの不平不満にすっかり慣れっこになってしまったリンデが、にやっとする。ダシルの民のビンダ語は、習ったものとはかなり違っていた。方言であろう、かなりなまっている。しかしここに厄介になって約二月《ふたつき》、アンローサもすっかりそのなまりを聞き取れるようになっていた。

「冬の祭りをちゃんとすねど、冬の神様がごしゃぐんだべ。神様がごしゃぐると、病人出たり自分殺したりすっからな」

アンローサより三つか四つ歳上のリンデは、えらの張った丸顔の大柄な娘だ。アンローサの面倒をよく見てくれる。五十人ほどの〈ダシルの民〉の中では唯一、十代後半の娘である。あとはずっと年下の子どもたちしかいない。

薪の山となった炉床《ろしょう》のむこうで、テンダーが彼女らを呼んだ。血抜きの終わったファンズがその足元に横たわっている。アンローサとナナニとリンデは踏みかためられた雪の上を大股に近づいていく。

「神様なんて、いないわよ」

いたら〈緑の凍土《おこごる》〉に病をもたらしたり、イェイルやムッカ母さんをさらっていったり、ディアスを奪いとったりはしなかったはずだ。

「その、自分を殺す、というのは？」

ナナニが尋ねた。

「まあ、そういうこと」

リンデは口を濁して多くを語りたがらない。アンローサがナナニをひきついで、

「自殺ってこと？」

声をひそめて聞くと、リンデは青い目をちらりと、待っている父のテンダーのほうにむ

けてからかすかにうなずいた。

テンダーはダシルの民の長《おさ》である。えらの張った丸顔、砂色の髪、青い目、背丈も横幅もアンローサより二まわりほど大きい。六十歳くらいの長老に見えるが、厳しい北の地の生活は人々に早く年をとらせる。実際は四十代前半だと聞いている。鷹揚《おうよう》で穏やかそうな外見だが、実は正義漢で怒らせたら怖いのだ。

冬の雪原でサルヴィに出会ったそのあとすぐに、別のファンズの群れが通りかかった。ファンズは先頭の一頭についていく習性がある。その群れの先頭にいるのは、人を背中に乗せた大きな雌のファンズだった。それは、ゆっくりと移動する飼いファンズの群れで、彼らに出くわさなければ、雪原の真っただ中で凍えて狼の餌食になっていただろう。アンローサは、サルヴィが彼らを呼んでくれたのだと思った。ファンズ飼いのその人々は、ちょうど〈月の湖〉の北岸の村に帰るところだった。

二人を荷橇に乗せると、速度をあげて帰途につき、翌日の早朝には村の炉の前で身体を温めていた。そのおかげで、ナナニの具合がずっと良くなった。

さらに次の日にはすっかり回復したナナニの交渉で、ファンズ二頭だての橇と御者を雇い、ムーコン川にそって北上した。完全に凍結したムーコン川は重い雲の下、ざわめく風の中、常に彼らの右手で、ぎしぎしときしみをあげていた。ファンズは疲れしらずに平原を二日間駆けつづけ、停まるのは人間のためだけだった。三日めには〈月の湖〉からすでに遠く、徒歩であるならば半月もかかる距離を稼いでいた。

あれほど不気味な音をたてていたムーコン川は今ではすっかり沈黙し、どこからどこまでが平地でどこからどこまでが川であるか、その境も雪に白くおおわれてわからなくなっていた。御者はそこでより起伏の少ない川に橇を乗りいれた。平らかな氷の上をファンズたちはさらにやすやすと駆け抜け、たった一日で、〈ファンズの丘〉のなだらかな峡谷からダシル湖のさらに北のダシルの民の地へと、躍り出たのだった。

二人をテンダーの天幕までちゃんと送り届けた御者に、ナナニは代金として財布ごと払った。御者はまるまる三日間も逗留して骨休めをしてから、大喜びで帰っていった。

お金を全部あげちゃったの、と非難というより心配が先立って尋ねたアンローサに、

「口止め料も兼ねていますからね。それにここでは、お金など無用の長物です」

ナナニの言うとおりだった。ダシルの民の族長のテンダーに事情を話し、保護を頼むと、彼は二つ返事で引き受けてくれた。そこにお金などちらつかせたりしたら、かえって追い出されたかもしれない。

「〈狼の丘〉のネワールの弟はごろつきだ」

テンダーは吐き捨てるように言いきった。

「ネワールも腹黒い男だべ。〈狼の丘〉の連中は荒っぽくて乱暴だ。ほして、人の信用ば利用する。だますごと、裏切るごと、なんとも思ってねえし、思ったとおりにならねど刃

物ふりまわすし。んだから、なるべくつき合わねのにこしたことはね」

と肩を怒らせて憤懣《ふんまん》をあらわにした。

かくしてアンローサとナナニはテンダーの客となり、おいしいファンズの肉入りスープをごちそうになったのだった。

ダシルの民とともに暮らしていく日々、太陽は次第に頭を低くしていき、ついには地平線から姿をあらわすことがなくなった。

吹雪の日々には、頑丈な天幕の中で手仕事にいそしんだ。外に出るのはファンズたちが風よけの丘の麓《ふもと》のわずかな木々のあいだにたむろって、月光木の樹皮を食べたり、大きな蹄で雪を蹴って苔を食べているのを確かめるときと、天幕のそばの食料を取りにいくときだけだった。吹雪は何日もつづく。風は始終咆えたけり、あまりに強く吹くので積もった雪さえ吹き飛ばされていく。

アンローサはテンダーの娘リンデと一緒の天幕で日々をすごした。いかに外に嵐が吹こうとも、ファンズの角の支柱とファンズの革とファンズの腱の紐で造られた天幕はびくともしなかった。中央に切ってある炉のそばで温かいスープを食べ、魚を解凍して焼き、ファンズの乳から作った酒を飲み、貸してもらった編み針で――これもファンズの角からできている――リンデから編み物を習った。ディアスから〈狼の丘〉で買ってもらった手袋と帽子のような編みこみ模様を作るには羊の毛が必要だったが、ファンズの毛でも編むことはできた。あちこち目を落として穴だらけのマフラー一つをようやく仕上げると、今度はファンズの毛を紡ぐことも教えてもらった。ナナニはそのあいだ、ファンズの縫い針ともらった毛皮で二人分の外套を仕立てたのだった。

すべてが、ファンズで成りたっていると言ってもよい生活だった。天幕や衣類はもちろんのこと、床も、白樺や月光木の小枝を何重にもまいた上に、ファンズの革をこれも何枚もしいていた。寝台の枠木でさえファンズの骨と角が使われていた。食料はファンズの肉を凍らせたものだったし、革袋は内臓でできていたし、くず角と骨は煮詰めて膠《にかわ》となった。ごみ一つ出ず、満ち足りて自足した暮らし。

アンローサは、吹雪と狼の声を聞きながらぬくぬくと眠った。北の地は貧しく乏しく、と誰かが言い、アンローサもずっと信じていたが、それはここに暮らしたことのない者の偏見だと思った。なるほど、外側から見たら貧しげに見えるだろう。暖炉も宝石もない。それどころか家さえない。それでも、父のように権力争いに汲々《きゅうきゅう》とすることもない。ナナニでさえゆったりとして、あの、人をよせつけないような冷たいしかめ面も、南方に置いてきたかのようだった。

長かった吹雪がやんで、突然物音のしなくなる日があった。すっかり晴れわたったわけではない。空と地上の境界がどこだかわからなくなるような薄暗い曇りの日は、月も見えず、ぼんやりとした雪明かりにすべてが藍色に染まっていた。その、夜か昼かも怪しくなるような一日、男たちは湖に出かけた。夕方前には氷を切り出して山積みになった橇を、幾台も連ねて帰ってきた。それらは天幕と天幕のあいだの一ヵ所に置かれた。砕いて溶かせば、まじりけのないものすごくおいしい水を飲むことができた。

あるいは弱ったファンズや、来春には乳も出さなくなるだろう老ファンズを殺すこともあった。狼の餌食になるよりはましだろうが、はじめてその場面を見たアンローサは顔をしかめた。このときばかりはナナニが彼女を叱咤した。

「アンローサ様も、今までさんざん、ファンズの肉をおいしくごちそうになってきたではありませんか。目をそらさないで御覧なさい。あのようにして、ファンズはわたくしたちに生命を譲りわたしてくれるのです」

アンローサはファンズの目から生命が逃げだしていくのを涙ながらに見つめながら感謝した。

残酷だ、と言うことができない。ファンズがいなければ人間も生きていけない。それゆえ彼らは吹雪の夜でも狼を警戒して不寝の番をするし、ファンズの食料がつきそうだと思えばさっさと天幕をたたんで移動させる。

「この辺はまだいいんだべ」

リンデが、煮こんだ肉と骨をナイフで分けながら言う。

「すぐ近くさ、森もあっから。中央平原のほうじゃ、森も林もあんまりねえから大変だあ」

ときには数人の男たちが、ファンズとともに出かけて十日も帰ってこないこともある。それは大抵、天気が落ちついているときで、彼らは丘の東のほうまで行くのだという。

「あっちさはいい苔がいっぱい生えてるどこがあっからな」

リンデは鍋に肉をこそぎ落とし、骨をきれいにする。雪でこすったあと、ナイフで削って幾本かの針や編み針を作るのだ。髄液は別の容器に入れて膠用にとっておく。老犬がおこぼれが欲しくてすりよってくる。彼らは男たちとファンズを追うには年をとりすぎて、女たちの天幕で余生をすごすのだ。リンデは肘で鍋を守りながら、甘える三匹に分け前をほうってやる。

天幕の中は、乾いた火の匂いと肉の匂い、ファンズの皮の臭いがまじっている。ようやくそうした匂いにも慣れたアンローサは、編み針を動かして、この前よりはましなマフラーを編む。ファンズの毛糸も自分でつむいだもので、白や薄茶や黒や焦げ茶がいろいろまじっている。ナナニは長靴を縫う。

そうした暗い冬の時間には、手を動かす一方で、リンデはファンズのいくつもの名前を二人に教えようとする。

「生まれたばかりのはピリア、生まれて一、二月経つのはパンナ、パルーは若い雄、パリアは若い雌、ファンズっていうのは大体はおとなの雄のことなんだぁ、大人の雌はファンスルって呼ぶ」

「覚えられないわよそんなに」

「覚えなきゃ、〈北の民〉にはなれね。それに、まだまだあるぞ。食べ頃のはパッタ、足が速いのはヤッシ、病気のはヨダク、よく馴れて橇引きに使えるのはプアン、癇癪《かんしゃく》もちで扱いづらいのはバタフィ、似た意味でフォルってのもある、けれどこれは、もう手に余ってので、さっさと食べちゃうな」

「別に、〈北の民〉にはならないし……」

アンローサは頬をふくらませてつぶやくが、リンデはお構いなしだ。さらに次々と、色白なの、黒いの、死にそうな、小柄大柄な、角が特殊な形の、などと並べたて、最後に自分もそうであるかのように昂然と頭をあげた。

「んで、こいつら全部の王様が、サルヴィだ」

あくびをかみ殺していたアンローサは途端に目を輝かせる。編み物を下に置いて身を乗りだし、

「わたしたち、ここに来る前にサルヴィを見たわ！　ね、ナナニ、月を角にひっかけて丘の上に立ってたの。それで、わたしたちを助けてくれたのよ」

リンデはにやっとした。

「そいつは、おらだの群れから生まれたやつだべ」

アンローサが目をみはって一瞬言葉をなくすると、にやにや笑いを一層深くして、

「一昨年《おととし》、うんにゃ、先一昨年か、春にここで生まれてやつだ」

「嘘……サルヴィって、普通に生まれるの？」

リンデは愉快そうに声をあげた。アンローサはさらに身を乗りだした。

「じゃ、最初からサルヴィはサルヴィじゃないの？　いつどうやってサルヴィになるの？」

「サルヴィは普通にお腹の大きいファンズ《ピルファンスル》から生まれるんだあ。んだから最初は他の生《ピ》まれたばかりの仔《リア》と変わらね。んでも、すぐに立つべ。立ってからが違う。もう、あの黒い目ん中には月が入ってんのがわかる。三日も経つと、たちまち大きくなって、角もにょきにょき生える。ほして光りはじめる。そうすっど、みんな周りさ黙って立って、ただ待ってる」

「……なんで？」

「お告げがあるんだ。サルヴィはしゃべる。ほら、おらだのここさ」

とリンデはこめかみを指先で叩いてみせる。

「聞こえるように」

アンローサは半分口をあけたままでうなずいた。

「うん、そうだった。わたしにもあのとき、聞こえたよ」

「そんときはみんな、耳をすませる。何かいいこと、言ってもらえっといいしな」

「なんて言ったの、そのときは？」

「この群れも、ダシルの民も、栄えるって言ってくれた。ほれから、そろそろときが来るって」

「とき――？　なんの、とき？」

「わかんねえ。お告げってのは、なかなかわけがわかんねえもんだからな」

「……」

「ほれから、あの大きい蹄で地面ばどんどんって叩いて、どこがさ行ってしまった。光る風みたいだっけ」

「それが、サルヴィ……」

アンローサは吐息をついてしばらく放心していた。生まれて間もなくサルヴィとなったファンズ。地面を叩いて祝福してから駆けさっていくサルヴィ。あの、十六夜の月を角のあいだにひっかけて、雪原の上の自分たちを見おろしていたサルヴィ。行け、アンローサ、と聞こえた声は、しかし、サルヴィではなくディアスの声だった。瞳の中にはイェイルもいた。あれはどういうことだったのだろう。

アンローサは編み物をまた取りあげる。ともかく自分はここにいる。本当なら雪の中でナナニと一緒に凍え死んでいたかもしれないのに。これが運命だったのだろう。靴底と周りを縫い合わせるのに集中しているナナニに視線を移す。ナナニが行動を起こしてくれたから、ここにいられる。あのとき、知らないふりだってできたのだ。だが、ナナニはすべてを投げうって逃げる助けをしてくれた。大いなる運命の車輪は、確かに一方向にまわっているのだが、一人一人の小さな決意が生死を分けるのも事実だ。決断は無力から人を切り離す。努力は絶望の中にも光を導く。頭を垂れるしかないこともある。イェイルやムッカ母さんをさらっていった大いなる定めには人の手は及ばない。人の浅知恵では追いつかない深淵なる掟《おきて》、理《ことわり》、真実がそここに潜んでいて、見る目を持った者に見つけられるのを待っているかのようだ……。

来し方をつらつらと思いだしながら仕事をしているうちに、祭りの準備が整った。大きな炉床に山となった薪に火がつけられた。歓声があがる。ダシルの民は全員、炎のまわりに集まって酒をまわし飲みする。酒袋が三巡すると、上弦の月が天頂に昇りつめた。

ほろ酔い気分のアンローサの目に、黒く塗られたファンズの角が映った。ファンズの革をかぶり、黒い角をかかげた男が炎の前に飛びだすと、反対側に同じような格好のこちらは白い角の小柄な女が飛びだしてきた。人々の歓声の中で、角と角がぶつかりあった。くぐもった響きが火勢にまじって聞こえた。二度、三度。三度めに黒い角の男のほうがばったりと地面にうち伏し、小柄な白い角の女が勝ちどきをあげ、炎のまわりをはねるようにして三度めぐった。

それからまた酒がまわり、肉が焼かれ、人々はめいめいに踊りだし、太鼓が打ち鳴らされ、高く低く喉声の歌が歌われ、大騒ぎとなった。

「これは、太陽の死と復活の儀式ですね」

とナナニが耳元で怒鳴った。冬至は古い太陽が闇に完全に没するときであり、冬至の翌日は新しい太陽が生まれる、つまりは復活する、と言われている。それをあらわした祝祭の儀式なのだ。人々がとびはねる。月がゆらめき、影が跋扈《ばっこ》し、光と闇が溶けあった。アンローサは誰かに手を引っぱられて、一緒に踊りだした。ナナニもいつのまにか音楽と炎と影に溶けだしていた。冬至の祭りは、煌々《こうこう》と照る月の下、真夜中までつづいた。

14

気がついたとき、闇の中に一条の細い光が見えた。

ディアスはゆっくりと上体を起こした。斜め後ろにタンダが、前にはキースがうつ伏せになっている。彼の身動きにつられて二人ともうめき声をあげた。

「ここは……どこだ？」

サルヴィとともに駆けた雪原でも、赤き海でも、黒い女の洞でもなかった。地面は冷たく硬い石でできており、かすかな光に白っぽく浮きあがって見える。それに、寒かった。ここ何日か、寒いという感覚を忘れていた。だが、あの暑熱《しょねつ》を思えば、寒いほうがありがたい。

三人はよろめきながら光のほうに歩いていった。数十歩進んで出口にたどりつき、目の前にそびえたつ何十何百もの薄茶色の石柱群を見た。そこは、来るときに通った〈黄金谷〉の一隅らしかった。ディアスは息を吐き、

「帰れるよ、二人とも」

と言葉少なにつぶやいた。

三人は石の柱のあいだをぬけ、一筋《ひとすじ》の通り道を見つけ、とぼとぼと歩いた。馬をなくし、積んでいた荷物をなくし、

「帰れるとしても、馬なしでどうやって〈霧の荒野〉を乗り切るか、考えなければなりませんね」

とキースが目を落とした。

しかしその心配は、〈黄金谷〉の底を横切って反対側の斜面を登りきった夕暮れ間近に霧散した。三人の来るのがわかっていたように、崖の上の小さな林のきわに、彼らの馬がおとなしく待っていた。彼らを見てとった直後に、いななないてそばに寄ってきた。そのときのうれしさといったら。なんてかわいいやつらなんだ、とそれぞれに首をたたき、頭をなで、早速またがった。振り分けにした荷物の袋は、来たときよりもふくらんでいた。歩きだしながら確かめると、食料も水も補充されている。黒い女からの贈り物なのだろう。

すっかり暗くなってから、ミズナラの木の下で野営の火を熾した。風は冷たかったが、ミズナラの枝には赤い芽が吹いていていた。

「春が追いかけてくる」

ディアスがつぶやき、

「わたしたちと一緒に北へ帰るんですよ」

とキースが微笑んで、まるで春のことを生き物のように言った。

「〈緑の凍土〉を出てからどのくらいたったのかな」

「そうですね……。四月《よつき》は過ぎたかと」

豚肉の塩漬けをあぶりながら三人は黙って火を見つめた。ディアスがどんな試練を味わい、どんな選択をしたのかは一言も話さなかったし、二人も聞かなかった。ただ、帰れることだけは請けあった。三人はぐっすりと眠り、翌朝穏やかな沈黙のもと、帰路についた。

冬に追いたてられるようだった往路とは異なり、北上してくる春とともに、〈霧の荒野〉をたどっていく復路だった。追い風は暖かく、霧は相変わらずたちこめることが多かったものの、三人はもはや身をちぢこめることもなかった。一月《ひとつき》ほどで山並みを越えると、草原と丘と湿地の大地となった。急いで進んでいったものの、頭上を鳴きかわしながらわたっていく鳥の群れを目で追い、朝露に濡れた草むらに湿った土の匂いを嗅ぎ、ときにはひっそりと咲く花々のかすかな香りを楽しみもした。

さらに二月《ふたつき》、北の大地にも春が忍びよってきたころ、三人は〈緑の凍土〉から流れでてゆったりと北へ進路を変えるユル川のほとりまでたどり着いた。雪解け水を含んだ川は増水して岸辺から溢れそうになっていた。濁った流れの中に、翡翠《ひすい》色の筋が見えた。ディアスは流れにさらわれない場所に馬をすすめて、あたりを見まわした。

激しい音をたてて流れていくユル川の右手はるかに、〈月の湖〉の水面が光っている。

あたりにはまだ残雪があるので、よくよく目を凝らさないと、それとはわからない。左手では斜面が徐々に高くなっていく。地平線に薄茶に盛りあがっているのが、〈緑の凍土〉をとりまいている樹海だ。ほんのりと紅色に染まっているのは落葉広葉樹の多くが、芽吹きを迎えているからだ。その紅色の彼方、水色の空が雲ととけあっている境に、きらりと小さな鏡の一片のように光ったのが、サルヴィの角だろう。まだもっている、とほっとした。

ディアスはキースとタンダをふりかえった。手綱を握る手に力がこもった。

八ノ橋を渡ると、気の早い農夫が土を掘りおこしはじめていた。まだ半分凍っていて湿ってもいる重い土は、扱うに一苦労だが、雑草の入る隙を与えまいとしているのだ。ディアスたちは胸いっぱいにその香りを吸いこみ、故郷へ戻ってきたことをかみしめた。

ゆっくりと、農地を横切る一ノ道を春の柔らかな陽射しに額を温めながら進んでいき、やがて家々が身を寄せあっている町外れに達した。そこでディアスとキースは、タンダと肩を叩きあって名残を惜しんだ。またそのうち会うだろうことを互いに語り、イショーイ殿の厚情を謝して別れた。

坂道を市場のほうに消えていく後ろ姿を見守ったあと、ディアスはキースにむきなおって言った。

「先に帰っていてくれないか、キース。おれは一軒、寄って行きたいところがある」

キースは静かに息を吐いてから尋ねた。

「パルムントの家がどこか、ご存知なのですか？」

意図を看破されたことにディアスは静かな驚きと、同時に信頼感をおぼえて答えた。

「いや……一ノ辻の東側だとは知っているが……」

「では、わたしがいないとさがしまわる羽目になりますよ、ディアス様。遠慮は無用です。一緒に行きます」

二人は、ろくに品物もなく人影もない農産品市場のあいだをとおって、一ノ辻の北東に出た。ちょっと待っていてください、とキースは馬をディアスに預けて、鋳掛屋《いかけや》にふらりと入っていった。

ディアスはそのそばにひょろりと立つ欅《けやき》の木の梢で、シジュウカラの鳴きまねをしている百舌の小さな影を見あげて待っていた。まるっきりシジュウカラだ、うまいもんだと感心しているうちにキースが戻ってきた。

彼の案内で小路を左折右折し、まもなく一軒の小さな家の扉の前に立った。他の家と同じ、厚板の壁と太い柱の家で、三階建ての屋根にはこけら板が使われている。小窓が脇にあって、板がおろしてある。木の扉も、窓も板壁も散々小石をぶつけられて、たくさんのへこみが目だった。おそらく、門番の役を全うしなかったことに対して、町の人たちの怒りがぶつけられたのだろう。両目を潰されてなお、石で追われなければならないとは、パルムントが角を壊した張本人のような扱いではないか。

ディアスは扉を強く叩いた。二度叩く必要はなかった。拳骨が一度ぶつかっただけで、扉はかすかなきしみをあげて内側にひらいたのだ。そこには人の気配がなかった。

おとないの言葉を口にして頭をそっとつっこむ。奥の部屋に誰かがいるようだ。静かに上がりこみ、ごめんくださいと口の中で再びつぶやいた。

「ひどいですね」

隣に立ったキースがささやいた。暗がりに慣れた目が灰と埃にまみれた室内をとらえる。蠟燭が倒れ、蠟がこぼれている。果物の芯が干からび、パン芋の皮は一隅に山となり、火のない暖炉の前には椅子の残骸や卓の脚やらが寄せられている。手のひらほどもあるドブネズミが威嚇《いかく》の声をあげて二人を睨みつけ、暖炉の中に姿を消した。入り口と反対側の扉から灰色の光が漏れてきている。奥のほうでは窓がひらいているようだった。ディアスは小声でまた挨拶をしつつ、そっと扉をおしあけた。

寝室だった。壁に沿って三つの寝台が置かれてあり、裏庭に面した窓からそよ風が入ってくる。窓のそばの寝台に小さな娘が横たわり、パルムントとその妻がひざまずいていた。妻は娘にすがりつくようにつっぷして泣き、パルムントは膝をぎゅっと握り、食いしばった歯のあいだから嗚咽《おえつ》を漏らしていた。

その横顔を一目見てディアスは立ちつくした。乾いた皮のような色をした皮膚には、深い皺《しわ》が刻まれている。すっかり白くなってしまった髪、あの大きかった肩からは肉が落ち、袖からのぞく手首は木の枝のように細い。潰された目は白濁して虚ろな光を反射している。その目からあふれた涙が、とめどなく頬を伝っていく。

ディアスはそっと後退《あとずさ》りした。パルムントに会って何をしようとしていたのだろう。何を言おうとしていたのだろう。悪口雑言《あっこうぞうごん》を浴びせられることは覚悟していた。あるいは恨み言を延々とまくしたてられることも。もしかしたら全て水に流して懐かしがってくれるかもしれないなどと、虫のいいことまでちらりと思ったりもした。

だが現実は。今、彼の横顔をつきつけられて、何ができようか。何が言えようか。ただ、頭を下げて退散するより他はない。玄関の外の石段に立ち止まってディアスは周囲を見まわした。気づいてしかるべきだった。市場に物がなかった。人が少なかった。上の金物市場からも、いつもの喧騒は聞こえてこなかった。イェイルと母さんが死んだときと同じだ。鍛冶《かじ》屋の音もしない。荷運び人の掛け声も響かない。

「ディアス様」

キースが気遣うように名前を呼んだ。ディアスはつないでいた馬の手綱をときながら歯を食いしばった。

「サルヴィの病に追いつかれたよ、キース」

「遅かれ早かれやってきたことです……」

「帰ろう、キース。帰って、休んで頭をはっきりさせて、ゆっくり考えなければ」

二人は裏通りを選んで坂道を登っていった。どの家からも笑い声は聞こえず、たまにすれ違う人々は、うつむいて足早に去っていく。辻では野良犬が喧嘩をしていた。どこかで子どもの泣き声があがる。裏口や厨房からは怒声も漏れてくる。

やがて二人は薄い影を引きずるようにして、マイハイ邸の門をくぐった。

裏のほうから木槌《きづち》の音がひっきりなしに聞こえてくる。冬のあいだに風雪で傷んだ場所を修理している、ヒルムと父親の仕事だろう。

前庭には、春一番に咲くハコベやオドリコソウなどが、風に揺れている。馬から下りても、厩番が出てこないので、自分たちで馬の世話をした。厩はある程度きれいにはなっていたが、どこかに未だ冬の気配が残っていた。鶏たちが虫をついばんでいる。池には鴨やアヒルに混じって旅の途中の雁がちゃっかり羽を休めている。薄い雲を通した陽光が夕方のようだ。冬が去り、春が用心深い野ウサギさながらに恐る恐る足を踏み入れてきている、いつもの景色だ。樹海のほうでオナガがさえずり、鷹のきつい声もかすかに聞こえる。

それでも、何か変だった。足元から這いあがってきた嫌な予感をふりはらうように、二人は駆けだした。父は政務に出かけている時刻なので、まっすぐ厨房に飛びこんだ。

驚いたことに竈《かまど》の前で鍋をかきまわし、足音に頭を巡らせたのは家令のニムレーだった。いつもお玉をふりまわしてるシアナがいない。

青くなって立ちつくす二人に、ニムレーは片眉を釣りあげ、かすかな笑みを浮かべた。

「春とともにお帰りですね、ディアス様」

ディアスは三歩でニムレーにつめよった。

「ニムレー、シアナやみんなは……」

鍋からたち昇るひどい臭いに、ディアスはむせた。

「なに、これ?」

「病撃退の薬らしいですよ。罹患《りかん》してしまった者には、ある程度効き目を見せているようです。まぁ予防薬としても良さそうで。忍冬華《シィラル》の枝と灯台樺《とうだいかば》の葉っぱとマンディランの根っこを混ぜたもので、シアナが発明しました」

「シアナ……シアナは? 厩番はいなかった。チキリャは?」

すると、奥の戸口で太く落ち着いた声がした。

「みんななんとか無事ですよ、ディアス様」

「シアナ……!」

「その様子じゃ、朝ごはんもまだですね。ここのパンを当てにしてきたんでしょ。さ、座ってください。あなたも、キースさん」

シアナは一晩顔を見なかっただけ、というような口調でうながした。前髪に白いものが混じっていたが、シアナはシアナだった。ディアスは安堵の溜息を漏らした。ニムレーは彼の肩を軽くたたいて、顔を卓のほうに傾けた。

涙で視界が歪むので目をしばたたきながら席に着き、手早くシアナが出してくれたパン芋のパンにファンズのバターをこってりぬってかぶりついた。ミルクは大きなマグにつがれ、次いで熱いスープが出された。ファンズ肉の塊が入った香草スープは、長いこと煮こんであるらしく、スプーンですくった途端、肉がほろほろと崩れた。二人は竈の火を背中に心地よく感じながら、頬を膨らませたりへこませたりしながらおかわりをした。

そのあいだにシアナは、皆の消息を教えてくれた。サルヴィの角は未だ持ちこたえているが、それでも病は春の最初の風とともにやってきた。前回ほどの猛威はまだだが、高齢で病に対抗する力がなかったヒルムのお婆様が亡くなった。それから厩番が倒れたが、手当てが早かったので持ち直している。まだ起きあがれないが、峠は越したようだ。

「もともと身体の弱い者、老人、子どもが最初にかかるのは毎度のことですけどね」

シアナは前掛けを両手でくちゃくちゃにしながら頭を振った。

「この薬ができたら、そこら中に配りますよ。こうやってニムレーも手伝ってくれますからね」

「ああ、シアナ、良かったよ。ありがとう。それでみんなが救われるなら……臭いはひどいけど」

「身体中に染みついてる感じですよ」

ニムレーは後ろで苦笑いした。

「おかげでわたしは、病からは永久に逃れられそうです」

「ディアス様、あたりまえに話してますけど、これってもしかしてすごい発明なんじゃないですか?」

キースはパンの最後の一片を飲みこんでからささやいた。

「百七十年来の悩みが解消されるかも……薬が見つかったってことじゃないですか」

あまりにシアナたちが身近で、あまりにサルヴィの角の存在ばかりに気をとられていたが、キースの言うとおり、薬が見つかったということか! シアナを仰ぐと、にこりともしないで首をふった。

「特効薬じゃありませんよ。ある程度は効く、といった代物です。ないよりはまし、とね」

「そうなんですか」

キースは肩を落とした。ニムレーが口を挟む。

「忍冬華《シイラル》には解毒作用が、灯台樺《とうだいかば》には炎症を止める力が、マンディランには強壮作用があります。それらを組み合わせて煮詰めて濃くしたらどうかと、シアナが思いついたんです」

「……イェイル坊ちゃんを思いだしてね」

とシアナは目を落としてささやいた。

「熱をお出しになって、苦しそうだったあのときのことは……。いわばこれは、イェイル坊ちゃんの贈り物ですよ……」

ディアスは頷いた。

「イェイルも喜んでいるよ、シアナ」

二呼吸ほどの沈黙のあと、ニムレーがその薬を二人の鼻先に突きだした。

「……おれたち？」

ニムレーは厳しく腰に手を当てて頷いた。

「旅の疲れがたまっているはずです。これを飲んで、病に隙を見せないようにしてください」

うええ、と鼻にしわを寄せながらも、素直に従った。

「寝台の準備ができていませんからね、お二人とも、居間でお休みなさい。暖炉に火が入っていますよ」

その夕刻、懐かしい面々と再会を果たし、慎ましいが温かいシアナの手料理で祝いあった。マイハイ、ヒルム、ヘルム、彼らの両親、洗濯女のチキリャ、庭師。厩番は起きてはこられなかったが、シアナを通して旅の無事を喜ぶ伝言をくれた。

酒宴になだれこみそうだったのに、シアナはあの薬を全員に飲ませ、

「さっさと寝床に行きなさい、今すぐ、全員。明日はこの薬を町中に配ってもらう仕事もあるんですからね」

と追いたてた。皆こそこそと姿を消し、居間にはディアスと養父マイハイと、一度家に帰って再びやってきたキースだけが残った。シアナとニムレーは窓に板をおろし、蠟燭を数本残して自室に引きあげていった。

暖炉は赤々と燃え、三人は毛足の長い絨毯とクッションに尻を落ちつけた。炉の灰に埋めて温めた葡萄酒を時折すすりながら、最初にキースが報告をした。旅のこと、黒い女のこと、帰り道のこと。父マイハイはじっと耳を傾けていた。

やがて話が終わると、父はかすかに頭をふった。

「その、黒い女というのは……何だったのかね」

キースは息を吸うと同時にわずかに両肩をあげた。

「わかりません。人ではないのでしょう。自分で魔物とも言い、母とも言った……神々の一人、だったのかもしれません……」

マイハイも追求する気はないようだった。神々、とつぶやき、数呼吸のあいだどこかへ思いをはせていたが、やがてディアスのほうにむきを変えた。

「それで、帰ってきたということは」

ディアスは赤き海と竜との攻防をかいつまんで話した。マイハイもキースも息をひそめて聞いていた。最後にディアスは言った。

「……サルヴィの粉を飲んだ母さんから乳をもらったから、竜に食われずにすんだんだ。だから父さん、父さんのしたことは間違いだったかもしれないけれど、突破口になったんだよ。なすことや起こることすべてに意味がある、そんな感じがする」

「サルヴィの粉、とは……」

キースが不審気に二人を見比べた。キースには秘密を持ちたくなかった。父に目をやると、かすかにうなずいたので、十七年前の顚末を話した。

「そうでしたか。そんなことがあったのですか……。だが、それゆえに、ディアス様はこのたびの試練を乗り越えることができた、正しく選択することができたのですね。なんという運命のからまりあいなのでしょう」

「……まだ乗り越えてはいないんだ、実は」

「どういうことです？　竜を退けた、それだけで十分ではないですか」

「うん……」

しばらく沈黙がおりた。はぜる火の粉と燃えさかる薪の音だけになった。

ディアスはいたたまれない気分になって、葡萄酒壺につと手をのばし指先を火傷した。それが熱くなっているのをついぞ忘れていたのだ。布切れで取っ手を包んでやり直した。杯に葡萄酒が注がれると、酒精と葡萄の香りがたち昇った。一口すすって芳醇な味わいを楽しみ、こうしたあたりまえの一つ一つを恵まれたものとして感謝した。誰にか、わからない。葡萄を育てた農家の人々にか、摘み取った傷だらけの指にか、品質管理に気を配った職人たちにか。あるいはこうしたもの全てをもたらした日常の人々の行動に、か。葡萄を実らせる日光をもたらした太陽に、あるいはそのさらに上におわす名もなき大いなる存在に、か。

キースにも杯を手渡すと、受け取りながら再び口をひらいた。

「ディアス様の試練はまだ終わっていない、と？　まだディアス様がなさなければならないことがあるということですか」

「おれは……サルヴィと同化してイェイルと一緒に雪原を駆けたあと、サルヴィがおれに言った。まだなすことが二つある、それをやりとげられれば願いは叶う、と。ひとつは教えてくれた。王と対峙して決断を仰ぐこと。でももうひとつは、ときが来たら自分でもう一度選ばなければならないんだって言われた」

杯を干してじっと爪先を見つめた。あと二つの試練が残っている。自分はやり遂げられるだろうか。それとも、失敗してしまうだろうか。

するとふと顔をあげたマイハイが、サルヴィと同化した、とは、と問いかけた。

「うん。竜が崩れ去ったあと、おれはサルヴィになっていた。イェイルと一緒にサルヴィの中にいた。そして見たんだ、アンローサとナナニが月の輝く雪原で追われているのを」

マイハイは、はっとしたようだった。ディアスを鋭く一瞥し、かすれ声で、

「帰ってきてからどうしてアンローサのことを聞かないのか、不思議だったのだ。では、本当に見たのだな、そなたは確かに雪原にいたのだな」

「どういうこと?」

そこでマイハイはアンローサとナナニの出奔とそのわけを語った。そして、

「オブン様は捜索隊をさらに派遣すると決められたようだ」

と締めくくった。ディアスは頷いた。

「アンローサは生きている。ナナニと一緒に北の地のどこかにいる。おれが迎えにいくのを待っている」

キースは口をあけてひゅっと息を吸いこみ、しばらくしたのちに言った。

「その旅に、わたしも同行させてください」

「キースがついて来てくれれば、心強いよ。でもその前に父さん、おれは片づけなきゃならないことがある。……パルムントのことだ。彼は今日、娘さんを亡くした」

「パルムントか。彼は、わたしの援助の申し出を断ったのだ、ディアス。あのあと何度も使いを出し、一度はわたしも訪問しようとしたが、門前払いだった。すべては自分の落度だと、あの潔さには頭が下がる思いがする。だがあそこまでかたくなな心では……わたしができることは、近所に目を配っていてくれるように頼むこと、石などを投げつけた者

は厳しく断罪すると触れまわることくらいしかなかった」

イェイルがささやいた言葉をディアスはそのまま口にした。

「彼の家を立て直す人が必要です。彼に親戚はいないの？」

「調べさせよう。遠い縁者をさがしだして、彼の家に住みこんでもらうか？」

さすがはマイハイだった。ディアスは勢いよく頷いた。

「住まいもなくなって困っている、そういう人をさがしてください。そうすれば、パルムントも追いだすことはできないだろう」

「わかった、話をつけておこう」

「お願いします。……そばに誰か血縁がいれば心強いと思います」

何やら僅かだが、希望はまたたきはじめた。そのとき扉が叩かれ、ニムレーが入ってきた。蠟燭を十本も立てた大きな燭台を片手に掲げ、お客様です、と告げる。夜もふけてきていた。扉からは冷たい風が吹きこみ、三人は立ちあがりながら、このような夜半にいったい誰だろう、といぶかった。

ニムレーの後ろからあらわれた男は、燭台の灯りの横に進みでた。小柄な身体に、ほとんど禿頭といってもよい大きな頭が載っている。一見しただけで、誰だかすぐにわかった。

上等なマントの刺繡の金糸が灯りに反射した。

「これは……イショーイ殿」

父がまずは声をかけ、片手を出して暖炉のそばに招いた。

キースは戸棚から杯を持ってきてイショーイに渡すと、わきまえてそのままニムレーと共に出ていった。イショーイは今までマイハイが座を占めていた場所に腰をおろし、ディアスは温かいワインを注いだ。彼は香りをかいで満足そうに唸り、半分ほど飲んでから一息ついた。ディアスは彼が落ち着いて用件を切りだすのを黙って待っていた。父がむかいで意味ありげな視線を送ってよこしたので、居ずまいをただした。イショーイはタンダが帰ったことでディアスの帰還を知り、駆けつけてきてくれたのだった。

「イショーイ殿、このたびはタンダを護衛につけていただき、大変感謝申しあげます」

イショーイはにっこりと笑った。

「いや、美味い葡萄酒です、ディアス様、マイハイ殿。そしてご無事でのお戻り、おめでとうございます」

身体つきから想像できる声音とはまるきり異なる、野太い声で朗らかに言った。

「夜分に申し訳ないとは思いましたがな、もう、矢も盾もたまらず飛んでまいりました。良かったですなぁ、お戻りになられて。道中つつがなく。それに、少しのあいだに、見違えるほど体格も立派になられました。心なしか、以前より落ち着いて見えるのは、わしの欲目というものでしょうか。いやあ、めでたいめでたい」

彼をガンナー王第一の側近としているのは、この朗らかな話し方と如才のない言葉遣いである。相手をいい気持ちにさせながら、冷静に計算をめぐらせている頭脳が、その愛嬌のある顔面の後ろに控えている。ガンナー王はそういうところまで見てとって、それだからこそ気に入っているらしい。王も大賢者と同じだと、ディアスは妙に納得する。つまりは、うわべを飾りながらも本質をついてくる人間を王は求めている。イショーイはその求めを悟り、演じることができる男なのだ。演技であることを互いに知っていて、それを楽しんでいるところがある。ディアスにはなんとも、複雑で面妖なことのように思われる。マイハイにはそういうことができない。実直で生真面目なので、ガンナー王にすれば、おもしろみのないやつということになるらしい。

イショーイは葡萄酒の残り半分を飲み干した。おかわりを注ぐとちょっと口をつけて膝におき、実は、と切りだした。

「今夜まいったのはあなた様のおつもりをさぐりに来たのです」

「さぐり、ですか……？」

イショーイは、上をむいて笑った。人の意表をつくのが好きな男だ。

「密かに、のつもりでした。何食わぬ顔をして。いやいや、しかし、それはあなた様のような方にはかえってご不快かとお顔を拝見して悟りました。あなた様も率直がお好きなようだ。では率直にまっすぐ、単刀直入に切りこんだほうがよかろうな、と考える次第です。で？　いまだもって玉座に関心はござらぬか？」

マイハイが横をむいたのは噴きだすのをこらえるためだった。それほど、困惑したディアスの顔がおかしかったということなのだろう。

「ほ、ほう。そのお顔では、王になろうとはやはり思ってらっしゃらぬ、か。いや、御無礼を。率直、単刀直入に申しあげました。いや、そうですか」

ディアスはいささかむっとして彼を睨みつけた。

「以前から、お仲間内にもらしておられたことは存じておりますよ。しかし、何分、あれは正式な意思表明ではありませんからね、いや、まこと、失礼をつかまつりました。お許しください。お詫びにこういうお話はいかがですか？　長兄ノーバ様はご病気です。それからオブン様のほうは、またしても、サルヴィ捕獲に失敗したことで男を下げられましたなあ」

「……」

「いやしかし、安心しました！」

イショーイは膝を叩いた。

「もしあなた様がそのおつもりであれば、混乱極まるところでした。もちろん、このわしは、あなた様のお味方ですよ」

「イショーイ殿」

ディアスは歯を食いしばって怒りを抑えこんだ。

「今、玉座がどうのこうのと言っている場合ではないでしょう？　病が流行りはじめている、このときに」

するとイショーイは直前まで見せていた好々爺《こうこうや》の笑顔をすっと引っこめた。真面目な顔になると、頭の半分を占める広くて出っぱった額が目につき、何やら化け物めいた男に変貌する。

「病が流行りはじめているからこそ、こういう話が出てくるのだ、小僧」

太い声にも黒々とうごめくものを感じて、ディアスはのけぞった。その上におおいかぶさるようにして、

「病をもおさめることのできぬ者に、王を名乗る資格はない。サルヴィ一頭を捕獲できない者に王を名乗る資格はない。家臣団の中では、誰についたら我が家の安泰かと戦々恐々となっておる者も多い。おぬしに白羽の矢が立ったらどうするか、とその性根を今夜は確かめに来たのじゃ」

小柄なはずの男は、大男になった。老けて見えた男は、権力欲に脂ぎった素顔をさらけ出した。

と、身体をもとの場所に落ち着けて何食わぬ顔でつづける。

「……そういうことなのです。家臣全員の去就がかかっておりますゆえな。さてと、それではお暇《いとま》をする頃合い、ご無礼は切羽詰まった家臣の振舞いと、お許しねがいましょう

ぞ」

立ちあがった彼のあとをマイハイは見送りについていった。ディアスは今あったことが未だ信じられず、尻餅をついた格好のまま、宙を眺めていた。

あの男の背中から立ち昇っているように見えた、漆黒の炎、あれは——あれも——あの男も、ガンナー王とはまた違う種類の欲望を含んだ血を体内に持っているのか。

マイハイが戻ってきて、驚いたか、と尋ねた。答えられずにいると、

「あれだからこそ彼は、慕われるとともに怖れられてもおるのだよ。そなたが玉座候補としての名乗りを上げるかどうか見に来た、と言ったが、その実は、敵となりうるかどうか、品定めにきたのであろう」

「敵？」

「ああは言っておるが、彼は玉座を狙っていると、わたしは踏んでいる」

「イショーイ殿が？　玉座を？」

自分のいないあいだに、権力闘争は大きなうねりを生じていた。ガンナー王は息子たちがあてにならないと見れば、イショーイ殿を指名するやもしれない、血筋よりは実を取るかもしれない、と口さがない者たちの噂が広まっている、と父は言った。

「イショーイ殿は、オブン様の周囲に間者を忍ばせているだろう。オブン様もあちこちに間者をはなっている。隙あれば暗殺も考えておられるだろう」

ネワールを自分にさしむけたくらいだ。オブンならやりかねない。邪魔者は消し去る。切って捨てる。オブンの中身は竜と同じだ。あの竜と。

もしかしたら、とディアスは別の可能性に思い当たってぶるっと身を震わせた。

「父さん、王にも警告を。オブンはなんでもやる。玉座のためなら、イショーイ殿どころか、王にまで暗殺の手をのばすかもしれない」

「ふむ。そなたが気がついたということは、イショーイ殿も気づいておるであろうが、わたしからも王に申しあげよう。ご不興を買うかもしれないが」

マイハイは薄く笑った。それより、と顔を引きしめて、

「イショーイ殿はそなたの身も心配しておられる。じゅうじゅう注意召されよ、と言いおいていかれた」

〈狼の丘〉でのネワールの小石がよみがえってくる。無数のファンズの蹄。巻きおこる風、跳ねとぶ泥、濡れた毛皮の臭い。

ディアスは再び身震いした。すきま風に暖炉の火も大きくゆらいだ。

15

氷に閉ざされた北の大地にも、春はやせ細った乙女のなりをしてやってきた。南風と陽光に乗ってたどりついた春の乙女は、息も絶え絶えに身を伏せたのかもしれない。しかし彼女が触れた大地は次々と目覚めていく。雪を割って冬滴草《ふゆしずくぐさ》が可愛らしい緑の芽をのぞかせ、たちまち細長い羽を伸ばして、すずらんに似た釣鐘型《つりがねがた》の花を下向きに咲かせる。

アンローサはしゃがみこんで薄黄色や薄紫の色を楽しんだ。なにせ、冬のあいだはずっと、ぼんやりとした金と銀青の世界だったのだ。緑や黄色、紫といった鮮やかさに心を奪われるのも当然だろう。

ナナニが呼んでいる。アンローサはナナニが作ってくれた雪靴で、囲いのほうにかけて行った。水色の空には靄がかすかに立ちこめて、今日の陽射しは落とし卵のようにぼんやりとしている。足元で音をたてる雪は硬いざらめの上に粉雪が降って歩きづらい。

囲いにたどり着いたときには、息が切れていた。冬のあいだの運動不足がたたっている。ナナニは肩越しにふりむいて笑顔となり、囲いのむこうを指差した。その手袋も、首に巻いているマフラーも帽子も、アンローサの作品である。まだ色とりどりの編みこみ模様はできないが、青に枯れ葉色の縞模様には、穴はひとつも空いてないし、形も整っている。アンローサも赤い帽子をかぶっている。ナナニのそばに立ち、柵にもたれかかるようにして眺めると、ファンズの群れから少し離れたところにお腹の大きいファンズ《ピルファンスル》がいる。後ろ足の大きな蹄で盛んに雪を掘っている。

リンデがどん、と身体をぶつけてきた。

「みんなちゃんと生まれれば、二十頭ふえるよ！」

彼女の声は弾んでいる。

「二十頭！　すごいわね！」

言われてみれば、あちらでもこちらでも、群れから外れたピルファンスルたちがうろうろと歩きまわったり雪を掘って穴を作ったりしている。

この冬、リンデの一族は一人の老人と一人の子どもを失った。アンローサにとっても、糸紡ぎを教えてくれたおばあさんと、いっしょにファンズの橇の扱い方を習ったりした子どもだったので、衝撃は大きかった。火葬の炎は、二度高く上がり、黒煙が灰色の空を染めた。

「強くなければ生きていかれんのだ」

アンローサが泣き声をあげて火を見ていると、族長のテンダーが肩に手を置き、軽く揺さぶった。身内を失った人々は、むっつりと黙りこみ、あるいはそっと涙を流し、アンローサのように声をあげている者は一人としていなかった。一冬に一人か二人はさらわれていく、とリンデは教えてくれた。

「でもね、生命《いのち》はめぐる。ほら、キャンターのお腹には次の子が宿ってるって。わたしたちは、天に昇って地に還り、また新しいものとして生まれるんだよ」

アンローサは声を嚙み殺した。昇っていく煙、崩れていく井桁《いげた》。そうか、と卒然として悟る。

大きな喪失の痛みを心に刻みこまれても、彼らはなお運命に敬意を払う。この炎と煙が再びめぐり来ることを知っているから。この大きなめぐりの環の流れの中では、畏怖と尊敬の念を抱《いだ》き、黙して頭を垂れるよりないではないか。

そして今、春もまためぐってきて、アンローサの目の前で新しい生命が生まれ落ちるところだ。

「二十頭生まれれば、なんとかみんな食べていけるんだ」

この人数で一年にファンズを食べるのが、そのくらいなのだ。リンデは赤い頰をして、隣で、柵から身を乗り出すようにして目を細めている。

三人はしばらくピルファンスルの様子を眺めていた。広い囲いの外側で、人々も出産が滞りなくすむのを見届けようと集まってきた。

小雪が舞いはじめる。北の春には時折冬の未練が混じる。それでも吹雪になることはないし、もう積もることもできないだろう。風花のようにちらほらと舞っていつのまにかやむのだ。

一番彼らに近い一頭のピルファンスルが腰を落とした。お産がはじまったのだ。アンローサはその一部始終を見届けた。生命の誕生はすばらしいことだったが、あまり綺麗とは言えない。しかし、リンデはもちろんのこと、小さい子どもたちも寄ってきて、ピルファンスルを驚かさないように小声で突つきあいしながら待っている。彼らにとって、これは未来への希望、生命を約束されることなのだから。それゆえアンローサもしっかりと見守った。安産だった。雪穴の中から湯気が立ち、何やら黒々としたものがうごめく。母親《パリ》となったファンズ《ファンスル》はしばらく鼻先でつつき、舐めまわしていた。まもなく、小さな身体が見えた。細い足でふらつきながらも立ちあがり、首を振って耳をたてる。生まれたばかり《ピリ》の仔《ア》は、離れていく母親の後を追って二、三歩歩く。まさしく一歩ごとに足取りはしっかりとしていく。さらに数歩進むと、ぴょん、と突然跳躍した。みな思わず歓声をあげる。ピリアはその動作が嬉しくてたまらないらしい。命を与えられ、ばねのような身体を与えられたことを大喜びしているように、さらに数度跳躍してから母親に追いつくと、乳房にすいついた。

乳を飲むピリアの尻尾が可愛らしく揺れている。リンデや子どもたちと一緒になって飛びはねた。

16

イショーイが去り、二人きりになってから、ディアスはマイハイにだけは、サルヴィが最後に彼に教えた内容を話した。父は厳しい顔をしてしばらく考えた末に、大きく溜息をついた。それしか方法がないのであれば、試すしかなかろう、そう言って、翌日王に奏上を請い、許可された。

三日後の早朝に総員登城の鐘が鳴り、ディアスはマイハイに付き添われ、キースを従えて謁見室へと入った。

父と二人で逃げ去るようにそこを出たのが七月《ななつき》ほど前とは思えなかった。あれほどきらびやかだった門や壁の装飾も、色あせて見えた。高かった天井は〈黄金谷〉の石柱群ほど高くはなく、彫刻は赤い石の結晶群ほどうつくしくはなくなっていた。

彼らを嘲笑い、あるいは気の毒がって見送った家臣たちが、今は広間の両側に興味津々の面持ちで待ちかまえている。

ガンナー王は今日は玉座に腰を落ち着けていた。赤と金の刺繍のふんだんになされた上衣に銀狐の毛皮のマントを羽織り、黒狼の毛皮で作った膝までの長靴をはいている。宝石のはめこまれた長剣を片手に持ち、めったにないことだが、なんと王冠をかぶっていた。

「戻ってきたのにはわけがあると聞いた。そのわけ、まともでなければ処刑もありうると知って登城したのであろうな」

相変わらず前置きなしだった。ディアスは三馬身手前でひざまずき、丁寧に家臣としての挨拶を述べた。王はその間《かん》、唇を引き結び、背もたれに背をあずけて静かに呼吸していた。泰然自若としているように見える。しかしディアスには、彼が深く憂えているのが感じられた。追放される前にはわからなかったことが、肌でわかるようになっていた。

王は憂え、オブンは侮蔑と一抹の不安に眉をひそめ、イショーイは興味津々でありながら隙をうかがっている。他の家臣たちは、おや、この前とはいささか様子が違うようだと小首を傾げる者、何、苦しまぎれの嘘八百を持ってきたのであろうと嘲る者、心から国土を心配している者、とさまざまだった。

「陛下に申しあげます。サルヴィの角に代わるものを見つけました」

どよめきが走った。王が片手をふると、再び静寂が戻る。その静寂にオブンの嘲笑が響いた。

「ずいぶん早かったではないか。百七十年の因縁の解決策を、その方はたった半年あまりで見つけたと申すか。いやはや、大したものだ」

オブンに追従する者たちからも笑いがまきおこった。苦しまぎれの、だとか、さぞや外の空気は辛かったのだろう、とか、ディアスの口調を真似た泣き言もどこからか上がった。ディアスはふりむかなかった。以前なら、目の前に赤金色の光が明滅したかもしれない。今は彼らの挑発に、悔しさも怒りも感じなかった。

「陛下、しばらく、わたくしの冒険譚に耳を傾けてくださいますか。なんとなれば、わたくしが経験したことが陛下の重要な決断につながると推察するからです。よろしいですか？」

怒って拒否するかもしれない、と心配したが、王は剣を膝の上において腕組みをし、話せ、と言った。いつもと様子が違う。遠征隊が無駄骨に終わったことも気持ちを暗くしているのかもしれない。年々サルヴィを捕らえるのが難しくなっていると実感しているからかもしれない。眼窩の下の影は、隈ではないのか？　口元や目尻や眉間に刻まれた皺が、以前よりも深くなってはいないか？　あるいは、とふと気がついた。ディアス自身の気持ちが定まっている、そのことが関係しているのだろうか。

以前は、叶わぬまでも嚙みついてやろうと身構えていた。怖れている一方で、自分は彼の子だとどこかで甘えていた。認めさせたい、満足させたい、おれの存在はあんたにとって大きいものなんだと、強引に自分を押しつけようとしていた。そんなことはもう、自分の中で些細な問題でしかなくなっている。竜がサルヴィの蹄の下で砕け散ったときに、そうしたことも小さな破片と化したのだ。

ディアスは立ちあがると、静かな声で竜との邂逅と対決を話した。王も、声が小さい、とは一度も言わず、途中からは身を乗りだすようにして聞き入った。静かな声であるがゆえに、家臣たちも知らず知らず近寄ってきて、一言も聞き漏らすまいと耳を傾けた。

雪原を駆け抜けるあの愉悦の一時を過ごしたあとに、サルヴィが彼に告げた言葉を最後に語った。

「サルヴィの角の代わりを得る方法が一つだけある、と言われました。自ら望んだ者がサルヴィの前に立ち、あの銀の角で胸に月のしるしをつけられればいい、と」

人々はかすかに身じろぎした。王は全員の疑問を口にする。

「それだけか？　たったそれだけで〈緑の凍土〉は救われる、と？」

「それだけです。ただ、これには大きな苦痛が一生つづく、いいえ、死んだのちにもつづくことを覚悟せねばなりません」

「……どういうことか？」

「月のしるしをつけられたものは、生涯夢を見ます」

背後でオブンが唸った。

「夢？　たかが夢で――」

すると王は片手をうるさそうにふってさえぎった。

「つづけよ、ディアス」

「はい。たかが夢、です。自分がサルヴィになって、岩棚の上で大賢者に自分の喉を掻き切られる夢。それを毎晩、一生見つづけます」

重い沈黙が数呼吸あった。皆がその意味を理解した頃合に、再びディアスは口をひらいた。

「夢を見つづける一生を終えたのち、その者の骸《むくろ》はサルヴィの角が差しこまれていた岩棚にさらされなければなりません。野鳥に肉をついばまれ、骨を風雨に削られるさだめです」

「……死んでからののちのことなど……」

オブンの声は弱々しくなっていた。ディアスはかまわずにつづけた。

「その者が死ぬとまもなく、一人の赤子が生まれます。赤子は、生まれてすぐにおのれの運命を知ることになります。前世の記憶を持って生まれてくるのです。そう、赤子は、胸にサルヴィの角のしるしを刻んだ者の生まれ変わりです。再び悪夢が夜な夜な生まれてきた者を苦しめます。そうした苦痛は心と身体を消耗させ、長生きはしないでしょう。長くて二十年、短ければ数年で再び岩棚に骸をさらすことになるでしょう。

……それが、延々とつづくのです。われらが殺したサルヴィの数だけ。

百七十年分のサルヴィの犠牲と、角のしるしをもった人間の命がちょうど釣りあったとき、ようやく〈緑の凍土〉は赦されます。二度と記憶を持って生まれ変わる赤子はいなくなり、〈緑の凍土〉は犠牲を持つことなく、沈まぬ月は安らうことができるようになります」

誰も身じろぎしない中で、王はただ一人、深く息を吸った。さらに数呼吸してから、

「にわかには信じられぬ話だ」

と言った。

「だが、あまりに厳しくむごい運命であるからして、その方の捏造とは思えぬ」

皆は、どのような判断を下すのかと王を注視した。今まで通り、サルヴィを犠牲にしつづける道もある。だが、必ず捕獲できるという保証はどこにもない。それは誰もが思っていることだった。ディアスは背筋をのばし、まっすぐ前をむいて待った。

「ことは切羽詰まっておる。病が蔓延しはじめている。ディアスの話を鵜呑みにするわけではないが、手立てをうたねばならないことはわかっておろう。……いま一度、サルヴィを捕らえる遠征隊を出さねばならぬとは思っていた。それと並行して、角をその胸に受ける者を用意しよう。どちらかがうまくいけばそれでよい。そうではないか？」

その言葉に、ざわめきが少しずつ広まっていく。笑いが混じっているのは、みな王と同じように、その役目を罪人におしつければいいと思っているからだ。ディアスは最初に言ったことをくりかえした。

「その者は、自ら望んだ者ではなくてはなりません。嫌がる者やその気のない者ではだめなのです」

ざわついていた空気が凍りついた。王も笑いかけていた顔をひきつらせる。ディアスは静かに周囲を見まわし、念を押した。

「自分で進んで名乗りをあげた者でなければ。自ら進んで、国を救うために……」

全員が申し合わせたようによろよろとあとずさった。ガンナー王はしばし黙って待った。しかし、誰一人、自分がその役目をするとは申し出なかった。とうとう竜の咆哮がとどろいた。

「誰か、おらぬか。〈緑の凍土〉を身を挺して救わんとする者は。忠義の鑑である偉丈夫は」

やはり誰も名乗り出ない。視線をそらし、うつむき、空咳をし、足はどんどん後ろに動く。ディアスはこうなるだろうと思っていた。昨夜、マイハイと何度も話し合った。覚悟はできていた。

王は今度は声を落とした。

「勇気のあるものはおらぬか」

次に、訴えるように、

「……ふむ、ではこうしよう。もし名乗り出て、サルヴィの角のしるしを首尾よくつけることができたのなら、その者を余の跡継ぎとして認めよう。角を得たもの、あるいは角のしるしを得た者が、次の王となる」

ほとんどおもねるような声音で、

「どうだ、イショーイ。どうだ、レンガル、どうだ、アークハイル。……誰もおらぬのかっ」

イショーイでさえ諾とはしない。いつものにこやかさは影を潜め、無表情にたたずんでいる。

「臆病者どもめ」

そう罵られても、一人として動くものはいない。指一本でも動かしたら諸の証しととられるのではないかと怖れて、身体をかたくしている。命じることに慣れているさしもの王も、なすすべはない。王は大きく肩で息をした。唇をぎりりと一文字に引き結び、奥歯をがっしと噛みしめ、宙をにらみつけることしばらく、そしてとうとう、

「……仕方がない。では、この余自らが――」

と言いかけたまさにそのとき、

「父上、わたくしが！」

ディアスは一瞬、自分が発した返事かと思った。声の主はオブンだった。

全員が声なき声をあげてオブンに注目した。オブンは堂々と前に進み出た。一歩ごとに

長いマントが左右に揺れ、面差しが似ていないにもかかわらず、もう一人の王があらわれたかのようだった。

「わたくしが、その男になりましょう」

「おお、オブン、その方が」

王はにぎりしめていた拳をといて、玉座の肘置きをたたいた。

「よくぞ言った！　さすがは余の息子ぞ」

オブンは誇らしげに胸を張り、仁王立ちになった王の笑みに応えた。しかしさすがに、こめかみがひきつってかすかにぴくついている。

ディアスはそっと吐息をついた。疑惑と安堵と不安がないまぜになっていた。オブンが名乗りでるとは思っていなかった。この犠牲は自分がならなければならないのだろうと、予想していた。彼は本気で名乗りでたのだろうか？　彼を信じていいのだろうか。

直後に、ディアスの迷いをおしつぶすように王の宣言がとどろいた。

「わが世継ぎ候補をオブンとする！　三日後に再度遠征に出立する！　角か、角のしるしか、必ず得ねばならぬ。その方ども、出陣の準備をせよ。オブンを遠征の旗印として！　此度《こたび》が〈緑の凍土〉盛衰のときであると覚悟せよ！」

あとずさっていた面々は、その不名誉をふりはらわんと、雄叫びをあげて王に呼応した。

「マイハイよ、王都の守護を命ずる。ディアスよ、その方の追放を解く。マイハイの代理として、この遠征に加わるがよい」

鬨《とき》の声のあがる中で、ガンナー王は闊達な支配者に戻っていた。

17

十三夜の月が西の地平線にきらめいている。まばらな針葉樹の小さな林の下の窪地で、飼われファンズたちが雪の下の苔を掘って食べている。

一頭がぴくりと耳を動かし、頭をあげた。他のものたちも食べるのをやめて首をもたげる。

窪地の少し西側に、〈北の民〉の天幕が十余り建っている。明け方を迎えて、そろそろ皆起きだした模様だ。かすかな物音と気配と煮炊きの匂いが漂ってくるが、ファンズたちが警戒したのはそれらではない。西風に乗ってかすかに届くかぎなれない臭い。赤色の皮の臭い、欲望と害意と支配の臭いだ。

群れの落ち着きがなくなってそわそわしはじめた。夜番の男たちがこれに気づき、雪と寒さを払い落として焚き火のそばから立ちあがる。

かすかな地響きがする。

ファンズは短い警告の声をあげた。群れは窪地の中を右往左往しはじめる。男たちはなだめの声をかけ、次いで群れがばらばらにならないように大声をあげた。犬たちも吠えながら、囲いから飛びだそうとするファンズを牽制する。この騒ぎに、天幕からも人々が走りだしてきた。その中の一人の赤い帽子から、黄金の髪が一房こぼれる。朝日に照り映える小さな月色の瞳。月の花の娘。

人々は平原の彼方から疾駆してくるファンズに気づく。五頭のファンズ、その背中にまたがる五人の男。近づいてくるにつれて、それが〈北の民〉であるとわかる。客が来たようだ。しかしこんなに朝早く、いったい何の用で？

ファンズの足は速い。人が四、五日かかる行程を、一日もかからないで踏破する。間もなく、〈北の民〉の中の〈狼の丘〉の民であると、その乗り方から見てとれた。さらに十呼吸ののちには、男たちの顔の特徴も見えてくる。五人のうちの一人は、ネワールだった。

窪地のファンズの一頭が角をふり、竿立ちになりながら、甲高く長い鳴き声をあげる。

アンローサははっとファンズをあおぎ、やってくる男たちをふりかえり、そばに立つナナニの腕を引く。すると、苛立つファンズの群れに一筋の道ができた。アンローサはナナニを引っ張りながら窪地に駆けこんだ。ファンズたちは白い息を吐きながら二人を呑みこみ道筋を閉じる。

ネワールたちは天幕のそばまで来ると、肩を怒らせつつファンズを下りた。歓待しようと歩みよったダシルの民の長の目の前で、剣を抜き矢をつがえる。人々はどよめき、怒り、この、無作法をとおりこした振る舞いに非難の目をむけ、次いで沈黙する。ネワールの隣の男は林の中にまで届く大声でわめいた。ネワールに似ているが、つりあがった目には険があり、黒々とした髭《ひげ》を顔中に生やしている。この寒いのに、筋肉の盛りあがった両腕をこれ見よがしにむき出しにしている。ネワールの乱暴者の弟だ。

アンローサはどこか、自分の妻となる女だ、隠しだてするなとわめいている。誰かに抱かれた赤ん坊が、この大声に泣きはじめた。ぎゃあぎゃあ泣かせるな、と脅す声に、赤ん坊とその母親は、女たちに守られるようにして奥の天幕に逃げこんでいく。ダシルの長は静かな声で何か言った。それに対してネワールの弟は人の女房をさらっておいて何を言ってやがる、と剣を突きつけて前へ一歩進んだ。ここでネワールが弟をたしなめ、〈北の民〉としての交渉の決まりごとに則《のっと》って行動を起こしたのであれば、騒ぎはおさまったかもしれない。しかしネワールは弟をなだめもせず、非礼をわびることすらせず、成り行きを面白そうに見守っていた。自分の後ろ盾にはオブンがいると思っているのだろう。かかる傲慢さは、卵の殻を破るのにも似て、いともやすやすと〈北の民〉の掟を打ち砕く。

ネワールの仲間の一人が矢を放った。威嚇であったかもしれないが、不幸にも長の隣に出てきた者の腕をかすった。叫び声があがり、天幕側の男たちがつめよる。ネワールたちは剣を構え、腰を低くした。ダシルの女たちは漁に使う銛《もり》を男たちに次々に手渡し、一触即発のにらみあいとなった。

ネワールの弟はまたわめいた。アンローサ、出てこい、言うとおりに出てこないとこいつら全員血祭りにあげてやる、と凶暴で名のとおったその脅し文句もおそろしい。皆殺しだ。アンローサ、それでもいいのか。

アンローサはしばし迷った末に、ファンズたちをかきわけて窪地から出て行こうとした。共に生活をした仲間が、このような荒々しい暴力に傷つけられるのであれば、我が身をさしだしたほうがいい。

そのときナナニが、彼女の肩にふれた。

「ここはわたくしにお任せください」

「だって、ナナニ……」

「大丈夫です、アンローサ様。あんな連中、わたくしには赤子同然です」

ナナニは微笑んだ。母のような、姉のような、やわらかくおおらかな笑みを見せてささやいた。

「そこの足《ヤ》が速く勇敢《ッシ》で知恵《セ》のある《ル》ファ《ヴ》ンズ《ィ》に乗って身を伏せていてください。合図をしたら、わたくしにかまわず駆けだしてください。ファンズを集めるときの呼び声を発して、できるかぎりの速さで南にお逃げなさい」

「ナナニをおいてはいけない。ナナニと一緒でなきゃ」

「いいえ、アンローサ様、わたくしは大丈夫。あなたが逃げた隙に、わたくしも姿を消します。ですから、いいですね、ふりかえることなく、南へ」

「南……」

「そうです。たいした距離じゃありません。すぐに追いつきますよ。ムーコン川がダシル湖と出会うところで待っていてください。いいですね？」

「わかった……。川と湖の落ち合うところ、ね」

ナナニはアンローサの目をのぞきこみ、しっかりなさってくださいよ、と言い残すや踵を返した。ネワールたちの前につかつかと近寄っていき、彼らが、何だ女か、いつぞや〈狼の丘〉に来ていた女ではないか、とようやく認めるその隙に、五人のあいだにすっと身を沈めた。

直後にネワールの剣が飛び、弟のマントの裾がからまった。ネワールはどうしたことか仰向けにひっくりかえった。弟ははじき飛ばされて雪の上に落ちた。あわてて矢をつがえようとした残り三人も次々に投げ飛ばされた。弓の折れる音がたてつづけに聞こえた。

悪態とわめきに汚された空気を裂くように、ナナニの叫びが聞こえた。意味もない叫びだったが、それが合図だとわかった。

アンローサはヤッシセルヴィの背に身を伏せながら、ファンズたちを呼び集める甲高く長く尾をひく声を出した。腹の底から、と教わったことを思いだして。歌うように、響きをつけて。空にたち昇ったあとで、大気から大気へと伝わるように。

最初の一声で、ヤッシセルヴィは大きく一跳びした。窪地から跳びだし、ネワールの弟が起きあがろうとしているすぐそばに、着地した。彼が牙のような歯をむき出しにして、唾を飛ばして怒鳴っている隙に、その頭の上を跳び越し、剣をさがしているネワールの腰すれすれを走り抜ける。

先頭のものにくっついていく習性のあるファンズたちは、次から次へとアンローサの乗った一頭のあとを追ってくる。アンローサは背中を立てて思いっきり二声めを発した。ヤッシセルヴィはそれまでの跳躍はほんの助走だったとでもいうかのように、歩幅を広げた。まるで流れ星に乗っているかのように、景色が流れる。たちまち人間は黒い点にすぎなくなり、天幕は大地の出っ張りとなり、林は薄赤にけぶるしみとなる。

斜め後ろには、耳に、ダシルの民のとは違う刻み目のついているファンズまでついてきている。ネワールたちを乗せてきたファンズもつられて、一緒に走っているのだ。アンローサはうれしくなり、三声めを歌うように、高らかに発した。

このどさくさの中で、ナナニはあの男たちをもう一度打ちのめすだろう。さっきはどう動いたのか、さっぱり見えなかった。それほど速く動けるのだから、男たちを倒したあと、雪煙のように姿を消すことなど、簡単に決まっている。

南へ、と言われた。ムーコン川とダシル湖が出会う地点へ。そこで待っていれば、ナナニは必ず追いついてくる。ナナニは絶対に約束を守る。

さあ、ファンズたち、行こう。遠い地平線でひそかに輝いている月とともに。

18

木々では小鳥たちが騒がしく、南から帰ってくる白鳥や雁の隊列が空を横切っていく。あふれる陽光の下、〈緑の凍土〉はひっそりと、響くのは武具と蹄の音ばかり。

遠征隊は、王の宣告から三日後に出発した。ガンナー王、オブン、それにディアス。それぞれの側近数名と兵站部《へいたんぶ》。総勢二百名ほどの大きなものとなった。イショーイとマイハイは都に残った。

〈緑の凍土〉は春のおとずれにあって、日に日に暖かくなりはじめていたが、樹海に入ればぬかるんで、なんともいらだたしいかぎりだった。樹海を抜けると、まだ冬の居残っている大地となった。地面はざらめ雪に覆われていた。その下は固く締まり、氷土となっている。前回から多くの〈北の民〉が加わるようになったらしく、〈狼の丘〉の民、湖の民が樹海を外れたあたりから続々と合流してきた。遠征隊は彼らの村々で馬を預け、ファンズに乗り換えた。〈北の民〉はたくさんの橇も供出し、巧みにファンズを操って速度をあげるのに貢献した。

ディアスの同行者はキースと、ガンナー王からつけられた見張りの兵士二人だった。この二人は謹厳で、うちとけることはなかった。

ある晩、皆が寝静まった後、側に身体を横たえていたキースは、顔だけディアスのほうにむけて話しかけてきた。外では風が荒れ狂い、耳元にささやく声は他には聞こえない。

「ディアス様、このままでいいんですか？」

彼が何を言おうとしているか、即座にわかった。キースの言葉が、道々ずっと悩んでいた疑問そのままだったからだ。

「オブンを信用していいのか、おれにもわからない」

「わたしもあのとき、後ろから観察していましたが、よくよく考えて決意なさったようには見えませんでしたね。何か別のことを思いついたような……」

「うん……」

オブンのことを考えめぐらせれば、薄氷を踏むような危うさがあった。しかも、真っ暗な夜のようなものが彼とのあいだに横たわっていると感じる。ただ直感は、北へ行けと告げている。サルヴィとの細い繋がりは、北へ来い、と静かに誘う。

「オブン様といえば……アンローサ様のことはどうなさるおつもりですか？」

「捜索隊に見つからないうちは大丈夫だと思う。……気にはなるが、ここを抜けだすわけにはいかない。オブンが自分の表明したことをきちんと全《まっと》うするかどうか、それを見届けることが先決だ」

北へ行けば何かが変わる。すがりつくような思いで、その直感に身を委《ゆだ》ねるしか道はない。もしサルヴィに会えなかったら。オブンの胸にサルヴィの角の刻印が押されても、運命に変化がなかったら。胸が冷やりとする。すると、イェイルがぱっと目を見ひらいてこう言うのだ。

——そのときは二人でサルヴィの前に立とう。

ディアスは、空と風と大地を一ぺんで見たような気分になる。そうだな、イェイル。一度は覚悟した。肝をすえた。いつもそのつもりでいればいいんだ。

アンローサ、待っていてくれ。必ず迎えに行くから。なすべきことをする。それからおまえのところに行くから。アンローサに語りかけ、おのれの決意をもう一度確かめてから、ディアスはようやく眠りに落ちた。


遠征隊はファンズを駆って、クワイカル湖の南岸に到達した。〈緑の凍土〉を出て十日後のことである。パメン川は〈緑の凍土〉からの雪解け水であふれ、湖におしよせていた。いつもの二倍ほどに広がった岸辺は、夜になると凍りつき、昼になると溶けるのをくりかえしながら、次第に中央部へむかって氷解を進めていくのだという。遠征隊すべてに通達がなされた。夜の行軍に切り替える。氷がしっかりしているところを選びながら、先導に従うように。部隊ごとに綱をつないで、万が一、氷が割れて落ちてもすくいあげることができるように。

どうやら危険な行軍になりそうだった。

岸辺に天幕が百近く建ち並んだ。そのそばに火を焚き、乾燥ファンズの肉をあぶり、葡萄酒をまわし飲みし、香茶をすすって寒さをしのぎながら、日がくれるのを待った。昼のあいだは風が吹き、雲が流れては集まり、また流れていった。岸では氷の破片がぶつかりあい、うねっていた。奥のほうでは、平らかな氷床となって灰色から白にと色を変えていく。

ここまで道々、オブンの姿やガンナー王の姿をちらりと見かけてはいたが、むこうからもこちらからも接触はしなかった。ネワールはいない、とキースが情報を仕入れてきて教えてくれた。ディアスはほっとした。「不慮の事故」で死ぬ確率はそれで格段に低くなった。もう、オブンは彼を脅威とはみなしていないはずだったが、油断はできない。

夕刻になるにつれて、風は去り、紺青の空がひらけた。瑠璃の広がりが天蓋となると、金の星々が一つまた一つと輝きだし、十三夜の月が右手斜めに昇る。たちまち冷えこみがやってきて、ディアスたちは二重に手袋をはめなおし、帽子をかぶり、さらにその上にマントの頭巾をかぶった。靴の中には〈北の民〉に倣《なら》って乾いた苔を押しこんだ。ファンズの毛皮の上着とマントのおかげで、寒さは鼻の中と呼吸にしみこんでくるだけだった。それも、天幕をたたみ荷物をまとめて橇に乗せる作業をしていれば、大して気にもならない。寒気に身体が慣れてしまえば、辛くもなくなるだろう。

夜遅く、先頭が湖に乗りだしていった。ディアスたちは最後尾に近かった。土手の上から、星明りに反射する青金の氷面の上に、一列になって走りだしていく遠征隊をしばし眺めた。先頭は湖を知りつくしている〈北の民〉、そのファンズたちは夜の寒気をつっきってさも嬉しそうに、角をふりたてていく。幾多の青い影が足元に踊っていた。

前がひらけて、ディアスたちの番になった。先導はやはり〈北の民〉、ディアスたちはその後ろにファンズにまたがってつづくのだ。

〈狼の丘〉の黒々とした影を左前方湖の奥に見ながら、一行はファンズを乗り入れた。この、雪原にあっては、陽気な獣たちは喜んで仲間の尻尾を追いかける。

最初のうちはいつ、足元が割れるかとひやひやしていたが、先導者の正しい見たてで危なげなく、中心部分まで駆けぬけた。その頃には月は頭の真上にあり、星々は夜を謳歌し、北の空の隅には極光のひらめきさえ見てとれた。

夜明け近く、うっすらと明るくなってくる頃には、湖の反対側の北岸に達するところまできていた。風が遠くの空を唸りながら過ぎていく。遠征隊の先頭はすでに陸に上がって、〈狼の丘〉と〈ファンズの丘〉のあいだの広い平原に野営の準備をはじめていた。天幕のあいだから斜めに昇りはじめた煙をうらやましげに見ながら、ディアスたちは最後の疾駆にかかった。

そのとき、上空を渡っていた風が不意におりてきた。〈狼の丘〉の方角から雪煙が吹きつけてくる。一度降り積もった粉雪を横風が舞いあげて、前が見えない。それでもファンズたちは蹄をとどろかせて進んでいく。ディアスたちは雪煙の中で、前を行く誰か、後ろにつながる誰かと綱で結ばれていなければ、来た方向さえ定かではなくなっていただろう。

あたりが真っ白になった。前ばかりではない、白い世界の中に、自分ただ一人が存在していた。ディアスは、熱砂の丘で同じような感覚を味わったことを思いだした。あのときとちがって、今は呼吸ができる。冷たく寒く、前も後ろも定かではないし、やはり自分一人だが、身体の下には氷と雪を感じる。大地を感じる。ファンズの背中を感じ、呼吸を感じる。光もある。白い光にあふれている。自分だけが存在するような感覚にありながら、誰かとつながっているとも感じる。

白の中に身体が溶けていくようだ。心も溶け、骨も白に溶けて、自分の鼓動と息づかいだけが残る。残ったそれはファンズの律動と重なり、ディアスはいつのまにかファンズに同化していた。蹄で氷を叩き、冷たい空気を熱い肺に呼吸し、毛皮の表面を風になぶらせ、角をふりたてて走る。純白の世界、空《くう》の世界、行く方もわからぬ世界よ。ディアスは何もないことへの怖れと喜びに震えながら、どこへでも行けるという確信に満たされた。熱く流れる我が血潮、力強く大地を叩く我が蹄、たてがみは風になびき、耳の先には星が宿る。

角は大樹のように大きく枝を張り、十三夜の月を載せる。目の中には月光と死者と生者がともにあって、生きよ、生きつづけよ、とくりかえす。彼はそれに唱和して獣の叫びをあげた。

叫んだとたんに、雪煙の外、湖の岸辺に出ていた。彼は人間に戻り、ファンズは元気よく駆けつづけている。額と頬に当たる風の中、心臓が激しく動悸を打っている。汗が気持ちいい。曙光《しょこう》が右手から射し染めて、月は左手斜めに金の花びらのように輝いていた。

すべての小隊が湖を無事にわたりきると、ガンナー王は陣を敷いて一時の休憩を命じた。兵站部の男たちが朝食のスープを配って歩く。暖を取ろうと焚き火の前に腰をおろし、スープをすすっていると、隣で干し肉をかじっていたキースが小声で、ディアス様、と言った。

「湖の民に聞きこみしてみたんですけれどね。アンローサ様はここから北東のダシルの民の所にいらっしゃるようです。ファンズを駆けさせれば二日ほどで着く位置に。ネワールたちもかぎまわっていたようで心配です。よろしければ、わたしに探索に行かせてくださいませんか？　わたしなら抜けだしても、騒ぎにはならないでしょうから」

ディアスは匙《さじ》を口元に運びながら、あたりをそれとなく見渡した。彼付きの二人の兵士は焚き火に背中をむけて尻を温めながら、北の大地の寒さについての軽い冗談を言いあい、オブンは世継ぎの天幕にもぐりこんでいる。わずかにもりあがっている高みでは、ガンナー王がマントをはためかせ、仁王立ちになって北の空を睨みつけている。

「キース、ありがとう、やってくれるか？」

「会うことができてもここへはお連れしません。もっと東のほうか、北の海の近くにむかい、落ち着いたら、連絡します。……そうですね、〈角なしファンズ〉からの連絡を待ってください」

ディアスは微笑んだ。

「よろしく頼む。キースがついていてくれれば、安心だ」

キースは何気なく立ちあがると、さも用事があるかのように、早足で湖の民がたむろっているほうへと去っていった。兵士のうちの一人がちらりとふりかえったので、ディアスはうなずいてみせた。

「足りない道具があるとかで、村に調達しに行くんだそうだ」

兵士は肩をすくめると、また尻をあぶりはじめた。

その日はまた夕刻から行軍だった。斥候が戻ってきて、北北西の平原にサルヴィの姿があったと報告したのを受け、遠征隊は地平線をかすめる十四夜の月を背負いながら進んだ。ファンズは疲れ知らずだったが、人間は昨夜の湖上行ですり減った神経の疲れが出て、士気はあまりあがらなかった。

日がすっかり暮れるあたりから、北風が吹きはじめた。春がそろそろと足を踏み入れる時季にあっても、頑固な冬は素直に退散しようとしないのだ。意地悪く、時折逆襲をかけてくる。風は次第に強くなり、地吹雪と化した。遠征隊は吹きとばされそうな風の中で天幕を張り、じっと荒天が過ぎ去るのを待つしかなかった。

これが三日もつづいたら、打つ手はない。今回も一度〈緑の凍土〉に引きあげなければなくなるかもしれない。外で荒れ狂う風の音に負けじと兵士たちが叫ぶのを聞いて、ディアスは不安を抱いた。

しかしやはり春は、確実に地場をかためているようだった。翌日の朝には、太陽の光が射しこむにつれて北風は勢いを失っていき、昼過ぎにはいまだ上空を咆哮してはいるものの、地吹雪もおさまりつつあり、視界が少しずつひらけてきた。

天幕から這いだした遠征隊は腹ごしらえをし、荷物をまとめ、再び行軍を開始した。ファンズは御機嫌で、いつもより浮きたっているようだった。ディアスは進行方向を見つめて進んでいたが、やがてひっぱられるような感触を右のこめかみに感じて、肩越しにふりかえった。

サルヴィがいた。

静かに佇《たたず》んでいる。まるで百年もそこに立つ樹木のように、小さな針葉樹の林の中で青い雪影に溶けこんでいる。彼らが通り過ぎるのを待って、反対方向にそっと駆け去ろうと隙をうかがっていた。ディアスはそばの兵士に身ぶりだけで知らせた。順次に報せが伝わっていき、大隊はまもなく停止した。

サルヴィはまだ影のふりをして動かない。しかしいざとなれば即座に身をひるがえして駆け去るだろう。

ガンナー王が無言で采配をふった。それだけで、隊は静かに移動しはじめる。先頭にあった三隊は大きく弧をえがいて右側へ、最後尾の三隊は反対の左へ、オブンとディアスの隊はそのまま停止する。ガンナー王はその背後にあって、さらに指示を下す。もっと右、もっと大回りに。左もずっと奥まで退け。林を巻くように。ゆっくりと、静かに。オブンの隊では十人ほど、捕縛の網をそろそろと用意している。

忍耐強く待つうちに、陽が傾きかけ、月は地平線に待機し、影は長くなっていった。

やがて不意に、針葉樹の林から小鳥の一群が飛びたった。サルヴィがそれに驚いて、平原に飛びだし、ディアスたちとは逆の方向に逃げだす。大きな跳び幅で雪を蹴散らして十数歩、すると左に回りこみ、雪上に身を伏せていた三隊がやおら立ちあがり、わめきたてた。

サルヴィは踵を返し、林に戻ろうとした。だが、林の中からは、右へ大回りした三隊が黒い獣のようにあらわれる。

追いたてられたサルヴィは方向を変え、まっすぐにオブンとディアスのほうへとつっこんできた。オブンはまるで自身が囮であるかのように両腕を広げ、サルヴィを待つ。サルヴィはオブンが倒すべき宿敵であるかのように一直線に駆けてくる。

あの大きな歩幅。あのたくましい脚力。彼らにむかってきてはいるが、このままでは多分、頭の上を跳び越して囲みを突破するだろう。

銀のサルヴィの額に一点、白い星のような模様があるのが見て取れた。そのとき、次々に黒い網が投げかけられた。鳥の一群のように広がったそれは、一重、二重、三重とサルヴィの上に落ちかかっていった。

サルヴィは巧みに身をひるがえして避けたが、とうとうその大きな角に一網がからみついた。逃れようと頭をふるのに、兵士たちが組みつく。それでもサルヴィは一人を後ろ足、もう一人を前足で蹴り飛ばし、両側の数人を素早い足さばきで振り落とす。尻尾にしがみついた最後の一人をひきずったまま遁走《とんそう》に入ろうとした刹那、オブンが両腕を大きく広げて角の前に立った。

「行くな、サルヴィ、われを見よ！」

その大音声《だいおんじょう》は、ガンナー王そっくりの声音《こわね》。サルヴィは荒い鼻息のまま頭をふりたてる。

「われの胸にその角のしるしを刻め。それがわれら双方を辛苦のさだめより解放するのであろう？　それならば、われがしるしとなろう。その方を害する気はない。さあ、角のしるしをわれに与えよ」

サルヴィはその場で一跳びした。尻尾にしがみついていた兵士が後方に飛ばされた。サルヴィは激しく頭をふりたてる。荒い息を吐きながら、足踏みをし、オブンを品定めするように凝視した。鼻から、口から、白い息が湯気となって立ち昇る。

——そなたはとてもそのようなことをする人間には思えぬ。

サルヴィの銀の声が頭の中でとどろく。

——そなたの中身はあの竜と同じ、おのれの欲望で真っ赤に染まっているではないか。

「われを疑うのか、銀の獣よ。こうして胸をひらき、両腕を広げているというのに？　疑うなど、その方の心にあってはならないことではないのか？」

——小賢ししや、人間。そなたを信じろと？

「われを見よ、サルヴィ、ファンズの王、月の化身よ。この胸にその角をおしあてさえすれば、すべては終わる。その方が追いまわされることもなくなる。われがその方の犠牲を肩代わりし、祖先の罪をあがなう。ときをかけて。さあ、来《こ》よ。ここに、そのしるしを刻め」

サルヴィはいまだ疑いながらも一歩、さらに一歩と近づいた。そして今度は、一歩あとずさる。オブンは動かない。両腕を広げ、足をひらき、にらみつけたまま。

サルヴィは身震いした。角を大きくひとふりして、網を投げはずす。小さな風がまきおこり、雪煙が立つ。それでもオブンは動かずに待っている。

信じて良いものか。サルヴィの角が揺れる。風で三日月が揺れるように。

ディアスは息を呑んでその光景を見つめていた。頭の中でサルヴィの言葉がこだましていた。そなたの中身はあの竜と同じ。おのれの欲望で真っ赤に染まっている。そなたはあの魔法使いそのもの……だが現実には、オブンは胸をひらいて待っている。

オブンは〈緑の凍土〉の危急のときを、おのれの欲望より上位のものとしたのだろうか。それは考えられる。だが、おのれを犠牲にしてもいいと考えるか？　あのオブンが？

そのとき、ディアスの目はその矛盾をとくものをとらえた。わずかに下がったオブンの右腕、右腰がわずかに後ろにひねられ、左膝がほんの少し曲がっている。長いマントの陰の帯のあたる部分がかすかにふくらんでいる。

サルヴィは疑惑を持ちつつも、最後の間合いをつめようとゆっくりと前足を持ちあげた。オブンの手が素早く動き、何かがぎらりと光った。

ディアスは悲鳴とも喚声ともつかない声をあげながら、オブンとサルヴィのあいだに飛びこんだ。オブンの前に立ちはだかるつもりだった。しかし氷の出っ張りか何かにつまずいた。とっさに身体をひねり、反対の足を出してふんばった。

オブンのふりおろした短剣の刃が背中を右から左に一文字に切り裂くのを感じた。目の端に銀色の光が走る。いやあれは空、いやあれは月か。ああ、大賢者はおれを、いや、サルヴィをこうして切り裂いたのだ、と思った。直後に、サルヴィの角が胸におしあてられた。おしあてられた、というよりはぶつかってきた。肋骨《ろっこつ》の折れる音が聞こえ、息が詰まる。目蓋《まぶた》の裏に橙色の無数の光が走った。やはりこうなる運命だったのだ、と諦めにも安堵にも似た感慨が激痛とともに身体中に広がり、ディアスは虚空へと投げだされた。

上が下に、下が上に変化した。大地が風に、雪原が夜空に、光が影に反転した。氷は青い炎に輝き、極光は闇を渡っていき、雲はちぎれて雪の結晶と化し、叫びは高らかな歌に変わる。

――我がもとに来よ、月の欠片を宿し者よ。来たれ、来たれ。来たれ!!

誰かが呼んでいる。目の中が月の光に満たされる。月の光しか見えなかった。呼び声に導かれて、月の方角にただひたすらに走っていく彼は、サルヴィとなっていた。

雪原は水色と銀の穏やかな色に彩られていた。彼は煌々と輝きつづける月の花を追って、雪原を横切っていく。雪原は果てしなく、わずかな起伏に藍色の影を落としてつづいている。彼はさらに駆ける。青い闇に霧がかかっても、天に円を描く月は霧のさらに上で彼をさし招く。

――来たれ、月の子、来たれ。

かたくしまってきた雪の上を彼は走る。ひたすらに走る。律動は大地を太鼓にしてとどろく。とどろきは地表から霧のきらめく空中へ、さらに空へと渡っていき、月は喜びに身を震わせる。

――来たれ、来たれ、来たれ。来よ！　我がもとに！

真夜中、月はさらなる輝き、新たなる光を持って中天に昇りつめる。

彼は月にむかって雄叫びをあげる。角を掲げて月に呼びかける。するど、平原のむこう側から、北の海に春の旅をはじめたファンズの群れが応える。〈アザラシ海岸〉へ行こうとしていた〈中央平原〉のファンズたちは、飼い主たちの制止をふりきって方向を転換する。ダシル湖のさらに東や〈ファンズの丘〉からも返事が伝わってくる。今、行く！　今追いつく！　今駆けつける！　ファンズたちはたちまち一つの大きな川となって流れはじめる。

――来よ、来よ、月の息子。来たれ、来たれ、我がもとに。

彼は大きく跳躍する。地表をおおう霧の上に飛びだす。

――月の息子は死者とともに来たれり！

彼とともに、イェイルが笑い声をあげる。九歳のままの明るく無垢な響き。そして彼らはさらに大きく跳ぶ。大地と夜空のあいだを。雪原と月のあいだを。永遠と刹那のあいだを。

――死者は死者として、生ける者は生ける者として、月は月、星は星、火は火として。

彼とイェイルの笑い声が重なる。どんどん月に近づいていく。

――凍れる大地、春の息吹、夏草の茂り、秋の実り。我らは走り、光は走り、時はめぐり、生命はめぐる。

さらに月と太陽のあいだまで急上昇する。そして星が近づく。極光のただ中に飛びこむ。

——我は生きる。生きつづける。

気がつくと極光は足元に、凍れる大地は海を抱え、はるかな下方に完璧な円環となっている。月さえその隣に、そして星々が無数に明滅する。

——我はまた生まれる。我らは生まれる。

右に左に、上に下に、前に後ろに光り輝く。老いたる赤い巨星、黄金のリンゴのように輝く星、春の女神のように連なっている青い星、牙を剝きだす冬の狼星、闇にありながら明るく燃えつつ酷寒の空間を渡っていくさすらい星。

——それが星の意思。

そら、あそこでは星の胎児がゆりかごに眠る。こちらでは七色の孔雀が羽を広げた。すぐそこには水膨れした三重の太陽がクラゲのように浮かんでいる。渦を巻くもの、ゆったりと集まるもの、すさまじい速度でぶつかりあうもの。闇の雲を作り金の紗幕を放出するもの。はるか彼方には巨人たちが綱引きをし、足元では虹の環が輝く。完璧に円環をなして。

——それが月の意思。

深紅の花びらがひらく。むこうでは最期を迎えた老星が大いなる輝きを発する。後ろでは星の骸が海となって浮かんでいる。

——それが月の意思、星の意思ゆえ。

彼らは落ちていく。星々をあとに残して。はるかな太陽に会釈を送る。そばをかすめた月と角が重なると再び上昇する。くるりと回転して昇っていく。どこまで昇りつめるのだろう、そう思った瞬間に落下する。銀の流れが渦を巻くその真ん中に片足を落とし、無数の星くずを蹴散らす。風が吹く。星屑と一緒につむじ風に乗る。螺旋をえがいてまたはてしなく昇っていく。

——月も沈まぬ月となる。

ふと気がつけば、ディアスとサルヴィは星の海の中で相対している。

——されど、そなたがそのしるしを抱きつづければ、いつかは月も沈むときも来よう。これが最後、まことに最後の選択ぞ。はてなき悪夢を抱く覚悟、それでよいのだな?

彼の胸で角の形にしるされた真新しい打撲のあとが、鈴のような音をたてる。そしてうれしいことに、そばにはイェイルが立っている。

ディアスはうなずいた。予言のときが来たのだ。約束通りに、と言おうとした。

そのときイェイルが、彼とサルヴィのあいだに静かに割って入った。ディアスがサルヴィを守ろうとしたときのように。そうして微笑みながら、ゆっくりと言う。

——それはぼくが引き受ける。

サルヴィは鼻を鳴らし、前足で宙をかいた。星くずが火花のように闇に散った。

――そなたは死者ぞ。

――死者であってもこの誓約は有効だ。知っているくせに。死も生の環に組みこまれている。生が死に組みこまれているのと同じように。ぼくはおまえの角の粉を飲んだ。ぼくは〈サルヴィの病〉で死んだ。ぼくはずっとディアスといた。悪夢を見たときも、竜と対峙したときも、さっき角のしるしを刻まれたときも。なにか欠けている物があるとしたら、言ってくれ。

――そなたは死者ぞ。

――死者であっても生きている。ディアスの胸の中に、父さんの思い出の中に、アンローサの心の中に、ヒルムやニムレーやシアナの視線の片隅に。それが、生きているのと同じくらい大きな光になることを、おまえが一番知っているくせに。

――死者がどのようにして我らの命をあがなえる。我らは幾たびも殺され、角だけが残された。それをどのようにしてあがなうか。

――ひずんだ大地の犠牲になった人々の命ではだめだろうか。

イェイルがそう言ったとたん、彼の周りに青く輝く珠《たま》がいくつもあらわれた。ディアスはそれらが、〈サルヴィの病〉で亡くなった人々だと知った。そのどれが名前も知らない人で、どれが実の母やムッカ母さんであるかも定かではなかったが。

――ぼくらがディアスの背負う悪夢とさだめを背負う。次に大地に生まれ落ちるときに、そのさだめを背負い、命が終わるときに、次の者へと受け継いでいく。それでだめか、サルヴィ。百七十年分のつぐないを、ぼくらがみんなで分けあってはだめか。誰か一人におしつける運命でなくてはならないのか。みんなで苦しみを分かちあい、みんなで明日へとつづく道を守ってはだめなのか。細々とした昏《くら》い道でも、未来へつながるのなら、守りたい。守っていきたい。死者であっても手から手へと、この運命をわたしていきたい。それを許してはくれないのか。めぐる生命、めぐる時、めぐる定め、それこそぼくら死者のためのものなのに。

サルヴィは青い珠のいくつかを角でつついた。するとあるものは残り、あるものははかなく消え去った。サルヴィは胸を大きく膨らませると、息を吹きかけた。再びあるものは消え、あるものは残った。サルヴィは尻尾をふりまわし、さらにより分けていった。

やがて残ったものに囲まれた彼は、鼻面をイェイルにむけた。

――自ら望んだ者、でなくてはならない。

イェイルはうなずいた。

――自ら望んだ者。

イェイルはディアスにむきなおり、胸の真ん中に軽く手を当てた。すると角の形をしたしるしが銀の光をはなちながらあらわれでた。イェイルの背丈よりも大きいそれは、イェイルの手を離れると、小さなたくさんの三日月と化した。三日月は歌を歌いながら宙をただよい、青い珠の一つ一つに吸いこまれていった。

イェイルはにっこりとディアスに笑いかけた。

——お別れだよ、ぼくの兄弟。

なぜ、と問いかけるのはあまりに愚かだ。ディアスは言葉もなくイェイルを見つめた。

——でもまた会えるよ。きっと。〈緑の凍土〉でまた。ザリガニとりやパン盗みをやろうね。

「……ああ、イェイル……」

とディアスは喉元にこみあげてくるものを必死で抑えながら、無理矢理笑顔をつくった。

「荷車引きもな。……今度は、死人の乗ってないやつで」

イェイルはとびきり無垢の笑顔を見せた。

さあ、もう帰らなきゃ、ディアス、と彼は腕を振って足の下を示した。アンローサが呼んでいるよ。

途端に、足元がなくなった。星々が流れ、月がひしゃげ、完璧な青い円を描いていた大地も歪んで上が下になり、下が上になった。風が大地に、夜空が雪原に、影が光に反転した。青い炎は氷に戻り、闇は極光を抱きかかえ、雪の結晶は収束して雲と化し、高らかな歌は叫びにもどる。

叫び。

アンローサが泣き叫んでいた。

彼は、血に染まった雪の上に横たわっている自分を見おろしていた。アンローサがすがりついてゆすぶっている。その後ろにはキースが、なすすべなくたたずんでいる。オブンは短剣を取り落として尻餅をつき、ガンナー王は両手で頭をかかえている。

目を閉じる。ディアス、ディアス、ディアス！ アンローサの叫びが身体中を満たした。目をあける。アンローサの腕と胸を感じる。彼は何とか片手を動かして、彼女の髪に触れた。

「……ディアス？」

「そんなにゆすぶるな。背中が痛い」

19

北の大地の平原には、色とりどりの花が咲き、風にゆれている。濃い緑をそえるのは点在する小さな針葉樹の林、地模様には鮮やかな緑の草や苔。

雪どけも一段落した湖は、ようやく落ち着いて、青い水を満々とたたえている。湖に注ぎこむ川は一条の銀の帯のよう。それは樹海から躍りだす。樹海はブナの鮮緑、ハコヤナギの青緑、トウヒやモミの深緑、ミズナラやカシ、シイの快活な緑が今にも空まではじけんばかり。

樹海から立ちあがった緩やかな斜面に、陽光を浴びた畑が広がり、その上に色とりどりに輝く家々の屋根があり、かつて銀の角が輝いていた高い頂上には、からっぽの岩棚があった。

そのそばに、赤金色の髪の男が立ち、髪と同じ色のマントをなびかせていた。彼は微笑みながら景色をながめている。風は暖かい南風、短い盛夏をたたえて歌う。

「ディアス、どこ?」

下の道のほうから声がした。

「ここだ、アンローサ」

男は岩に手をかけてのぞきこみ、返事をする。

まもなくアンローサの赤い帽子があらわれ、彼女は息を切らしながらそばにやってきた。

「もう、運動不足だわ。こんな坂で足が上がらなくなるなんて」

吹きつけてくる風に帽子を押さえながら、アンローサはこぼす。ディアスは微笑んで彼女の肩をひきよせる。

二人は並んでしばらく風を楽しみ、樹海の匂いを楽しみ、王宮の馬場で時折あがる歓声を楽しんだ。

「昨日の練習試合でね」

「うん」

「タンダとキースが対決したって聞いた？」

「なんだか騒がしいと思ったら、それか。見ものだったろうなあ」

「皇太子たる者、配下の者たちに気をくばっておかなければなりません」

とアンローサはニムレーの口ぶりを真似た。

「皇太子たる者、王国の財政状況をしっかり勉強しなければなりません」

とディアスも応じ、

「まったく、しなきゃなんないことばかりで、頭がおかしくなりそうだ。……それで？　どっちが勝った？」

「取っ組み合いではタンダ。弓ではキース。剣では勝敗がつく前に、審判役のイショーイ殿がもう終わりって。確かに、あんまり勝負がつかないから、見てるほうも疲れちゃって」

ディアスは苦笑した。

「二人は最高の競争相手になっているってことか」

「お互いにあんまりしゃべらないけれど、親友らしいわよ」

彼の肩に頭を預けたままうなずいたアンローサは、

「……ずっとここにいたいけど……ディアス、そろそろ行かないと」

とうながした。わかった、と言いながらなかなか動かないのは、怖ろしいからだ。今日また一人、赤子が生まれる。昨夜、農家のおかみさんが産気づいたと報せが届いていた。イェイルが彼の代わりに犠牲の宿命を背負ってくれてから三月《みつき》、その間生まれた子どもは十二人。

あのあと、ディアスは怪我の療養のために、〈北の民〉の天幕で一月《ひとつき》を過ごした。寒いほうが感染症にかかりにくいためだった。

折れた肋骨も切られた背中も、一月《ひとつき》であらかた治ったのは、若さの賜物《たまもの》だろう。アンローサがずっとそばにいてくれたおかげでもある。治療するあいだ一時もはなれず、自ら薬草を調合して傷に塗り、煎じた薬を飲ませ、毛布をかけたり風を入れたりとかいがいしく面倒を見てくれた。その立ち働く輪郭は逆光に輝いて、ああ、アンローサも本当の月の花になったのだなと、熱に浮かされながら思ったりもしたのだった。

起きあがれるようになったある日、何があったのか彼女に隠さず話した。

イェイルがすべてを背負っていってくれた、と締めくくると、アンローサは唇を噛みしめてうなずいた。目からあふれる静かな涙に、ディアスは胸をつまらせながら、そっと口づけしたのだった。

その後約二月《ふたつき》かけて〈緑の凍土〉に戻ってきた。自分の足でゆっくり歩き、おとなしい子馬の背に揺られ、冷や汗を流しながら坂道を登ったのが、むしろ身体にはよかったようだ。マイハイの屋敷に帰り着いたときには、疲労困憊はしていたものの、怪我それ自体はすっかり治って、翌々日には普段どおりの生活ができるようになっていた。

あれ以来夢は見ていない。そしてイェイルの存在は消え去っていた。

先に戻っていたガンナー王から、伺候せよとの命が届けられたのが五日ほど前、行けば大広間に通されて、突然の世継ぎの下命、月のしるしはなくなったのだと説明しても撤回されることなく、あれよあれよというまに皇太子の赤いマントを着せられてしまった。有無を言わせぬやり方は相変わらずではあったが、王の眼窩は落ち窪み、十も年をとったかのように見えた。気迫も心なしか薄れ、髪にも目にもなにやら白茶けた色合いが忍びこんでいるようだった。

ディアスにはそのまま住まいも王宮に定められ、世継ぎの教育係とやらが六人もつけられた。世継ぎとして国を守っていく覚悟はあったが、教育係に一挙手一投足を見張られるのはかなわない。しかし不服を申し立てても聞き入れられないと見て取って、せめてマイハイを呼んでくれと頼んだ。やって来たのはマイハイではなくニムレー、これからあなたの家令兼祐筆兼雑用係兼間諜の役目をいたしますと、しかつめらしく背筋をのばしてたたずんだのだった。

一方、オブンには謹慎の命が下っていた。たび重なる失敗も信望を失った原因だったが、何よりサルヴィと相対したあのときのふるまいに、彼の本当の姿があらわれた、それを皆が見て取ったのだろう。今まで彼についていた側近や重臣たちも、衣の裾をひるがえして遠ざかっていった。オブンはあらゆる手をつくして挽回を試みたらしいが、一旦離れた人心は戻ることはなかった。

以前のガンナー王であれば、内心の激怒を冷厳な処置にあらわしたかもしれない。しかし、アンローサが父の処遇の緩和を直訴し、イショーイ殿とマイハイの口ぞえもあって、永の監禁、と裁かれた。イショーイの敷地の一角に小さな離れが建てられ、そこで静かに暮らすこととなった。面会は厳しく制限され、常時衛兵が見まわっているという。

彼の屋敷はそのままアンローサにくだされた。直訴天晴《あっぱ》れ、と周囲受けがよかったおかげらしいが、アンローサはうれしがりもせず、ただほっとしたとだけ、ディアスに漏らした。母と自分がつつましく暮らす場所があるのはいいことだわ、と。

「……ディアス、行かないと」

「うん、わかった……」

そう言いながら二人はまだ岩棚のそばにたたずんでいる。夏はすぐに終わり、あっというまに秋が来て、それからまた長い冬となるだろう。季節はめぐっていく。命もめぐっていく。

新しく生まれた赤子たちには、大賢者とサルヴィの記憶をかかえている兆候はなかった。イェイルと死者たちが自ら申し出てくれたこととはいえ、無垢なる赤子たちに宿命が宿るのを目にするのは、罪深い淵を覗きこむようなものだった。十二度《たび》、ディアスは淵を覗きこみ、十二度、安堵した。

いずれは生まれる、とわかってはいても、なるべくならそのときが来ないでほしいと願う。なんとも身勝手な願いだとはわかっていたが。しかし、約束は果たされるだろう。

約束の子どもが生まれたなら、ディアスはできるかぎりの支えになってやるつもりでいる。それはアンローサも同じだ。いや、〈緑の凍土〉全ての人がそう思っているのにちがいない。試練を背負った子どもは、国中に見守られて一生をすごすだろう。それがせめてもの慰めだった。

「ナナニはどうしているかしら」

北のほうをむいてアンローサがつぶやいた。

ネワールたちに襲われた事件のあと、ダシル湖とムーコン川の出会う地点にたどり着いたアンローサは翌日、キースと鉢合わせした。漁師小屋の前でナナニを待ってうろうろしている所へ、その赤い帽子に気づいたキースが駆け寄ったのだった。

北へ案内するとキースが申し出たが、アンローサはディアスのところに行くといってきかなかった。ファンズを疾駆させてまる一日、遠征隊に追いついたときにはディアスは血を流して突っ伏していた。

アンローサは彼の看護に必死になりながらも、キースに、もう一度あの漁師小屋まで行って、ナナニをさがしてくれるようにと頼んだ。キースはすぐにとってかえしたが、三日待ってもナナニはあらわれず、キースはダシルの民の地にむかった。

「ダシルの民はすでに北へと発ったあとでした。北の海岸まで行ったのでしょう。南へ戻ってくるのは三月《みつき》ほど後になるかと」

ダシルの民もナナニも消えてしまった。一緒かどうかもわからない。

ディアスはアンローサの肩をもう一度ひきよせた。

「ナナニのことだ、どこでもうまくやっていくに決まっている」

「うん……。わかってる……。でも、いつか」

「いつか、帰ってきてくれるといい」

「うん……？」

ディアスは腕に力をこめた。

「帰ってくるさ、ナナニだもの」

岩棚の下からヒルムの呼ぶ声が聞こえた。何してんの、二人とも、早くおりてきてよ。

ディアスを呼びにアンローサ、アンローサを呼びにおれ、これってなんかおかしくない？

と、世継ぎの王子に対しての言葉遣いではとうていない、相変わらずのヒルムである。

二人は笑みを交わし、ようやく踵を返した。

すると、行く手の空に何かがちかりと光った。そしてイェイルの声がした。

――帰っていくよ、かならず。心配しないで。

三日月が陽の光にかすんで、爪の先ほどに白く浮かんでいた。沈まぬ月の下、赤子の泣き声がかすかに響いた。

我は生きる、生きつづける、とサルヴィの歌がよみがえってくる。

――月が満ちるように知恵が満ちて、海が満ちるようにときが満ちれば、このくりかえしの悲劇は終わりを告げるだろう……。

夢で予言されたサルヴィの歌。ディアスは月を仰ぎながら歩きだす。

知恵は満ちるのだろうか。ときは満ちるのだろうか。

その答えはずっと先、彼とアンローサがともに生きて命尽き果てた先、さらにその先のはるかな未来に託される。

願わくば、我らの血の中の赤い竜がまた力を得て欲望を知り、欲望に知恵をゆずりわたしたりしませんように。願わくば、あの月が再び大地の下に安らう日が来ますように。願わくば、新しく生まれる宿命の者たちの苦しみが少なくありますように。願わくば……今この一瞬だけでいい、生きとし生けるものすべてが幸せでありますように……。


二人が去ったあとに、銀の角があらわれた。北の斜面からそっと登ってきたサルヴィは、軽々と岩棚のてっぺんに跳びあがり、天空を行く三日月と視線を交わした。

月の安らう日、銀の角のサルヴィもまた、大地に安らうだろう。

彼の瞳の中で三日月が笑い、三日月のかすかな光の中にサルヴィの角が銀色の影を走らせた。

——それが月の意思なれば。それがめぐる生命の意思なれば。

現実《リアル》と真実《トゥルース》の物語

作家
五代ゆう

※本稿では物語の展開に触れています。

私がファンタジーを書いている、と人に言うと、たいていの相手はこう答える。

「夢のある仕事でいいですねえ」

「よくそんな現実離れしたこと考えつけますね。凄いなあ」

「魔法とか竜とか、ロマンティックで素敵ですよね」

私はええまあ、と微妙な笑顔で微妙な返事をする。そして内心で思う。

自分の書いているものはけっして、夢があるわけでもなければロマンティックでもなく、現実離れもしていない。これらは私にとっての、もっとも容赦なくシビアな「真実」なのだけれど、と。

異世界の話だからファンタジー、竜や魔法が出てくるからファンタジー、魔物や妖怪のたぐいが出てくるからファンタジー、とたいていの人の認識はなっているように思う。また、書店のジャンル棚に並ぶのも、たいていそのような判断基準で選ばれている。たぶん、その認識は間違っていないのだろう。

しかし、私に関しては違う。

ファンタジーとは実はこの世ならぬものを扱いながら、その底に横たわる魂や生命や死、絡み合ってゆく人生や運命の織り目を、現実以上に冷酷に鋭利に切り出していくものだと思っている。人間の思惑や策謀、金銭、情理などといった甘いものなど通用しない。

世界と運命の底に横たわる「真実」は時には残酷なまでに均衡と傷に対する代償を要求し、過ちや欠落は癒されるまで呪いのように主人公についてまわる。人の懇願も賄賂も金銭も愛や正義すらも通用せず、そこには冷徹な「真実」がただ存在し、人はただ、人であり自分自身であることによってのみ、この「真実」に相対することができる。

『ディアスと月の誓約』は、ファンタジーである。異世界の物語であり、竜がおり、魔法使いがおり、獣の王と人の王子がいる。引き下ろされた月によって作られた人の国があり、策謀と権力争いが交錯する。

しかし、私がこの作品をファンタジーだと感じるのはそのような道具立てによってではない。『夜の写本師』から続く、作者乾石智子さんの現実の底にある「真実」を見通す目、人々のささやかな暮らしや積み重ねられていく日常、そして受け継がれていく生命にこそ、最大の魔法が宿っていると感じさせる視線が、私にとって、乾石さんの物語をなににも代え難いファンタジーであると感じさせる理由である。

『ディアスと月の誓約』の行間から吹きつけてくる氷の大地の寒風は本物だ。混沌の時代に生きた大いなる竜から力を奪った魔法使い。その魔法使いの血をついだ王子ディアス。ファンズとともに生きる北の民の素朴な暮らしと、旅するディアスが目にする自然の驚異の数々。血と運命に翻弄されるディアスと、希望しない結婚から逃げ出したアンローサが経験する地に足のついた北の民との暮らしは、どちらも大地と世界の基底に横たわる大いなる真実に根ざしている。

変化のない永遠よりも、死にかわり生きかわりつつ続いていく永世を、ディアスは選ぶ。策謀によって誓約を破ろうとしたオブンは退けられ、運命の円環を終わらせる月のしるしを押されたディアスは、早くに喪った乳兄弟の助けでその運命から解放され、新たな時代を担うものとして王位継承者となる。

このあらすじだけではどこがほかのファンタジーと違うのか、と問われるかもしれない。それにはただ、作品を読んでもらいたい、と答えるしかない。神は細部に宿るという。乾石作品の神々はまさに人々のこまやかで現実的な暮らしの中に宿っている。誰の心にでもある小さな闇や愛憎や欲望が、大きな魔法や呪いの種になる。そしてそれに対抗するのもやはり、人のささやかな営みが積み上げていく偉大な力なのである。

ファンタジーと銘打ちながら、単に異世界が舞台なだけで、実際には人間同士のドラマや戦争描写にばかり集中したり、ただ舞台装置として魔法や竜や精霊、王子や姫や騎士を登場させる作品は数多い。

そういうものをも、私は否定はしない。それらもまた楽しい読書経験を与えてくれることは確かだし、おそらく現実とはかかわりない世界で遊ぶこともまた、幻想（ファンタジー）の楽しみのひとつだろうから。

けれども「現実《リアル》」に宿る「真実《トゥルース》」を描くファンタジストとして、乾石智子さんは私にとってとても貴重な作家であり、彼女の作品は得難い宝である。

ぜひともこの作品を手に取り、頰に吹きつける雪嵐の冷たさとファンズの蹄がたてるどよめきを感じてほしい。月を角にいただくファンズの王サルヴィの月を宿した瞳をのぞき込み、そこに秘められた智恵と年月と痛みを見てほしい。

それらすべてがあなたに働きかける真実《トゥルース》の魔法であり、導かれていく先は巡り旋転する生命の力の勁《つよ》さと柔軟さである。

派手な魔法やヒーローたちによる魔物との戦い、人間同士の策謀、戦争、政争や宮廷の陰謀といったものから見れば、そんなものは実にちっぽけに見えるかもしれない。

だが真実《トゥルース》に至る魔法こそが私にとってのファンタジーの要であり、舞台が異世界であるか、道具立てがどうであるかはあまり関係がない。そして乾石作品にはそれが間違いなくあふれている。

ページをめくればそこには魔法の力がすでにひそかに脈打っている。何気ない日々の描写にも、それは静かに息づいている。どうぞ耳をすまして、かすかな呼び声を聞いてほしい。それは現実を超えた場所、とても遠くて、そしてすぐそばにある魔法の、存在の声なのだから。

本書は、二〇一三年四月に早川書房より単行本
として刊行された作品を文庫化したものです。